因为爱情

金丽娜◎著

中国长安出版社

图书在版编目（CIP）数据

因为爱情/金丽娜著．—北京：中国长安出版社，2013.1
ISBN 978-7-5107-0574-8

Ⅰ.①因… Ⅱ.①金… Ⅲ.①散文集-中国-当代Ⅳ.①I267

中国版本图书馆 CIP 数据核字（2013）第 012524 号

因为爱情

金丽娜　著

出　版：中国长安出版社
社　址：北京市东城区北池子大街 14 号（100006）
网　址：http://www.ccapress.com
邮　箱：capress@163.com
发　行：中国长安出版社
电　话：（010）85099947　85099948
印　刷：北京市兆成印刷有限责任公司
开　本：710 毫米 ×1000 毫米　16 开
印　张：20
字　数：260 千字
版　本：2013 年 6 月第 1 版　2013 年 6 月第 1 次印刷

书　号：ISBN 978-7-5107-0574-8
定　价：36.00 元

序

丽娜老早就请我给她的新书写序，我想有两个原因。其一，从她进入央视以来，就一直工作在《军事纪实》，六年来，《军事纪实》是她在北京的“家”，而只有家人才最了解她。其二，她是我一手带出的导演，六年的电视创作中，我了解她做节目的特点，也知道她的那份情怀。所以，丽娜托付给我的这件“大事”，作为同事和大哥，我责无旁贷。

如果你没有见过她，但只要看了她书写的文字、创作的片子，或许，就像已经见到了她一样，像春天花海里吹过的风，像挂在夏天傍晚那道淡淡的彩虹，像初春绽放在路边的梨花，又像儿时吹散在风里的蒲公英，清新而柔美，浪漫而纯真，那种温柔和细腻，有时能直抵人心灵深处那块最柔软的地方。也正是因为如此，无论她书写的散文，还是拍摄的纪录片，都能散发出一股清新之美，不由地吸引着你的眼睛和心灵，她更善于把自己对生命和人生的感悟，通过作品不动声色地传递给观众，她在片中塑造的人物，也都充满着一股温暖的情感，有血有肉，有情有义。

口说无凭。2007年她拍摄《狙击手集训队》，才来栏目不到一年，但她却给我们所有人带来了一个意外的惊喜。

其实，拍群体是最不容易用电视镜头来呈现的，因为人物分散，不容易塑造出个性，她却有自己的办法。她以一名狙击手的训练日记为叙事线索，轻松地打开了神秘狙击手内心世界的大门，片中透过一名狙击手的心灵独白，让我们看到了那扇大门里，解放军的狙击精英正在经历的“魔鬼训练”和战士们对荣誉的向往，冷酷神秘的狙击手们也一个个在镜头前变得鲜活起来。

尤其是“魔鬼教官”陈国韬，当他用手狠狠捶打摄像机，怕记者影响他们训练的时候，如果换做其他导演，或许一定会被吓得关机，或者改换其他的拍摄对象，但她却冷静地向那位“魔鬼教官”发问：“难道你们害怕自己心理素质不过关？”对方也只能任由她拍摄。而在这样细节的抓拍中，“魔鬼教官”的性格也被刻画得十分生动，而一支由这样严苛教官带出的集训队又怎能不血气方刚呢？这部作品荣获了2007年度“中国十佳纪录片”奖，并获得当年全军一等奖。当时我给这部作品评价了两条：第一，叙事结构巧妙。第二，情感真挚细腻。

我经常对一起工作的导演强调，没有独立思考和情感温度的片子，是永远无法打动人的，无论你拍摄的画面多么精美，场景变换多么频繁，却依然缺乏生气和灵魂，就像一个漂亮姑娘，没有文化和内涵，又怎么能够惹人爱呢？丽娜确实牢牢地记住了这一点，在她的作品中，很容易找到一个情感的爆发点，或者让你哭，或者让你笑，那种温暖感人的力量总会如期而至，直抵心灵，几乎没有人不被它打动，她确实有这个本事。

不久前，《军事纪实》播出了12集大型纪录片《走边关》（内蒙古段），丽娜是主要导演。这是一项极具挑战的任务，八千里边防大北疆，摄制组要一边赶路，一边拍摄，一部25分钟的纪录片常常要在一两天内完成，对导演有着极高的创作要求，他们必须在短时间内提炼出主题、构架出故事、塑造出人物、传达出情绪，这确实有些难，而令人惊喜的是，丽娜再一次用她独有的细腻情感打动了观众。

在《狐狸山上的“青春”》中，她记录了一群戍边战士，常年生活在四周充满辐射的黑石头山上，却依然用如火的青春在为祖国放哨站岗。在那片环境恶劣，单调、寂寞的黑石头山上，她关注的是战士们的青春会生长出怎样的颜色？这也是大家的期待，当我们听到战士们嘹亮的歌声，看到他们把肩膀亲密地搭在一起，站在黑石头山上大声呼喊着：“界碑在我面前，责任在我肩上，人民在我身后，祖国在我心中。”那一刻，没有谁不为这些热血男儿流下眼泪，我们看到了他们的青春依然闪耀着夺目的光彩，节目播出后，引起了社会各界的强烈反响。

《狐狸山上的“青春”》最大的成功，仍是用情感的力量在打动人，全片没有一句表扬稿式的解说词，却在故事的叙述和情真意切的现场记录中，让你深切体会戍边战士的可爱与忠诚。读一下这部片子结尾的解说词，或许你和我一样能体会到她对戍边战士所饱含的那份深情：“当我们离开几个小时后，天空飘起了雪花，这一刻，我们有点想念狐狸山哨所了，那里一定不再是满山遍野的黑色了，想像着战士们已经走出了门外，能够好好地看一看冬天的景色了，我们更加期待这一场雪，也会为这片寂寞苍凉的土地捎来更多美丽的讯息。”

就是因为每一次创作，她总是把自己的情感全部融进去，用心在和观众对话，才会一次次地传递出感动的力量，我相信在这条由温柔情感铺就的创作路上，她一定可以越走越远。

这本《因为爱情》是关于爱情的，也是每个人对情感的最终诉求，它是上帝赐予人类最美的礼物，丽娜以她十年的电台主播和电视导演的心得，一定对爱情有着独特的理解，我告诉过她，写什么都离不开故事，这一回，她又是怎样讲述的呢，我期待给她打一个新的分数，也盼望着你和我一起分享。

春天来了，我仿佛已经闻到了，透过她文字传递出的朵朵爱的芬芳，我相信，不一样的惊喜就在你阅读的这一刻发生。

嘘！因为爱情，让我们再一次静静地聆听她。

魏纪奎

中央电视台军事节目中心专题部主任、《军事纪实》制片人

2013年3月19日

目录

第三章　相见不如怀念

第四章　因为爱情有点沧桑

第五章　记住爱最美的模样

第八章　爱已成为一种习惯

第九章　我的私人爱情故事

第一章
一切都是幸福的模样

我总是忘不了相识那天，你眼神里望我的笑意，阳光洒在你的发间，闪耀着爱的光彩，我们对视凝望，彼此瞳仁里盛满的都是幸福的模样，无论走过了多少年，我仍记得那天幸福的你，你是否也和我一样？

修鞋匠的幸福

最简单的生活图景里，住下的原来是爱情。

我家门前有一个修鞋的小摊，每天清晨，修鞋匠带着妻子和只有三岁的女儿推着车赶到这里，并开始张罗起一天的生意。小女儿拿着一个破旧的玩具在一边玩，裙子上面还依稀可见喝汤时留下的痕迹，但小脸蛋却洗得雪白。还不到30岁的妻子，已经有几根白发明显地挂在额头，但她似乎并不介意，和身边的丈夫轻声交谈着，微笑的样子也很可爱，虽然灰色的衣裙并不适合她的年纪，但戴在她头上的红色发卡却能看得出，她依旧是爱美丽的。和她一样年纪的丈夫，显得比实际年龄要成熟许多，黝黑的皮肤格外光亮，他把修鞋的工具一样一样地整齐的摆放好，等待着这一天的第一位客人。每天上班，当我从这里路过时，总能感觉到这一家人相依的幸福，那份淡淡的宁静，已经成为了这条街上一道特别的风景。

每天清晨，他们是这条街上起得最早的一家人，每当我从那个小摊位前经过，总能看到洋溢在他们脸上满足的笑容，那么纯净和美好，仿佛是早间的一道阳光照耀着大地，每次我带上这份祝福离开，总会感觉无比幸福，多少次在他们的目光中，都让我找到自信和希望去开始新的一天。

而每天黄昏，当我下班回来，他们还在那里享受着简单的快乐，可能是路人送给孩子的一个新玩具、刚刚买回来的热腾腾的面条、或者修鞋匠的妻子在为他缝补衣服，每一幅画面都是那么温暖，平淡当中透着生活的质感，或许在他们的眼里，生活就是礼物，礼物就是更好地生活。

也许他们不会想到，如此简单平凡的生活，会在陌生人的眼里变成风景，哪怕是最平淡的光阴，却好像在闪耀着光彩，点点滴滴地温暖了整条小街。幸福究竟是什么？永远不是财富的累积，而是一种对生活的信念，它让你触摸到最质感的生活，体味到最平凡的情感，呼吸到最自由的空气。

那年夏天最热的时候，修鞋匠的妻子又产下了一对双胞胎，在修鞋摊的旁边，多出了一个大大的摇篮，两个小家伙在里面不停地挥舞着小手，像是宣告着他们的到来。已经四岁的姐姐，就坐在摇篮边轻轻地摇着弟弟，她的力气总是很均匀，不一会儿，等到两个小弟弟安静地入睡了，她就会飞快地跑到妈妈的怀里要奶吃。

家里又多出了两张嘴，修鞋匠比平时要更辛苦一些，每天早晨早出来一个小时，晚上也是这条街上最后一个回家的，但是无论是清晨还是傍晚，修鞋匠妻子唱给两个宝宝的摇篮曲，总能成为这条街上最熟悉的音乐，人们很习惯他们的存在，也被他们一家人的小小幸福感染着。在我的心中，甚至有一个愿望，希望他们永远都生活在这条街上，而我们就这样一直地看着他们平淡地幸福下去。

我经常想，在几平米的小屋里，他们一家五口人是怎么生活的呢？在外面已经劳累了一天，他们回去后还要做饭并照顾好三个孩子，第二天清晨还要早早起来。这样的场景想起来都足够辛苦，过起来又会有多艰难呢？但在他们的脸上，我从没有看到过愁苦的表情，而是永远都那么平静而从容。

终于有一天，我忍不住问："要照顾三个孩子，一定很不容易吧？"他手里一边娴熟地捻着绒线，一边说："这就是生活呀，容易也得过，不容易也得过，我们真的觉得挺好的。"他的妻子在一旁补充说："只盼着三个娃娃长大了，比俺俩都强。”说完幸福地瞅着还在熟睡中的宝贝，小女儿倚在妈妈的怀里，也仰着小脸瞅着妈妈笑。真想在那一刻里给他们拍下一张照片，取名就叫幸福。

海豚情侣

你若爱我，就要和我一起进步，永远不被我落下。

汤尼和罗拉是海豚馆里一对海豚情侣，每次它们出场表演，总能获得比其他海豚组合更多的掌声，它们俩动作统一、配合协调、默契十足，几乎每次都是从深水里同时跳出水面，彼此在空中相会后，还能相互对视，含情脉脉，连续做几个侧空翻后再用同一个节奏钻进水里，之后水面上就会泛起一连串璀璨的浪花，虽然不到一分钟的表演，却会让在场观众无不惊叹它们完美深情的演出。

我们或许无法想像汤尼和罗拉在深蓝水底世界是如何相处的，但我猜想它们一定相爱至深，才会有如此这般的默契。每次演出结束后，汤尼和罗拉都会再一次蹿出水面向观众谢幕，一次又一次，那情景是那么感人，就好像它们已然了解自己的演出有多么成功。那一刻里，我是那么喜欢汤尼和罗拉，更羡慕它们挥洒在那深蓝水面上的浪漫爱情。

为了让汤尼和罗拉的表演有一个新的突破，教练员为它们编排了一套更高难的动作，要求它们在跳出水面后，接连穿过三个立在水面上的火圈。勇敢的汤尼几次就学会了，它的动作完成得流畅优美，而性情有点内向的罗拉却不敢跳，每次跳出水面后，一看到那三个火圈，就胆小地退缩到水里，再不肯出来。而距离正式演出的时间越来越近了，海豚馆决定让另一只叫凯瑟的海豚代替罗拉，它和汤尼的动作完成的一样熟练优美，从它那积极的劲头儿上看，好像能够感觉出它也爱慕汤尼，很珍惜和它这次同台的机会，在它们熟练地完成一组组练习时，在场的所有人都相信这一组梦幻组合即将创造新的奇迹。

演出那一天，当主持人报幕由汤尼和凯瑟表演下一个节目时，所有观众都表现出一种失望的情绪，台上的掌声一点也不热烈，他们在那一刻里一定疑问，为什么不是罗拉？罗拉去了哪里？观众的消极情绪似乎也影响了这对新组合的发挥，在它们一起穿越第二个火圈时，汤尼却意外地出了差错，它惭愧地钻进水里，但观众依旧给汤尼最热烈的掌声以示鼓励，而凯瑟却非常失落地独自游回了水底，演出最终以失败落幕。

其实，我想那一刻里，汤尼一定是在想念它的爱人罗拉，想到它那时或许正在海底默默哭泣，它就一定会分神，就不能一次跨越那个对他来讲并不算难的火圈。或许，把技巧掌握熟练并不是很难，最难的是旁无杂念地和对手默契的配合，而要做到这一点，却是经年累月堆积起的信任与爱。

让人惊喜的是，不久后，罗拉也能够独自流畅地穿越那三个对它来讲最怕的火圈，它和汤尼终于再度联手。当它们再一次步调一致地从水面蹿起，不急不缓地连续穿越那三个火圈时，那矫捷美妙的身姿仿佛正炫耀着它们唯一的爱情，人们被这对海豚情侣能在水面上的再度重逢深深感动，更为罗拉能够克服自己的弱点，再度追随上汤尼的脚步而落泪，全场的观众沸腾了，演出获得了巨大的成功。

如果你正爱着一个人，就要时刻想着和它一起完美地演出，为了他，你要让自己始终能追随上他的脚步，随时可以和他一起跳跃，一起飞舞，一起游走人生。

系在丝巾上的爱情

爱情从来不曾离去，就像你对某个人的思念。

黄昏时分，在西湖边上，经常可以看到一位老年妇人，手里抱着吉他，静静地弹、忧伤地唱，虽然已经两鬓斑白，却依然带着年轻时的光彩，她的脖子上永远系着一条鹅黄色的丝巾，那是她的爱人生前送给她的，每次想他的时候，她就来这里弹琴唱歌，在那首《因为爱情》的歌声里，属于她的爱情时光好像又真的重新回来了。

“因为爱情，不会轻易悲伤，所以一切都是幸福的模样。”在她的爱人离开她三年后，她每天都想把对他的思念，通过歌声带给远在天国的他，她相信他一定可以听得见，因为他生前曾亲口对她说过：“无论我在哪里，只要你想呼唤我的名字，我都会听见你，更会看见你。”

所以，她每次唱的都格外动情：“因为爱情，简单的生长，依然可以随时为你疯狂。”每当晚风吹过，她脖上的丝巾就会轻轻随风而动，他一定是看得见她的，因为他说过：“我最喜欢你戴丝巾的样子，很好看。”所以，每次来西湖边唱歌，她一定要戴上爱人送他的这条丝巾，在高低起伏的歌声里，一幕一幕回顾着曾经属于他们的爱情。

每次她唱完了歌，起身抱起吉他离开的时候，目光总会再一次投向美丽的西湖，仿佛爱人就在那里目送着她离开，就像每次她出门，爱人站在家门口和她温暖地挥手一样。这一刻，她也举起手，轻轻地挥了又挥，布满皱纹的脸上，因为爱的笑容充满光彩。

人会被岁月无情地催老，而爱情却不会老，它美丽的模样深深地镌刻在时光里，纪念着青年、中年、老年，每一季里，都有爱人不同地爱你的方式，爱情真的在随着岁月一起慢慢地生长，当有一天爱你的人离你而去，他曾种下的爱情，却依然还在茂盛地生长，安慰你此刻忧伤的心。而你唯一要做的，就是在时光里继续播种你们的爱情，一切都还是曾经幸福的模样，他爱着你，虽然离你很远，却会无时无刻不在思念着你，只要你快乐地生活，开心地微笑，相信爱的存在，他就能够重新回到你的身旁，听你、看你、感觉你，爱情也将永远不会老去。

无论你现在正在享受爱情，还是在寻找爱情，请一定相信它的存在，如果你是幸运的，就一定会遇见它，然后看着它一点一点生长，有一天，当岁月老去，容颜更改，爱情却依旧在老地方温暖地注视着你，就像年轻时的模样。

住在你的生命里

把你的生命当做房子，让我住进去，直到永远。

那是童年的冬天，曾因为听到这个故事而第一次对爱情有所向往，我趴在飘着雪花的窗前，仿佛看到了故事主人公正经历的一切。

故事发生在很多年前，一对年轻的情侣，他们相约一起去攀登雪山，然而，路途中他们遇上了雪崩，两个人同时被掩埋在深雪中，二十八天后，女人被救出，男人却永远离开了他深爱的女人。

电视记者采访她，问她究竟是什么能让她独自活下来？她的回答却令所有人唏嘘不已。

“是爱情，它不仅是我精神上的支撑，也供给我肌体的营养。”起初，人们并不理解她话里的意思，后来才知道，在那些被寒冷饥饿包围的日子，男友为了鼓励她，经常在耳边不停地为她唱歌，和她憧憬以后的日子：“那是一片充满温暖阳光的世界，我们要找一片有海的地方住下来，建一幢漂亮的房子。”由于缺乏食物的供给，女人很快就奄奄一息了，谁也不会想到，男人竟撞断了自己的手臂，告诉她那是野羚羊的肉，要她吃下去保持肌体的能量。不久之后，他却因为失血过多再也张不开眼睛，就在男人咽下最后一口气时，还强忍着身体的剧痛唱歌给她听，告诉她那幢建在海边的美丽房子，就以她的名字命名。

后来，那个女人终身未嫁，她说她的生命里生长着男友的爱情，是他的生命供养着她的人生，她怎么可以还去选择别人？她要好好地活着，为了这用爱情换来的生命。她发奋工作，努力赚钱，在她还不到40岁时，就在海边买下了一幢漂亮的房子，她给那个房子取了他的名字，这样她每天住在那里，就像住在他的心房里，仿佛他的生命又重新鲜活起来。

原来，一段好的爱情，不仅可以愉悦我们的情感，更能滋养我们的生命。让我们总忍不住一脚踏进去，然后住在里面，和你厮守千年，无论光阴如何变幻，你的生命里有我，我的生命里有你。

八哥的爱情

和人类相比，动物的爱情更令人刮目相看。

家里养了一只八哥，它不懂人话，却把人话学得像模像样，从早到晚不停地煽动着黑色的翅膀，跳上跳下，唾沫四溅。从说最简单的“你好”，一直到说那些稍微复杂点的：“恭喜发财，感谢您！您真是太好了！”

我时常想，它多亏没遇上一只心仪的八哥，不然的话，它又要浪费多少唾沫去拼命赞美她?

有一天，不知道是谁偷偷教它说：“笨蛋！懒虫！讨厌鬼！”它说话的气势也变得不一样了。从前说那些礼貌用语时，它都是弓着身子，语气也显得愉悦，可现在却一脸趾高气扬，语气里也充满着轻蔑，谁又能说它不懂人话呢？原来一直很招人喜欢的八哥，突然间也觉得不那么可爱了。

不过，八哥却聪明得很，能够辨别出主人对它的态度，一旦发现主人生气了，就立马改口：“恭喜发财！感谢您！您真是太好了！”很明显，它知道说什么才会让主人开心，即使它的主人真是笨蛋、懒虫和讨厌鬼，它也再不说那样的真话，因为这只能惹来主人的冷落，而甜言蜜语却可以永远得宠。

八哥也终于变得虚伪起来，一天到晚不停地重复：“恭喜发财，感谢您！您真是太好了！”虽然它确实不懂话的意思，却知道说完这话，主人保准给它笑脸。以后，每当别人在教它说其他的话时，它也眯起眼睛，不那么认真地学习了，因为它知道学会的那几句话足够惹主人开心，而如果新学的话不讨好主人，它宁愿不学。所以，八哥即使聪明地能学会人的语言，却不愿意多学，以免引来不必要的烦恼。单凭这一点，谁又能说它不如人类聪明呢？

后来，邻居家也养了一只八哥，经常把它俩放在一起。一来二去，或许它们之间真的产生了感情，八哥一改以往不认真学习的态度，认真地记住了那些肉麻的情话：“亲爱的，我爱你！”每次，两只八哥凑到一起时，它就会主动对邻居家的那一只说：“亲爱的，我爱你！”那只八哥也不知从哪里学来了：“死鬼！讨厌！”看着它们打情骂俏的样子，忽然间觉得，爱情是世间至美的情感，连动物也是如此。

那年秋天，邻居家的八哥病死了，家里的这只八哥也突然间变得孤单，无论谁让它说：“亲爱的，我爱你！”它都不肯再说了，或许，在它的心里，亲爱的只有一个，它比人类的爱情要专一得多。每次看到它在笼子里独自发呆的时候，我总感觉它在思念着那只死去的八哥，那一刻，它好像是全世界最孤单的那一个。

八哥的爱情，和人类相比，多么相似又多么不同。

青蛙王子

那不是童话里才有的人物，爱情里从来都不缺少王子。

小时候读到《青蛙王子》的故事时，有时会把书蒙在脸上偷偷地哭泣，我好害怕青蛙变不回王子，不能再和小公主在一起，等到故事读完了，我才会大舒一口气，感谢编童话的人给了我一个温暖的结局。

自此之后，凡是对待小动物时，我都会比平日多一些怜悯之心，因为我好害怕，它们同样也是被巫婆施了魔法，一时变不回人形，之所以和我相遇，只是因为我可以拯救它。

然而，我照顾的小动物都那么平常，小鸡、兔子、小狗、乌龟，我那时多么希望能拥有一只青蛙啊，即使小鸡它们有一天变成王子，说不定我也不会爱上他，因为印象中觉得只有青蛙变王子才更加帅气。

直到遇见他，我才知道今后可能再也遇不上青蛙了。他长相帅气，眼神迷人，性格温和，举止优雅，声音动听，大概没有哪个女生不会喜欢这种类型的男生吧？我爱他，似乎总比他爱我要多一点。

见不到时，是我紧张他和谁在一起？吵架时，是我紧张他是不是会再打来电话？热恋时，是我紧张他今后会不会把这份感情突然收回？我甚至多么希望，他只有在我面前时才这般帅气和迷人，而出现在别人眼前时，却完全变了另一番模样，不优雅，不迷人，不风趣，不和善，他就像一只傻傻的青蛙才好呢。我时常庆幸，这个想法没有被他发现，不然，他会觉得眼前的这个女人好像一个巫婆，总想用一种魔力掌控他，他一旦不听话，就给他一点好看。那一刻，才终于想通了一件事，童话里，为什么巫婆总喜欢给王子施魔法，其实说不定巫婆也爱上了王子，只想他永远属于她而已，那只不过是她爱他的方式。

听说，在这个世界上，两个相爱的人相遇的几率只有百分之零点零几，所以，我才终于对“青蛙”宽了一点心，即使他真有机会遇见别人，也不一定会心动，自信的公主永远赢得爱情，他在看过各种姿色的公主之后，仍愿意回到你的身边，那才真的证明，你才是那个真正能令王子动心的人，无论他是青蛙还是王子，他的心都永远属于你，你就是童话里那个最真实善良的公主。

爱一个人绝不会轻易更改，如果那样的话，爱情的魅力就永远不会那么吸引人。因为是你，无论你有一天变成什么样子，我的心依然只为你跳动，因为是我，即使有点任性、爱耍小脾气、若即若离、爱吃醋，你是不是也觉得我最可爱？

青蛙王子的故事，原来一直都在爱情里继续着。

一起感受寒冷

寒冷的冬天，你的手温暖着我的心，而我的心也只为你跳动。

她最喜欢冬天，寒风萧瑟，雪花满天，不过，那双冻得有点红又发麻的手却不知如何躲藏。所以，她下定决心以后要找的爱人，一定要有一双温暖的手，在冬天里可以紧握她的手走在风雪中。

似乎还没有准备好恋爱的心情，他就悄悄地出现在她的面前，一个异国的小伙子，即使不说话，也能看到他眼睛里的笑意，他大方地向她表白爱意，而她却认为外国人大多是随性而浪漫的，或许对其他女孩大概也会如此，温柔纯净的面庞下，谁知道究竟有着怎样的内心呢？

她小心翼翼地避开了，只是真诚地对他说NO，她无论如何也没有想到，他竟会跪在她面前哭泣，拉着她的手像一个孩子在乞求一件礼物，原来爱情也可以这样不顾自尊来乞求。而就在他握她手的瞬间，她突然觉得那是一双好温暖的手，自己的手在他的手中仿佛快要融化了，她真的没有一点办法拒绝他。

圣诞之夜，他扮成圣诞老人来敲她的房门，一见面就送给她一双大大的卡通手套作为礼物，让她在冬天里不再害怕寒冷。她说其实一点也不需要，因为他的手是最让她温暖的礼物，礼花满天的时刻里，他们许下了今生今世在一起的誓言。

又是飘雪的季节里，他要回到自己的祖国，请求家人同意和她结婚，当她一个人走在风雪中，最想念他手的温度，那双大大的卡通手套，也只能陪她一起感受寒冷，她在心底里怪他，为何偏要在冬天离开，因为寒冷的天气，更会让人倍感孤单，不是吗？

圣诞节很快来了，她在电话这端等着他的越洋电话，当时钟敲过12下后，电话仍没有响起，此刻，在他的国度里一定也在狂欢吧，人群中他是否又扮成圣诞老人去给谁惊喜呢？那双大大的卡通手套，像一个笑话冷在那里，没有一丝温暖。

窗外礼花满天，而她觉得爱情的烟花就要落幕了，她把音箱开到最大："jingle bells，jingle bells，jingle all the way！"她怎么也不会想到，一双大手在背后蒙上了她的眼睛，对她说："亲爱的，圣诞快乐！"她满脸泪水地看着他，几乎不敢相信他真的回来了。他微笑着说："路上堵车，圣诞老人来晚了。"他要她相信，爱你的人永远不会离开你，为了在圣诞夜赶回给她惊喜，他倒了三班飞机，两班汽车，因为他知道，在美丽的冬天里，她最害怕冷，他一定要回来和她一起感受寒冷。

窗外烟火璀璨，就像他们幸福的样子。

害羞的脚趾

能接受不完美的我，才是这世上最爱我的那一个。

因为生着一双不怎么好看的脚，她几乎很少穿那种透出脚趾的凉鞋。

火热的夏天里，她多羡慕女孩子能穿上短裙和凉鞋，露出雪白的脚趾是多么美丽。而她只能把脚趾深深地藏进鞋子里，这样在别人面前总是一个光鲜靓丽的她。

自从恋爱后，她总是担心，如果有一天，他看到自己并不美丽的脚，还会像现在这样爱她吗？

在她生日那天，他特地买了一双透明的水晶鞋送她，他想亲自为她穿上。这让她不知如何是好？她该怎样面对他为她脱下鞋子的那一刻呢？

她的脸色突然变了，显得格外慌张。他拉住她的手，问她怎么了。她说自己最不喜欢别人送她鞋子，因为穿上别人送的鞋子就意味着要离开，难道他希望他们的未来，是以分手告终吗？这个机敏的反应，连她自己都觉得意外，可是也只有这样说，才会让他真的相信自己的理由。

他温柔地把她揽进怀里，告诉她其实这个想法有多天真。两个人的恋爱，是要相信彼此的心，而不是那些毫无道理的寓言。他要她相信，他会这样一直爱她，不管有一天她变老了还是变丑了，在他的心中，永远都储存着她最初美丽的脸，他轻轻地拍着她，告诉她会用一辈子的时光好好爱她。

那一刻，她有多感动。

原来，爱上一个人，外表只是一个小小的部分，而心灵的空间才是最广大的。也许，那个能接受你不完美的人，才是那个最爱你的人。

她大胆地脱去鞋子，穿上那双他送的水晶鞋，此刻，无论是多么难看的一双脚被他看到，她都已经不去在意了，她相信他爱自己，包括完美和不完美。他温柔地望着她，带着笑意的脸上，写满了对她的爱，他轻轻地抚摸着她那双害羞的脚，深情地望着她，让她相信，他从没有骗过她，他是真的爱她。

多幸运会遇见他，多幸福会拥有爱情中最完美的境界，多期待这份爱会一直到老。

比害羞的脚趾还要害羞的，是此刻她的脸，温柔美丽的像一个新娘。

因为你喜欢我，所以我喜欢你

无论我多么爱他，如果他不爱我，我一定转身。

在爱情里，一见钟情的似乎并不多，大多是日久生情，或者因为对方先喜欢你，你才又喜欢上了他。

那一年，他读高二，她读高三，他细细高高，话很少，一笑起来嘴上有两个很深的酒窝，很多女同学都觉得他更像一个内向的女生，总有一种想保护他的冲动，尤其是他脸上永远挂着的沉静的笑，总是那么让人感动。

他和她住在同一个小区，每天放学，作为学姐的她都在门口等他一起回家。在一次回家的路上，她对他说："我很喜欢你，可以做你的女朋友吗？"他被这样的问话羞红了脸，一时不知道如何回答，那一路，他们再没说一句话。

她好像生他的气了，作为女生先向男生表白已经很了不起，他怎么还能这样木讷，一句话也不说，哪怕点个头总可以啊。一气之下，连续几天，她也没有再等他一起回家。

他终于知道自己让她伤心了，休息日，他把自己关在房间里一整天，只为想清楚这一件事。她长得很漂亮，成绩也比自己好，每次放学，只要她等在门口，就觉得回家是一件多幸福的事，其实，自己也蛮喜欢她的。他拿出纸和笔，第一次把心中想对她说的话，一笔一画地都写了下来，然后悄悄地夹进书本，送到了她的手里。

她还书的时候，里面夹着一张字条，上面写着：明早五点，你班教室见。

这种偷偷摸摸的感觉，难道就是恋爱了？他抱着书本里夹的字条，一个晚上也睡不着，第二天早上，他提前一个小时就来到了教室，因为一夜没睡，他实在太困了，竟趴在书桌上睡着了。

等他张开眼睛，同学们差不多都已到齐了，正课就要开始了，他好恨自己第一次约会就能这么没用地睡去，她一定不肯理自己了！整堂课，他的脑子里全是她，想着该怎样和她解释呢？

第一节下课，她就来到他班门口等他，还没等他先开口，她就连声地道歉："对不起，不该和你约那么早的，我自己都没有起来。"他忍不住在心里狂笑一番，原来她竟没有来。但他仍故作镇定地说："没关系，这不算什么。"那两个深深的酒窝里埋藏着神秘的笑意。

他们的恋爱从高中一直持续到大学毕业，有一天她忽然问起他："你为什么喜欢我啊？"他想了想说："因为你喜欢我，所以我喜欢你。"她不依不饶："那如果我不喜欢你呢？"他回答："如果换到那时就不好说了，因为我根本不知道自己喜欢你啊。"

原来，因为别人的喜欢，才提醒了我们爱的关注，因为我喜欢你，你也喜欢上了我，这感觉有多美妙。

永远不孤单

爱一个人，永远不会让他感到孤单，
你总会花费心思，让他多一点快乐。

在欢庆的日子里，手机里的短信总会响个不停。哪一条才是你最盼望的呢？其实，在草稿箱里，你早已经编好了送给他的祝福，只不过你并不想第一个发送出去。因为，有时候等待也是甜蜜的，不是吗？

在越逼近祝福的时刻里，那一条你盼望的还没有进来。你会觉得惆怅吧？还是会在心底暗自决定：不如就这样吧，再也不要联系，牙齿痒痒的不行。

但你并不死心，也许还有奇迹发生，如果一切都可以预测，不就没有意思了吗？

那就不如进行倒计时吧，期限就到可以最后传达祝福的时刻。说不定，他想在最后祝福时刻里，对你说一些特别的话。天啊，如果真是那样，我是不是也该有所准备呢？于是你再次把草稿箱打开，再仔细地编辑那条你要发给他的短信。

3，2，1——这是祝福的最后期限。那一条你最盼望的短信始终没有发给你。

合上手机，还是会想起他，突然间你立即会闪现一个念头：他并不在意我，那么我为什么要在意他呢？从此以后，也许这个号码，可以不被记起，当然也可以删除掉，老死不相往来。

但马上另一个念头又会出现：他不会有什么特别的事情吧？说不定遇到了一件大麻烦，哪还有心情给你短信？这个时刻，其实最该你先去问候他，只要两个人相恋，谁先问候谁，又何必那么在意呢？

你再次把手机打开，想把那条你一直保存的短信发出去，让他先感觉到你的温暖。

可是在即将要发送的这一刻，你又开始变得清醒。他也许什么事情都没有发生，一切如常，只是忘了问候你这么简单。如果是这样，我又为什么这么痴情？没人买单的痴情岂不是很可笑？

爱，是心有灵犀，是心心相印。一个人的独角戏，总感觉有一点悲凉和可怜。

那就不如忘记，或许这一刻里，你会觉得好没面子，但总有一天，你遇上了真正爱你的他，在你们彼此想念的时刻里，短信会同时响起，那又是多么悦耳的瞬间啊。

我要那种爱，因为只有那样，才能永远不孤单。

天　鹅

天鹅的爱情远比人类忠诚，所以，美丽幸福一直伴随着它们。

在所有的鸟类中，我永远最喜欢天鹅，喜欢它的神秘色彩，就像冬天的圣诞节里，在窗口等待圣诞老人的到来，无论他会不会来，却仍对他的到来抱有希望，我一直相信天鹅是世间最浪漫的鸟儿。当然，我更喜欢它的高贵和优雅，喜欢它游在水面上曼妙的身姿，喜欢关于它的那些爱情传说。

听说，在对待爱情这个问题上，天鹅远比人类忠贞。当两只天鹅最初相遇时，虽然会为彼此心动，却能够负责任地开始一段爱情的考验。此刻，不管它们多么恋着对方，在迁徙的季节里，都会决绝地跟着自己的队伍飞去远方，而彼此再相见时，却要等上整整三年的时间。

经历着长夜漫漫的等待，忍受着思念的煎熬，在一千多天的日子里，仍能矢志不渝地爱着对方，即使有再出色的天鹅出现在眼前，也不能改变它们心中最初的爱恋，这份对爱的执著和坚守，是不是远远超过了人类?

三年之后，当两只天鹅再度重逢，如果发现自己仍最爱对方，它们就将做出一生中最慎重的选择，离开自己相伴许久的队伍，飞入爱侣的队伍中，和它在湖面上翩然起舞，从此相守一生。而这份自己精心挑选来的爱情，也注定会成为它们浪漫生命里最动听的乐章。

那年夏天，朋友结婚，我为她精心挑选了一枚水晶的天鹅胸针，祝愿他们拥有天鹅般的爱情。然而，没过多久，她却来和我哭诉，爱人已经离她而去，一句话也没有留下，只剩下空空的一座房子，而那枚水晶胸针，她再也没有戴过。

但我们也不该责怪他的爱人，因为爱情从来都不是能捆绑得住一颗心的，一颗心如果属于你，永远都不会决绝地转身而去，而是努力和你保持步伐一致，你在哪里，他就在哪里，即使两个人相隔万水千山，也绝不会改变心意。

当我们对爱情失去信心时，不妨去湖面上看看那些恣意的天鹅，在它们的爱情里，是不是可以有一点借鉴，让我们再面对一段新恋情时，不再那么茫然，也绝不再轻易做出一个决定，因为那是关乎一生的幸福。

第二章
当爱情转移了方向

曾经以为，我们可以乘坐同一班列车，驶向人生的一个个站点，然而，当旅途中又出现其他风景，我们终于选择不再同行。分别时，能否向对方道一声珍重，祝他今生一路顺风？

丢下你，朝前走

无论我们曾经多么地爱一个人，

或许总有一个时刻，我们不得不和他道别。

窗外的大雨，不知道什么时候会停。如果你在身边，一定会在背后抱紧我，告诉我你心底对我的爱。可是，我却愿意抛弃所有来自于你的温暖，在这一站丢下你，继续朝前走，即使冰冷的雨、孤单的路，也决定不再回头，因为那是我唯一想要去的方向。

储存在一个人心中的爱，究竟会有多少？爱一个人真的那么容易吗？我从不怀疑你对我的爱，但却不能接受你把爱分成那么多份。每次听你讲起她们时，总会让我有一种错觉，她们也许才是你该追寻的爱，而我远没有她们重要，只不过在这一站我们遇到了，而你一直怀念的是过去的风景。

你儿时的玩伴，现在仍有联系，你忘不了你们俩在夕阳下回家的快乐，虽然没能娶她，但她的青春却一直住在你心里。

和你同桌三年的“小眼镜”，嬉皮可爱，在其他同学面前风风火火的像一个男生，却甘愿在你面前做一只温柔的小鸟，你最喜欢看她安静时的样子，好几次都忍不住想去吻她。

你在网上认识的第一个网友，相见时的激情，让你至今把她当作一场童话，你们的爱情如果能够继续，公主和王子从此就过上了幸福的日子。

所以，我每天起床要面对的，不只是一个你，而是你和你爱过的人，那些时刻挂在嘴边的记忆，是永远不会消失的吧？虽然我会耐心地听你讲完一个又一个故事，但和你心灵的距离却在那样的时刻里拉开了，也许你最爱的不是我们当中的任何一个，而是你自己，因为你享受别人给予你的每份爱，那也许是你生命里最值钱的资本，你不喜欢把她们深埋心中，而是选择让她们谁都没有离开过，一直陪在你身边。

而我只会专注地喜欢当下的这一个人，从激情走向平淡，他爱的记忆全是我，我爱的记忆也只属于他，我的视线不会离开他的左右，纵使我曾经也爱过别人，但一旦离开了，他们就已经与我无关，我眼中最在意的就是我现在的爱人，他的眼神，他的温度，他的快乐和忧伤，对于过去的爱我宁愿被岁月全部带走，再也不记起。

所以，你要的也许不是我，而是一段爱的经历。而我爱的也不再是你，一个不肯给我全部爱的人，怎么值得我去托付一生？或许有一天，你会和你新的爱人说起我，说起那些我们相爱的片段，但我更希望你忘记，不要太怀念，因为我已经忘记。

为了寻找一份完整的爱，一片属于自己的天空，我终于决定了，在这一站丢下你，朝前走，从此不会再回头。

流在异国的眼泪

在那些温暖的夜里，你可曾深深地思念某个人？

在我的印象中，男人的眼泪是弥足珍贵的，那是只有心底的痛苦无法再附加时，才喷薄而出的强烈情感，所以，男人哭的时刻并不多。

不过，那一天在电台的直播中，一个男人说着说着却哽咽起来，透过电波，那份悲伤是那么清晰地印在眼前，他和我讲起在异国出差的那个夜晚，他从梦中醒来时，眼角全都是思念她的眼泪，我特别好奇地想知道，那究竟是一段怎样刻骨铭心的恋情？

“你知道吗，想念她的心，整个世界都能看见。”他急切地表达。

“既然那么喜欢她，当初为什么不好好珍惜？”我迫不及待地想要知道，在他心中那么思念的一个人，最后为什么散了？他哽咽着回答：“早知道人生这么短暂，当初我就不会答应放手，可是，我却放开了她的手。”

直播间外，导播正戴着耳机专注地听着他的讲述，这个平日里没心没肺的大男孩，似乎对这一段情感格外有兴趣，当然有兴趣的不只他一个，电波的这一端，我也迫不及待地想知道故事的内容。“她已经结婚了吗？”我追问道。电话那头传来他一声沉重的叹息。

他和她曾同居5年，只是他一直都没有提过结婚的事，不是不打算给她婚姻的承诺，而是觉得那时的经济基础非常有限，他想风风光光地把她娶进门。不过，他却不知道这却是她沉积在心底的结，她不知道在哪本书上看到过："婚姻是一个男人给女人最好的承诺，一个不肯和你结婚的人，一定不是最爱你的那一个。"她信以为真。

那一段日子，他每次从外面回来都满身疲惫，不想多说一句话，就一头扑进沙发里睡到天亮，在家安静等待了一天的她，却怀疑自己是不是不再能引起他的兴趣，他是不是厌倦了眼前的生活，甚至厌倦和她多说一句话，或许，迟早有一天，他会向自己提出分手，而当那个时刻到来时，她几乎不能独自面对那个事实，而先提出分手的那个人总会好过一点吧。

在一个明媚的春天上午，他在房间里修电视，她坐在一旁不紧不慢地说："我们分手吧。"他甚至都没有听清她说的内容，只是应声答了一声："嗯。"她以为这是他早想要的，只是默默地在厨房里为他准备了一桌菜肴，平时不喝酒的她，第一次把酒杯斟满祝福他。

第二天早上，当他醒来的时候，她早已离开了，房间里再找不到一件她的物品，他打电话给她，却一直关机，此后因为工作忙碌，没有特别在意，心想，女人只是一时耍小性子，总会回来的，谁知在过去的5年中，他彻底在人群中失去了她。

直到那天他住在异国的酒店里，突然好想她，午夜从梦中醒来，眼睛里全是想她的泪水，他梦见她又重新回到了他的身边，他哽咽着在电话那端说："说好要在一起的，怎么走着走着就散了呢？难道我们再也回不去了吗？"

那个晚上的导播间，电话此起彼伏，但我仍想把时间再留给他多一些，因为我很想知道，在异国的那个旅馆里，他究竟用什么样的办法来抵挡住汹涌的思念？

就在我想知道答案时，电话那端，他却先挂了电话，或许他的心太痛了，让他再也不忍把伤痛再经历一次。节目结束后，很多听众在直播平台上留言，大家都想知道后来的结局，可是讲述故事的主人公却消失了。

又过了一个月，他的电话又在午夜打进来了，这实在出乎我和导播的预料。他先向听众们道歉，接着告诉了那个大家等待了很久的结局。

那一天，正好是农历春节，他辗转从朋友那里得到了她的电话号码，他决定给她打完电话，从此就彻底地把她放下，他要开始新的生活了。

电话接通了，出乎他的意料，她并没有觉得意外，和旧时恋爱期的声音一样温软和暖。她告诉他自己结婚了，先生对她很好。他不知道再问她什么，最后说："如果当年我像现在这样找你，你还能回来吧？"她回答："也许能，不过好像回不去了，但永远不会忘记你。"

"她说完这句话，我也彻底放下了。"他轻轻地舒了一口气接着说："表达过了，我心中也就没有疑惑了，人生就是这样啊，不可能有回头路，不是吗？"

想一想也是啊，人生本来就是由许多的遇见和告别组成的，遇见的时候懂得珍惜，告别的时候学会祝福，那么，每一段时光就都值得怀恋。

那天的电波里，我送给他一首《爱情转移》，希望他的爱情，会在下一个路口遇见，不再转移。

一万英尺的浪漫

浪漫可以很美丽，却也可以很残酷。

他曾答应她，一定带她去看最美丽的风景。

那究竟会是一个多美的地方呢？她曾不止一次的想像，在洒满星光的夜晚，牵着他的手会有多美丽，靠在他的肩膀上又会有多温暖。在她眼中，那才是最美的风景。

他曾答应她，一定要给她最意想不到的惊喜。

早起的闹铃，是他悄悄地录制好的，那一句深情的："宝贝，我爱你。"让她在睡眼惺忪的早上，突然好想他。

他还答应他，要陪着她一点一点变老，在黄昏的街道里，一起牵手回家。

一个多么懂得浪漫的男人。有他在，永远不必担心日子没有色彩。她是那么仰慕他，那会是一辈子的时光吧?

此生遇见他，让她再无他求，她觉得自己是这世上最幸福的女人。

可是有一天，他突然来和她告别，说要去海外工作，让她不要再等待。他们面对面站着，彼此沉默，他其实有多残酷。在他蓦然转身后，她不知道该怎样迎接明天。

在她临睡前，他还是像以往一样，发短信给他，告诉她，他已经飞在了一万英尺的高空上，祝她永远幸福。

他确实很浪漫，连分手都是如此。她整夜无眠，直到他录制的早起闹铃再一次响起："宝贝，我爱你。"在那一刻，她恨不得把手机都摔得粉碎。那一夜醒来，她感觉自己一下子老了两岁。

原来，他确实履行了诺言。那个最美丽的地方，是他离开的一万英尺的高空。最浪漫的惊喜是分手后依然叫醒她的闹铃："宝贝，我爱你。"还有那一个陪她变老的时刻，也提前来到。

一万英尺的浪漫，让它永远见鬼去吧。

请别为我留下来

为了爱情，我们乐意放弃很多，却永远不后悔。

因为爱一个人，而改变你本已经有的人生规划，不去高升，不去移民，不去获得更好的生活待遇，只为了拥有你，他愿意留下来，这样的爱会感动你吗？或者，只被你当成一个简单的爱情的借口？

如果你为了我，愿意舍弃更好的人生而留下来，我会觉得有一点内疚，因为我害怕给你的，不能弥补你将要失去的。那个你将要前往的未来，或许会比我们的爱情更绚烂，而如果有一天爱情不在，你是否又会后悔当初的选择，因为它或许会真的会改变你人生的轨迹。

也许你会说你永远不后悔，因为爱上了就爱上了，爱情需要牺牲，如果连这点都不能付出，又怎算是爱上了呢？哪怕那一刻真的失去了理智，拥有你难道不值得吗？这根本就不算什么，也许换作另一个人，你的选择还是一样的，既然这样，那更确切地说，你不是为我留下，而是为爱情留下。

而结局是令我们都欣喜的吗？我们相爱、结婚、吵架、出现裂痕、对爱情产生怀疑，觉得和谁过都是一样的日子。直到有一天，我们又想起了数年前的那个黄昏，你发来短信说，愿意为我放弃出国工作的机会，当你搂紧我纤细的腰，对我说这一生有我就足够时，我以为我终于找到了爱情。

然而在岁月的磨砺中，爱情终于不再光鲜，我身上的光彩也再不能吸引你的目光，当初的那个决定如果能重新来过，你该有不一样的选择吧。或者在某个午夜梦回时，你有多想念那些人生不再回来的时光，想念那个出国工作的机会，想念那个把未来握在手中的自己，而在你身旁的我，也能够听见埋藏在你心底里那个叹息的声音。

时光是永远都回不去了，它改变了我们的模样，改变了我们当初的爱情，改变了我们各自的命运，可是我们却不应该怨它，因为它曾给予我们对爱情的期待，平淡，也许才是爱情至高的境界，而我们却不明白其中的真谛。

如果有一天时光可以倒流，我仍想遇见你，仍想再去爱你，但却再也不想你为我留下来，因为，我们谁都无法背负从此改变彼此人生轨迹的责任，如果你真的愿意留下来，也请说不只是为了我。

爱上异乡人

有些爱情是命中注定，这一生，只为千里迢迢找到你。

你会因为一个人而爱上一座城市吗？每次电视台播放天气预报，你都急于知道他那里的天气，那一刻你恨不能穿过荧幕，飞越到他的城市。

曾经，我们只喜欢故乡的人，爱他们身上的一切美好的品质，只源于我们共饮一江水，他们讲话的声音、处事的方式、饮食文化，都是我们习惯而喜爱的。相比看来，那些外省市的陌生人，单听口音就觉着已经隔了一层屏障，似乎也没有更多兴趣交往下去。

然而，随着城市的人口流动，一个城市的外来人越来越多，客观因素导致的结果是，我们不得不和这些异乡人相处在一起，日久天长，我们彼此熟悉，他们融入了我们的乡土人情，渐渐地，也反认他乡做故乡了。在这当中，我们有可能结识生命中最重要的人。

即使最后他仍要回到自己的故乡，你却仍不打折扣地对他生活的城市爱恋起来。你逢人便会打听，某某省市的男人或女人怎样？当然，如果你是一位女性，你更关心的就是他生活的那座城市女人们长得怎么样？你希望从他们口中听到否定的答案，即使你和他根本没什么未来，你还是希望有一天他在故乡娶的妻子不如你漂亮。

终于盼到公司休假，你迫不及待地订了一张他所在城市的机票，你要去看一看他出生的故乡，尝遍他喜爱的小吃，当然你最乐意能和他偶然在一个小巷相遇，让他相信这是天意的安排。如果不能，你还有最后一个希望，拿起电话给他拨过去，告诉他你来到了他的城市，那种和他异乡相遇的情景会有多温暖，说不定，他会驾着车疯狂地跑来见你？

但这一切又会不会不是你期待的？当你有一天真的来到了他的城市，而他却以一个十分合适的借口拒绝见你，可以想见你那时的心情会有多狼狈？

生活也远比戏剧和小说更精彩，真实的情节如果上演，你乐意看到哪种结局？如果换做是我，我愿意看到剧中的男女主角永远不会因为一座城市而阻隔，因为我相信真爱会跨越万水千山专为你而来。

不曾忘记你

有时候，你爱着我，也想着她，而这其实并不矛盾。

因为种种原因，本来相爱的两个人，最后却并不一定会走在一起。但在他或她的生活里，却总会用一种特别的方式怀念他或她。她曾经最爱听的歌，变成了他最喜欢的，他曾经最爱的颜色，也成了她生活里选择最多的，虽然大家见不到彼此，却以保留对方的习惯来纪念那段爱情。也许那并不代表他们心中仍爱着对方，却可以证明他们从来也不曾忘记彼此。

他与她已经分手快三年了，但她曾经送给他的玩具熊，他却一直摆在床头，有一天，他的新任女友看着那个玩具熊，越想越气，她竟一个人做主，把它丢在了垃圾桶里。等他回来后，竟发疯般地冲到楼下的垃圾站，从一件件垃圾中，又重新把它捡回来，女友生气地和他分手，他竟头也不回地抱着玩具熊回家。那一刻，她一定想不明白，既然都分手了，他为何还那么在意她送的一只熊？

其实，也许他并不是放不下那段恋情，只是不想把所有记忆全部抹掉，因为并不是所有的离别都带着怨恨，有很多也是无可奈何，那种美好的怀恋，为何不可以继续留在岁月里珍藏呢？能够让大家看到的纪念，是不是总好过偷偷地埋在心底深深地想念？

虽然我们已经结婚多年，但爱人却一直保留着初恋女友的相片，他把她放在学生时代的影集里，每次翻到那一页，我的心里也同样五味杂陈，但却依然表现出很大方的样子："其实，她也挺漂亮嘛。"他会立即回应我："在我眼里，你永远是最美丽的。"算他聪明，就为他夸这两句，我还和她计较啥啊？我问他为什么要保留这张相片？他只是说："那毕竟是年轻的回忆，怕等我老了都忘记了她的样子了。""那么，她的样子有那么重要吗？"我有些生气。他解释："那只是年轻的纪念。不然，交给你保管好了？"我才不稀罕保管呢，不过我仍觉得他是一个重情义的人，这么多年，也没有忘记对方。

真后悔当初怎么没要一张初恋男友的相片，也把他放在那本影集里，和她的照片并列放在一起，是不是这样才算公平？或许那又是不一样的，因为他真的不曾让我留恋，即使保留下了相片，我也早已忘记他。不过，在我心底还是有一个私念，真希望这世界上也会有那么一个人，曾经与我相遇过，却还能偶尔把我想起，从来也不曾忘记。

没理由的爱

这世上，总有一个人，你会愿意为他投降，
没有理由，只因为那一个字：爱。

有时我们爱上一个人，并没有什么特别的理由，只因为爱本就很简单。即使他并没有我们想像的那般完美。他的个子或许不高，职业的收入并不乐观，讲话的语调也不温柔，甚至他的五官还很丑，但只要我们爱上了，这一切就都不再是问题。

有一个女人曾在电台的节目里抱怨："我真受不了，他后来娶的那个女人，根本不及我三分之一的美貌，他竟不选我？"这确实是没办法的事，即使你的美貌胜过她一百倍，他仍爱她，愿意和她共度一生，即使你再完美，他却并没有爱上你，你也只能认输。或许在爱情里，外貌根本算不了什么，重要的是爱的感觉，只要感觉对，其余的都不重要。

我的一位领导平时在单位里非常强势，所有人都害怕他板起脸，因为接下来的暴风雨将会更加猛烈，他会不带一句脏话地把下属骂哭，而后又会十分镇定并充满逻辑地分析出她工作失误的原因，让她哭得明明白白，工作中，他的脸始终都是阴沉的，似乎只要那样才能让他找到专注的感觉。

大家在一起聊天时，最八卦的就是议论他的女人会是什么样，她难道也要每天忍受他的坏脾气吗？那位曾被他骂哭的女同事说："哎，好同情她，她最好能学我，上一刻还哭得稀里哗啦，下一刻就可以捂着肚子笑到不行。"

那天下班，他准备了一大束百合花放在办公室里，原来是他妻子的生日，那是他专门为她准备的惊喜，当大家看到一个身材粗壮的女人在楼下等他，阳台上所有的目光都齐齐地随他而去，他连等电梯的时间都省下来，健步如飞地从办公室狂奔到楼下，他细心地为她开车门，脸上的笑意就像那盛开的百合花，所有人都被那一幕看呆了，那个女人无论从年龄还是气质上看，都根本配不上他，他怎么能够有这样的品位？

或许，这就是我们难以理解的爱情，既简单又复杂，你根本没法界定什么样的人在一起才是登对的。不过，说不定那个粗壮的女人有着一颗十分柔软细腻的心，能把他的强势融化，说不定粗壮只是她的身材，而她的才华却是身材之外的。

又或许，爱从来不需要理由，只因为你爱上了她。

安静地离开

爱情可以悄悄地来，也可以悄悄地走。

窗外阳台上那盆开得正盛的花，是她去年夏天新买来的，每年早晨，她睁开眼睛第一件事，就是给它们浇水，那些花朵仿佛也很感谢她的心意，每天都以绿莹莹的姿态向她问好，枝叶间流淌出的清新，点缀着那个他们同居两年却不足十平米的小窝。

那些刚搬进这里的日子，是他们生命中一段多么欢乐的时光。每天下班，无论多累，他都骑着单车带着她在马路上兜风，她喜欢闭上眼睛轻靠在他的背上，两条腿随意地在单车上轻晃着，偶尔有夕阳滑过她的脸庞，她就能沐浴在那抹最温柔的光线里，她觉得这就是幸福。

回到家里，每次她蹲在地上洗米，他就在后面蒙上她的眼睛，每次她都答："我知道你是谁，是一个很爱很爱我的男人。"他就把她揽在怀里热烈地吻她，直到她娇嗔地罚他做晚饭，他任劳任怨地挂上围裙，虽然会烧的菜不超过三个，但每次看到她大口吃饭的情景，他觉得这就是幸福，夜晚里，他拥抱着她入睡，和她用温柔的声音交谈，他们之间似乎有着永远也说不完的话。

如果他们能继续在这个小窝里生活下去，或许这种简单的幸福会一直伴随着他们。而直到那一天，她去参加完同事一场奢华的婚礼后，就突然变得很安静了，当她默默地洗着米，他在后面环抱着问她自己是谁时，她却沉默地不肯回答，只说自己累了，低头吃饭时也默默无语。他问她是不是那个婚礼让她觉得自己的男友很没用，她转过头去安静地睡了。

虽然第二天早起，她还会给他一个甜美的微笑，但她却不再像以前每天出门前，一定要让他亲吻她才行。他许诺给她：“我会很努力地工作赚钱，到时为你买一个戒指，好吗？”她平静地摇摇头，说自己上班要迟到了，他其实知道离她上班的时间还早，只是她不想继续和他谈论这个话题，他骑车载她到公交站，然后看着她上车，自己才快速地骑车奔向单位。

他加班至深夜才到家，她突然第一次和他大声地发火，问他为什么这么晚才到家？埋怨他根本不关心自己一个人会怕黑，他把她拥入怀里，告诉他自己要拼命地工作，有一天可以让她过上幸福的日子。她苦笑着：“怕等我变成黄脸婆，我们也搬不出这间小窝。”他告诉她一定不会的，明天一定会更好，可他说这话时的底气，似乎自己都觉得不足，突然间，他也放声大哭起来，原来他一直背负着那么大的压力，她第一次被他吓坏了，两个人紧紧拥抱在一起，他要她答应永远也不离开他。

第二天，当这个男人再回到他们那个幸福的小窝时，她已经安静地离开了，桌上没有留下一张便条，他打去电话，对方的手机已经无法接通。她把房间的每个角落都打扫得干干净净，床上铺上了那条她最喜爱的床单，上面一颗大大的红心正孤单地思念着。

原来，离开也可以这样干脆，这样安静。每次看到阳台上那盆花，在清风的吹拂下微微摆动，就像她在和自己轻声道再见，那一刻，他就特别思念她，特别追忆那些似水流年也叫幸福的日子。

每天黄昏，他仍喜欢骑着单车去兜风，虽然后座上不再有她，可日子仍可以简单美好地继续下去。

没了下文

那些没结局的爱情，最终都是由时间画上了句号。

有些时候，我们并不害怕承受一个结局，只怕等待结局的过程那么漫长，有时甚至连结局都省略了。

有一天深夜，一个好姐妹哭着给我打电话："我们已经好久没有联系了，给他打电话又不接，短信又不回，他到底什么意思啊？"我问她："你们之前吵架了吗？"她哭着说："是啊，每次吵完架过几天就会自然好了，这次怎么会这样？"

其实，这也并不奇怪，只是他觉得每次吵完架，都要花那么长时间冷战，之后再花那么长时间哄你，然后再花更多时间互相忍耐，直到彼此又忍不住再吵架，时间长了，他或许太累了。

听完我说的话，她好像失去了世界一样无助："那我该怎么办，如果他肯回来，我可以答应他，以后再也不和他吵架。"这样的话，其实我们说过了多少遍，可当大家重新又在一起，脾气又不对的时候，早把这样的承诺抛在脑后，在吵架那一刻，战胜彼此才是比什么都重要的。而当其中一个人终于倦了、累了，不想再继续这样的生活时，另一个人却会突然地不知所措。

"如果你爱他，那么，不如试着去找他吧？"这是我给她最后的建议，她说她早去他的公司楼下等他了，他说加班不肯和她一起回去，她只有一个人回到家，她越想越觉得自己就要失去他了。我只好继续劝她："那就什么也不要做，剩下的就让他来做决定吧。"听到这里，她竟然大哭起来："我不要失去他，求求你，告诉我怎样可以挽回他？"

听着她电话里那么悲伤的声音，我忽然觉得她好可怜，也在心底里有点怨恨那个男人，怎么会这样对待自己的爱人？即使有矛盾，可以说出来大家一起探讨，即使要分手，也要把话说得明明白白，难道能永远这样逃避下去吗？或者，这个其实已经是他给她的答案，让她在忍受不了冷遇的情况下，先向他提出分手，这样从表面上看，在这段恋情里，他也并不显得那么无情。

原来，不是所有的感情都有结局，当另一半开始怠慢你，疏远你、躲避你，其实就等于告诉你：你们之间的感情可能没有了下文。不必期待他还会另起一行继续书写，只是你要懂得了其中的意思。在我看来，这样也未尝不是一个结局，只是那个句号最后是由时间画上的。

请你不要喜欢我

你若不能给我爱情，也请不要给我希望。

你问他对你的感觉，他毫不犹豫地说："我很喜欢你。"温和的语气，听起来是那么温暖，你常常会回味这句话，并感觉正被幸福包围。因为有人喜欢，才让你走在人群中不再孤单，因为你知道这个独一无二的你，正牵动着某个人的目光，你要为他而努力工作，更加美丽。

日子久了，你开始仔细回味喜欢的概念。喜欢一本书、喜欢一首歌、喜欢一件衣服、喜欢一个城市，喜欢是一种多么简单的感觉。但这种感觉不一定永远存在，随时都有可能消失，也许就在某一天清晨起床，你已经不再喜欢你曾经喜欢过的东西，因为或许会有更加新鲜的东西吸引着你。于是，那句“喜欢你”的温和话语，现在想来是多么地没有安全感，喜欢也许并不是一辈子的事。

不甘心的你再次问他，你希望他不再说那句你并不乐意听到的话，他在看过你的表情就知道，你很在乎他的回答。于是，他略微思考了一下说：“我在意你，喜欢你。”在他话音刚落时，你终于知道或许你在他心目中的位置并不那么重要。

有点任性的你终于忍不住再问：“那你爱我吗？”这一回真的难住了他，他大口地吸着烟，不肯回答，也许沉默就是给你最好的答案。但过不了多久，他仍旧会像从前那样温和地安慰着你：“喜欢你，就已经说明你很可爱，和你待在一起令我舒服，这有什么不好吗？”

当然不好。因为爱和喜欢是不同的。

喜欢一个人或许是爱的开始，但不一定都能到达爱的境界。

喜欢你，可以不必去拥有你，只是看着就足够。

喜欢你，不会时刻的牵挂，想你的时候才会去问候一声。

喜欢你，也允许别人和我一样地欣赏你，永远不会吃醋。

喜欢你，不必一生一世，或许只是人生中的某个阶段。

喜欢你，不会为你失眠，看着窗外由黑变红。

喜欢你，不必忍受思念的煎熬，更不会疯狂到睡到半夜起床，期待下一刻就能见到你。

这就是喜欢和爱的不同。

谢谢你曾经喜欢我，但这并不是我想要的，我要的要比喜欢多上好几千倍，只有爱能给得起。

如果你不爱我，也请你不要喜欢我。

只为乞求一个拥抱

那一个拥抱是为了弥补童年的失去，也是为了学会转身。

小美的父母亲，在她3岁时候就离婚了，她被判给了爸爸，但有了新妈妈后，她就一直和奶奶生活在一起，对妈妈的记忆，仍旧停留在她3岁那年的冬天，妈妈一个人托着皮箱出门，她站在门后面偷偷地看她离去，直到把眼泪全部吞进了肚子里，她多希望妈妈能够回过头来，再看她一眼，再抱一抱她，可是妈妈竟然头也不回地离开了他们的家。

小美最怕看到小朋友被妈妈抱在怀里的样子，那是她从来不曾体会过的，每当六一儿童节，公园里到处是妈妈牵着宝宝的画面，她在想3岁之前，妈妈也这样牵过我的手吧？她看我笑的样子，一定也很温柔吧？如果那时候能够记事该有多好，我一定会趴在妈妈的耳边，悄悄地对她说一声：妈妈，我爱你！我什么也不要，只要你给我一个拥抱，我会一直记住，永远也不会忘掉。

小美要感谢奶奶还一直保存着父母亲的这张结婚照，不然的话，这么多年，她一定遗忘了妈妈的样子。从照片上看，她是一个美丽的女人，微微卷曲的头发上，还别了一个精致的发卡，洁白的婚纱穿在她身上，就像童话里的公主，她把这张照片用塑料薄膜封了起来，怕岁月使它泛黄，更担心妈妈在照片里也会随时飞走，这是她对父母亲最珍贵的纪念了。

每次生病发高烧时，小美就会一直看这张照片，想像着妈妈正对她笑，夸她是坚强的孩子，神奇的是，第二天早上起来很快就能退烧。有好几次，奶奶偷偷地托人打电话给小美的妈妈，希望她能来看一看孩子，但一直都没有回音。小美经常告诉奶奶，她又梦见妈妈了，她笑的样子真好看，每年生日，她都会做一个相同的梦，妈妈给了小美一个大大的甜美的拥抱。

在小美20岁生日时，一个男孩子喜欢了上她，第一次送她回家时，男孩提出想拥抱一下她，小美愣愣地站在那里，久久没有回应。男孩以为小美拒绝了他，正要转身离去时，小美却迎了上去，她张开双臂紧紧地环抱着他，这么多年，她还第一次彻底体尝拥抱的滋味，那个童年里久远的遗憾，在这一刻终于得到了，体温在瞬间传递，每一个毛孔开始自由的舒张，当彼此的气息融为一体，心灵好像被披上了一件温暖的外衣，那个童年梦里，魂牵梦系的拥抱，在此刻是这样温暖。

拥抱是爱的开始，却不一定意味着永恒，他们的爱情没过多久就结束了，因为小美眷恋的只是小时候那个没有得到的拥抱。

她又拿出那张父母亲的结婚照，写在他们脸上的幸福，怎么那么快就消逝了呢？如果爱情那么容易消亡，宁愿一切都没有开始，还是相遇时那样简单的拥抱，可以随时结束，也可以转身离开。

不敢听你

爱情走了，也再不敢听到他的声音，
那好像一种折磨，让人无法安宁。

这是和她分手的第六个月零三天，那个一笑就满脸灿烂的女孩，有点任性，有点小聪明，还有很大的虚荣心，但也是这世界上独一无二的女子。他曾经爱过她，而忘记她，到现在为止还没有做到。

“我有点想念你的声音。”这是他从前经常给她传短信的内容。每次无论工作多忙，她看到后都很感动，想下一刻就可以见到他，有时候因为被爱才去爱一个人，是最容易发生的事情，在爱的攻势下，哪一个人能做到一点不为所动呢？

一天24个小时，除了睡觉外，他无时无刻不想和她联系，他会主动报告行踪，把每一分钟的欢喜忧愁和她分享，虽然不在她的身边，可却像影子一样紧密相随。

每天，他从办公室到回家的路上，也要听到她的声音，连上楼梯时都不挂线，他会在听筒那一端对她说：“听到什么了吗？”她仔细地伸长脖子，想要探个究竟：“好像有点空旷？”他说：“我正在楼道里，再上十个台阶就到家了。”她笑他说：“那就挂了吧。”他立即说：“不行，我要一直听着你才能安心。”她甜蜜不语。

他很快拿出钥匙开门，进到房间里。她说："我要睡了。"他回应："好，等我解完领带就挂，明天我有礼物送你。"他就这样不到上床的那一刻，是断然不会挂线的，这样爱她的人，如果能早点遇见该有多好，因为她是有着男友的，虽然已经告诉过他，但他却并不介意，对她的爱只多不少，而她却不知道该怎么办。

让她舍弃相恋十年的男友，她真的做不到，男友那么信任她，怎么也不会想到，她正背着自己热情地对待另一个他不知道的男人，这样亲密的关系迟早有一天会被发现。虽然有时候她甚至觉得，自己其实是爱他更多一点，可她和男友最初相恋时不也是这般火热吗，爱情迟早会有冷却的时候，十年之后的他和她，说不定还不如和男友现在的感情。

她终于下定决心，慢慢地和他拉开距离，他发来的短信，再也不要第一时间立即回复。于是，他发出去的短信，总是不见回音，打去的电话，也没人接听，但他仍旧不死心，因为如果再听不见她的声音，他几乎快要崩溃了，他又发去了短信："刚看过一则广告：爱，这没理由的爱。"她终于回复给他："有些相遇确实很美，但注定是要分离。"

他终于了悟了她的心思，决定尊重她的选择，他逼着自己不去联系她，一天，两天，十天——他认定一件事，如果她也爱他，一定会回来联络他，哪怕只有一次，他就会这一生只爱她一个，但她始终没有回来。

每次从办公室回到家里的那段路，也被他感觉是世上最长的路，听不见她的声音，楼道里真的那么空旷和寂寞，那个他曾经最迷恋的声音，现在还快乐吗？他想念她，又怕听到她，因为那是这一生永难再有的感情，他是真的爱她。

背弃的爱

爱情离去的时候，能不能像开始时一样温暖？

我有一个朋友，不久前，和他相恋5年的男友分手了，问她为什么，她说他又喜欢上了别人。分手那天，天空飘起了入冬以来的第一场雪，道路上车少人稀，只有纷纷扬扬的雪无声地落着，仿佛也在为那一段逝去的爱叹息。

在那个寒冷冬夜里，不知道她一个人是如何走回家的？在那条他们曾经一起相伴的路上，有多少往日回忆涌上心头，那些温暖的誓言，缠绵的拥抱，仿佛已经恍若隔世，炽热的爱在经历背弃的那一刻里已经冰冻成霜。

通常来讲，先提出分手的那个人，心里面却没有那么痛，他会很快把这一切归类为曾经或者命运，他不会再去想起那些共处的温馨，她的脸庞和声音，他也不会再留恋。对他来讲，也许洗一个澡，抖一抖头发，睡上一觉，这一页就可以翻过了，那个他曾经深爱过的人，将在以后的人生里再与他无关，他放下了这段爱。

而她却还在承受着失恋带来的伤痛，痛到不希望再做自己，她恨不得从这个世界里从此消失，那样的话，他还会来找自己吧？就像从前每次吵过架一样，只要不接听他的电话，不回复他的短信，他就会满世界地找她，在找到她的那一刻，他会真心真意地道歉，更会心疼地把她拥入怀中任她捶打，如果那一切还能重来，她多情愿自己消失一千次，直到他又回心转意再把自己当做珍宝。

她从皮包里拿出电话，虽然早已经删除了他的号码，但那些数字已经牢牢地输入了她的脑海，她只想再听一听他的声音，只想再告诉他，此刻她有多需要他，虽然她知道这对结局来讲，也许根本于事无补，其实，她应该给自己保留这一点最后的尊严，不论自己有多舍不得他，也不要再卑微地去乞求一段逝去的爱情。

可是，她还是拨通了电话，说不定爱情在一次通话后，也可以峰回路转。她走到了他家的楼下，抬头看到了他屋里的灯光，就在那灯光下，她曾和他一起伫立窗前，他在后面拥抱着她，在飘着雪的冬夜有多温暖，而那曾经熟悉的一切，此刻再看上却已离她那么遥远。

他接起了她的电话："这么晚，有事吗？"接下来，电话那端一阵沉默。他接着说："如果没有事，那就早点休息。"她紧贴着话筒，像在感觉着她曾经熟悉的气息，她结巴地说："我在你家楼下。"他拉开窗帘，看到了她正抬头望着他。如果是从前，他一定会觉得这是一场惊喜，立刻冲到楼下和她相拥，而此刻他停顿了一下说："抱歉，不能陪你了，你自己早点回去吧。"她望着他不再做声，却也不肯收线，他难道真的忍心把她丢在大雪中吗？他沉默良久，最后说："路上小心，我先挂了。"然后他离开了那个她曾经最熟悉的窗台，屋里的灯光也很快熄灭了。

她仍旧站在原地不肯离开，雪簌簌地飘落，落在她的肩上，脸上，头发上，泪水流下来结成冰，原来分手的夜竟是这般寒冷彻骨，就连那盏温暖的灯光，也像爱情一样迫不及待地离她而去，在这个大大的世界里，此刻还有谁会比她更孤单呢？

爱情，人世间最美的情感，能不能在落幕的时候不这么悲凉？能不能再给爱过的人一个礼节式的拥抱？让她在温暖中慢慢离去，让她在许多年之后还会记得你的好，还会记得分手的冬夜里，你曾陪她一起度过。

幸福，在远方

不是眼前没有幸福，而是我们把幸福寄给了远方。

在一个叫草坡村的地方，有一株枝繁叶茂的大榕树，那是村里人祖祖辈辈相亲相爱的“圣地”。

在她十七岁那一年，一个男生在村口那棵大榕树下向她表白：“有一天，我会带你去远方，我们一起翻越很多高山，踏遍很多河流，采摘很多你喜欢的花朵，到了夜晚再陪你看散落在天际中的星星。”她被远方那片美丽的风景打动，成为了他的女友。

在她二十岁那一年，男友离开了她，分别时他说：“对不起，我要到远方去了，那里有我的梦想。”她哭着说能不能带上自己？他回答：“那是一段艰辛的路，不适合你。”那一刻，他早已忘记曾向她许过的承诺，只留给她一个决绝的背影。

在她二十二岁大学毕业那一年，她周围的很多同学朋友，都像他前男友那样去了不知名的远方，追逐他们梦想中的人生，只有她一个人默默地回到故乡，做了一名普通的乡村老师。

每一年春天，当野花开遍山野，她的学生总会采摘最美丽的花朵放在她的办公桌上，而小溪里活泼的小鱼也和她可爱地摆尾，每当夕阳下村落里升起美丽的炊烟，她的父母亲就会点亮一盏灯等她回家，当她一个人凝神张望满天星斗时，她觉得没有哪里比这儿更美了，或许在很多人的心里，这里就是他们一直梦想的远方，只是他们却从未知道。

在她二十五岁那一年，一个男人向她求婚："嫁给我好吗？我会带你去美丽的远方。"她听到这样的话不禁笑了，他最后一个人离开了那棵古老的大榕树下，因为八年前，这样的情景也曾在她的生命里出现过，她知道那结局。

后来又有一个男人向他求婚："我爱你，会用整个生命来守护你，永远陪在你身边。"她问他："有一天，当你厌倦了这里，会去远方吗？"他答："你在哪里，哪里就是幸福的远方。"她看到他眼里闪烁的泪花，她觉得他是真的爱自己的那个人。

当村里人准备为这对年轻人准备一场婚礼时，当年离开她的男友回来了，他带着满身疲惫赶到婚礼现场求她："别嫁给他，我仍然爱你，我会为你留下来。"她轻轻地抚摸着他的脸庞说："我曾经也爱你，因为你，我过了几年那么伤心的日子，以为爱情再也不会回来，可如今终于等到幸福来临，我怎么能够放弃呢？"男人流下伤心的眼泪说："远方若没有你，即使再美也无法打动我，你可以再给我一次机会吗？"女孩也眼含热泪对他说："对不起，不能了。他还在等我。"

在开满油菜花的田地里，她和新郎甜美地拥吻，她头顶戴的那个花环是新郎为她亲手编织的，在那个最美丽的时刻里，却是最令他伤心的，如果那一年他不去远方，结局会是不一样吧？幸福，原来从来都不在远方，而是一直在你最容易触摸到真爱和温暖的地方。

第三章
相见不如怀念

如果两个人注定不能在一起，就不如不见了吧，见了难免会伤感，而怀念你，却是一件温暖的事，岁月未老，你仍在某个地方幸福地生活着。

多么地喜欢你

不得不承认，喜欢一个人，看似那么简单，却又那么地难忘。

第一次见面，他就爱上了她。可惜她却离他很远，每次见面都是来去匆匆。

问他为什么？他的回答很简单，喜欢她的样子，天真中充满柔情，浪漫中带着神采，对他而言，爱上她的那一秒钟，似乎是没有一点抵抗力的。

因为距离的原因，每次见面的时候，他都喜欢静静地看她的每一个表情，听她说的每句话，因为他知道，这样的时刻不会太多，于是，他珍惜着和她的每一次相聚。微笑、言谈、歌唱、驾车、晚餐，才知道原来时间流走的速度有这么快，这是他从前不曾发觉的，想留却也留不住，他多想时光可以倒流，能让他回到遇见她的第一天。

在旁人眼里，他一直是成熟男人的典范，此刻自己怎么变得这般矫情？以前，他从不相信这世界上会有一见钟情这回事，但这一次却偏偏让他遇上，想去逃离的时候，才知道已经逃不开了。其实那么远的距离，他和她实在有些不可能，爱情或许只是一种错觉，其实什么都没有发生，他一遍遍地告诉自己，如果爱情真的那么容易发生，那么这一生他又要爱上多少人？

离别时，他找了个借口没有去送机，别离对他而言，会更加触痛他心底那根想念她的神经，也许她这一走，也会把自己的思念一起带走，再也不回来，他在心底里对自己说：他只是喜欢她的纯真，仅仅是喜欢而已，其余的什么都算不上，他可以安心地去过自己的人生。

而当飞机在暗夜中飞翔，他却站在机场的大厅里仰望夜空，心中一遍遍呼喊着她的名字，他又想起了她的笑容，恬淡而美好，仿佛能融化这世间所有的痛苦，他多想下一刻就会见到她，他算好了她飞机落地的时间，在她打开手机的第一时间，就看到了他发去的短信：我会想念你！

穿越距离的思念会有多长？那一段遥遥的重逢之路又有多远？

也许时间是疗愈情伤最好的药剂，说不定在哪个时刻，就可以将她忘掉，再想起她，只不过是曾经认识过的一位朋友，如果那样该有多好。

时间一天天地过，这一次，却过得这样慢，想赶也赶不走，而疯狂的思念却在时间的流动中一起涌来，他好像一点也不能忘掉她，她的一颦一笑都更加清晰，他第一次尝到了爱情苦涩的味道，但即使痛苦，他也宁愿这样地爱着，因为这是一份多美丽的感情。

直到现在，他也不知道她是怎样想，但也许她会知道远处有一双眼睛，正在凝望着她并对她说：我是多么地喜欢你。

想念你

想念一个人，原来是这么甜蜜，你怎么可以不告诉他？

见到你的时刻里，是从不会对你说想念的。因为，想念一旦说出来，总感觉是那么轻易，但是你知道吗，想念其实并不容易？

你问想念的味道是什么样的？我该怎样告诉你呢？

缱绻的甜蜜，是我想你的时候。

寂寞的苦涩，也是我想你的时候。

淡淡的回味，是我想你的时候。

绵长的祝福，更是我想你的时候。

你要问哪一刻里的想念呢？那些长长短短、悠悠切切的情怀，不知道你能体会几分？

当每一个夜晚或清晨，独自想念你的时刻，其实也好辛苦。因为你知道，那需要把所有精力都集中到上面，比写一篇文章要累许多。想念的时刻里，对你的感情就增加一分。每次都担心在想念中把你塑造的完美，以至于和现实的你有所偏差，但见到了你，才又发现你依然那么值得我爱，你其实比我想念的还要完美。

好幸福，我们能在年轻的时候这样想念。如果有一天老了，相信想念也不会变老，我会在回忆里一点一点回味你的好。

如果思念一个人，要到老了才告诉他，该有多遗憾。白了头发，掉了牙齿，再想念你，也拥抱不到年轻的你了。

我好享受现在的想念，因为那么容易的是，下一刻，我就可以见到你，尽情地拥抱你，感受着你的爱。

想念你，我不要再放到心里，而要像现在这样大声告诉你，让你知道：其实我有多么爱你。

念念不忘

在你心底里，可曾一直住着一个念念不忘的恋人？

一段情，要记住多少年？

他与她只相处过一天，却深深地把她记在脑海，虽然他们之间连拉一下手也没来得及开始，就匆匆地在人海中告别。

临别时，他向她要电话号码，她不肯给，她说如果两个人今生有缘，就一定可以穿越红尘再见一面，如果无缘，留了号码也是空牵念。他相信了她说的话，安心地回到了他生活的城市。

走在大街上，他时常可以见到和她身材一样高挑、面容姣好的女人，但都远远无法和她的神韵相比，在他的心中，她的声音和笑靥，胸怀和智慧，是一般女人难以企及的。或许，这一生也再见不到她，可想念仍会那么深刻地在他心中徘徊，他祈祷老天能让他们再见一次，他想他一定不会再错过，无论历尽多少艰难，都要争取和她在一起。

总以为在男人的心中，得不到的女人才是最好的，因为他们可以把她想像成一千种美，每一种美都无比销魂。那个或清新、或妖艳、或甜美、或温柔的她，可以做无尽的想像，即使在他的身边已有一位佳人，但和他心目中的那个她相比仍算凡夫俗子。

其实，男人念念不忘的是一份对爱的幻想。如果真有一天，他和那位只见过一面的女人相爱，说不定在热恋之后，他仍会觉得，她并不如他想像中好，她也和其他女人一样是凡夫俗子，只是当初太迷恋她。

女人也一样，当摆脱不了一段失恋带来的痛苦时，总会念念不忘旧情人的好，他曾经那么爱自己，怎么可以说走就走，只要去求他，他仍可以顾及曾经的情分回心转意，于是，她只能和恋爱的残骸天天相伴，不肯离去。

有时，我们无法掌控别人的感情，却可以试着改变自己的情绪，朝着那些我们乐意的方向去努力，当然，那是一个名叫幸福的地方，那里没有念念不忘的幽怨，只有心存感激地满足。

但如果真有人令你念念不忘，那就争取在有生之年去找他，即使成全不了爱情，也可以成全自己。

分手纪念日

你是否有勇气，为曾经的分手，过一次深情的纪念日？

如果分手了，你还会和从前的恋人做朋友或者见面吗？显然不会，这是大多数人的回答。

然而你不得不相信，真的有人可以做到。

那一年圣诞夜，电台有一期节目的主题是“纪念日”，欢迎听众把心中所有值得纪念的日子和大家分享，这个主题得到了很多人的响应，大家纷纷打来电话，和我们一一细数了那么多难忘的纪念：相识、生日、情人节、结婚、七夕节、平安夜、圣诞夜、新年，就在节目接近尾声时，一个女孩把电话打进直播间，她告诉我在她心中还有一个，那就是分手纪念日，每年的那一天，她仍会和前男友见一次面。

为什么会有这个纪念日呢？当我抛出这样的疑问时，她却在电话那端平静地说：“为了我们曾经有过的爱情。”我虽然钦佩她的这股勇气，却怎么也无法接受，两个曾经相爱的人，在分手之后，在双方身份改变之后，他们俩再坐在一起又能聊些什么呢？在对那段爱情沉痛悼念之后，两个人相拥痛哭吗？还是在痛定思痛后，觉得对方仍是自己爱的，再重新牵起他的手？

那位姑娘在电话里告诉我，那一天就是他们分手纪念日，正好她的前男友就在她的身边，他也想和我说几句话，电话那端很快传来一个成熟男人的声音：“主持人好，我们已经分手两年了，不过在这个城市里，我们都没有亲人，虽然分手了，但我们仍把对方当做亲人——”节目里，他要我送给他们一首歌《当爱已成往事》，来纪念那段曾在他们之间燃烧过的爱情。

原来在他们的心里，爱情之火即使已经熄灭，但亲情犹在，他们不忍在今生老死不相往来，只成为彼此生命中的过客，那样的话就太残忍了，即使真有来生，他们也不一定再相遇，所以不能在今生延续的爱情，却可以用其他情谊作为补偿，这样也才不枉相识一场。

一般人不容易达到这样的境界，更多情况是曾经亲密，而今末路，当爱情不再，即使再多看对方一眼的兴趣都没有，何况再见面当做亲人相处？节目结束时，夜空中又飘来张国荣那幽婉的声音——

往事不要再提，
人生已多风雨。
纵然记忆抹不去，
爱与恨都还在心里。

当那歌声穿越夜色飞到他们的身旁，我真心祝福他们，分手纪念日快乐！

刚刚梦到你了

梦见一个人，绝不是无缘无故，它或许预示着重聚或分别。

听说，如果你梦到一个人，是因为那个人正在想你。

她已经和他分手多年，怎么还会梦到他，连她也觉得做这个梦真的很奇怪。

然而，她竟然没有想到，他会给她打来电话，告诉她：“我刚刚梦到你了。”天啊，这到底是一个怎样的玩笑？他的语气镇定而深沉，能够听出，他说的并非谎话。

她不知该如何把话题继续下去，只有说：“哦，最近还好吧？好久不见。”他回应：“老样子，一点没变，你好吗？”他竟然关心自己过得好不好？当初离开她时，他那决绝的背影，她记住了好多年。她答他：“很好。”她心里想，自己好与不好，再与他无半点关系，他的关心在这里显得多么虚伪，她只希望他能快点挂断电话。他却仍想聊下去："这么多年，我一直牵挂你，只是不方便联系你，刚刚梦到你了，所以想问候你一下。"

但她却毫不领情，梦到我了又能代表什么，我好不容易从那段悲伤的恋情中走出，你又来做什么？不过，她绝不会告诉他，就在刚刚她也梦见他了，她觉得那根本代表不了什么，就像曾经认识过的人，梦到一次也十分偶然，一定是这些天太劳累了，才让那些旧有的记忆又翻腾出来，不过，她真的已经彻底忘掉他了。

他终于提出要和她见上一面，好好地聊一聊。她还是拒绝了，不是害怕他看到自己不如从前漂亮，不是害怕看到他的成功，只是害怕再见到曾经那张爱过的脸，曾经的亲密已经时过境迁，再换一种身份坐到一起，似乎还没有心理准备。对方过得好，会有些不甘，对方过得不好，又会有些尴尬。所以到头来，还不如不见，既然曾经分手过，就再也不要在今生见面，因为那不再是属于我们的缘分，我要利用这个下午和我现在的爱人甜蜜的约会，我哪里有时间去和你聊起那已经很久远的记忆了呢？

不过，还是要谢谢你梦到我，只是你的这个梦做得太晚了，如果早些年你会做这样的梦，你不知道我会有多开心。而今，再做这样一个梦告诉我，已经不能再打动我了，只是觉得你打扰了我的平静。

如果有一天旧恋人对你说：刚刚梦到你了，一定不要再和他聊下去，因为在他心里根本不是想和你再拾起那段爱。

有些爱，不如不见

不见，会让爱情的想像更加具体。

见，却会毁了那些美好的感觉。

如果不是这场14年后的同学聚会，他在她的心中，仍占据着初恋情人的位置，不论岁月如何飞逝，她永远为他保留一个角落，别人永远无法靠近。那场初恋就像毕业那年的夏天，他送给她的那盆清淡的雏菊，淡淡的香气仍弥漫在岁月中。

然而，纵使两情相悦，也敌不过命运的安排，她最终没有嫁给他，出嫁那天，大学的好友全部到齐，惟独他没有来。她不遗憾，那只能证明他无法放下那段爱，仍深爱着自己。披上婚纱的那一刻，她还会想起他深情的目光，款款的歌声，只可惜新郎不是他，随着婚礼进行曲的奏响，她知道曾经的那份爱恋也将从此深埋在记忆中。

在她结婚5年后，他才结婚，娶了一个自己并不爱的女人，他辗转得到了她的消息，她在京城一家媒体做策划。他们偶尔会在网上聊天，她戏称他为“助理”，他称她为“编剧”，这缘于她每次写完策划案后，都先给他传过去，听完他的意见后再做决定，他也甘愿当这“助理”，她愿意相信自己，这对他而言是多么地快乐，就像在大学读书时，她写过的每篇散文，他永远都是第一个读者，每次他都会在校园广播站里播送，演绎着她倾注于笔端的深情。

于是她传过来的每篇稿件，他都认真地附上意见，比做自己的分内工作还要认真，在他看来只要能帮助到她，他情愿24小时做她的“助理”，因为他在心底必须承认，他仍深爱着她，虽然彼此以朋友相称，但从此不必再相忘于江湖，每次听陈奕迅的那首《十年》，都好像是专门唱给他听的：“再也找不到拥抱的理由，情人最后难免沦为朋友。”

而在她的心中，却对这份感情有着不一样的诠释。那年那月的风景早已远去，他只属于记忆，止于今生的缘分，从此也不会再乞求，这么多年来，唯一值得自己爱的人，就是相伴自己左右的爱人，这一生注定是他会带给自己幸福，还有什么理由不好好珍惜呢？在爱情面前，太过贪心的人，最终一定不能获得想要的幸福。

他还是能够了解她的心意，她只是有事找他，才会在网上亮起头像，其余的所有时间，几乎都见不到她，他知道一向聪慧的她，是在和他刻意保持着一个安全的距离，让这份“友情”存在的恰到好处，她对他而言，只是大学时，他送出去的那盆雏菊，所有的芬芳都只停留在记忆中的夏天。

5年后，他离婚了，他不想让人知道，可她还是知道了，没有送上半句安慰，也没有一丝祝福，她和他在网上见面，还像从前一样聊工作和梦想，只有感情避谈。他终于了悟在这一生中，有些人注定是等不到的。

很快，他经人介绍，认识了一个服装店的女老板，比他大一岁，他们的感情发展得迅速，不到两个月就已搬到了一起，他不知道这是不是自己一直想要追逐的幸福，一切都只当做命运的安排。

龙年春节，惜别多年的老友准备重聚，他们终于在分别14年后见面了。虽然她还发着高烧，但却不想错过这么重要的聚会，他变成什么样子了？

见到她的那一刻，他简直不敢相信，她仍旧和14年前没有半点改变，随意扎起的马尾，托起一张清纯的脸庞，明眸善睐，温柔甜美一如往昔，时光不但没有忍心在她脸上刻下痕迹，反而把她镌刻地更加妩媚。虽然彼此都在刻意地找寻着话题，可他还是显得有些拘谨，甚至不敢抬头仔细地看一看她。

席间他的好友突然提议把他的女友喊来，大家一起相聚，这个虽说有点白痴的建议，最终还是被一致通过。不到半个钟头，一位打扮妖娆的中年女子加入了他们，他与她的对话，也被彻底地隔离了，这场14年后的聚会，确实枉费了当初在她心中寄托的想念。

他一改常态地殷勤起来，不停地在她面前给女友夹菜，含笑对视，亲密相拥，她倒也表现地得体，微笑寒暄，举杯相祝，看着刻意而为的这个男人，她有些许失望，那些带着淡淡菊香的记忆，也将从这一天开始永远遗忘。

如果我是那个男人，一定不会在自己曾深爱过的女人面前，大秀自己的恩爱，无论出于哪种目的，都显得太过残忍，纵使光阴流转，在某年某月的某一天，还会想起这场寒冬中的聚会，温暖一如往昔。只可惜物是人非，那场昨天还闪耀着芳华的初恋，却被岁月的清风吹散，从此再无牵挂。

11朵玫瑰

玫瑰可以是表达爱意的礼物，也可以是分手的纪念。

一段相恋八年情至骨髓的深爱，最终却以分手告终。

他本想等她出嫁后，自己再结婚，只为了让她觉得心里好过些。不过在家人的催促下，他还是先她一步步入了婚礼的殿堂。当他挽着新娘的手走上红地毯的那一刻，多么希望时光能神奇地再把她送回到他的身边。不过，透过新娘洁白的面纱，他才终于知道，爱情已经和他隔着一段永远不能相见的距离。

其实，当初分手只为一个问题，他想去北京闯荡，而她却想留在家乡，父母只有她一个女儿，她舍不得他们，而他也不想为了爱情，断送自己一生的梦想。他清楚地记得，分手那天下午，她曾哭着求过他留下来，他一言不发，紧紧地抱着她，疼惜地吻着她的脸颊，眼睛里却全都是泪水，那是他最后一次踏入她的家门，离开时也意味着那段八年的恋情彻底终结。

他带着新婚的妻子在北京辛苦地打拼，直到妻子有了身孕，他才送她回到故乡那座小城休养。

离开前，他想一个人在小城的街道上散散步，不过，他的脚步还是不由自主地停在了那间花店前，他想看一看，她是不是还在那里，用花朵般的笑容迎接着光顾小店的客人，就像他们第一次相遇一样。

隔着透明的玻璃窗，他并没有看见她，心中忽然觉得有点失落，想念她的心情也变得更加炽热，他轻轻地推开门径直地走进去。

“先生，请问您想买什么花？”一位年轻的女子正含笑着问他。八年前，她也曾这样问过他，当时他的回答是：“你觉得什么花好看？”她答：“什么花都好看，不过我喜欢玫瑰，因为它深情。”

他从花筒里拿出一支含苞的玫瑰，那奔放的红色花蕊里，好像还能看见曾经的爱情。“先生，您要选玫瑰吗？”他点了点头：“请帮我包好11朵玫瑰，等我一会儿回来取。”他付了钱后转身推门离开。

那11朵玫瑰是他特意买给她的，之所以是11朵，是因为她曾告诉过他：“记住了啊，11朵代表一生一世，对我求婚，一定记得带上11朵玫瑰哦。”此刻，他的耳边似乎还能回荡起她甜脆的笑声。然而，在今生今世，他却永远不能再亲手送给她11朵玫瑰了，他想用这样的方式告诉她，那段爱始终不曾更改过，他仍最想她陪他一生一世。

黄昏到来时，一家家店铺的灯都亮起来，他坐在花店对面石凳上，只为了能等待她的到来，等待着她抱起那11朵玫瑰，问它的主人是谁时的表情，等待着自己会在凭吊这段逝去的爱情中安然放下它。

直到花店打烊，她也没有出现，他燃起一支烟，大口地吐着烟雾，也许错过的爱情，就像此刻正孤单地留在花店里的那11朵玫瑰，无论它开得多么奔放热烈，都抵挡不过无人再问津的冷遇，爱情的花期在很久前那个分手的下午就永远不会再回来。

第二天，当他乘坐出租车离开时，特意让司机再从花店门前经过一次，透过车窗，他清晰地看到11朵玫瑰被摆放在落地窗前，清晨的阳光照上去，鲜艳欲滴，如果花朵真有语言，他希望它能代自己问候她，赴一个永不能再见的约会。

别因失去而悲伤

没有什么比失去爱情，更加令人心痛。

本来还以为会一直牵着你的手，走在红尘里，无论欢喜与悲伤，身旁始终都有个你。

本来还期待着，某一天，你会陪我到乡村里看星星，对我说：“那闪烁的光芒多像你的眼睛，充满神采。”

本来还想像着，某一天清晨醒来，你静静地看我熟睡的样子，眼角里含着笑意。

本来还打算着，工作到一定时间，就提前离职，把剩下的全部时间留给你，就住在你一直依恋的故乡。

然而，这些本来一直打算的事情，却因为这一次失去你，从此之后再不能由我来实现了。

但我却并不悲伤，因为我曾经那么地深爱过你，只要你在这个世界上好好地度过每一天，偶尔也会挂念我，对我来讲就已经足够了。

失去你的日子里，光阴暗淡了许多，世界安静了许多，但我依然会和你一样，仍满怀希望地奔向明天，那个和今天不一样的日子。

那里不再有为是否买房而永远争吵不休的情景，不再有你会担心我会爱上另一个比你有出息的人的猜忌，不再有因为分居两地谁先来让步的抉择，也不再有我们互不理解的眼泪。

曾经得到过的感情，就好比生命中的珍珠，你曾看到过它的光华，就永远会怀念它的美丽，即使有一天，我们失去了珍珠，仍不会忘记它曾经带给我们那心动的一瞬。

失去你，是至今生命里最痛的事情，就像用刀子割掉身上那块最美丽的肌肤，不知道它什么时候可以痊愈，或许这一生都不可以，或许要等到来年春暖花开的时候。

有一天，当我一个人走在人潮汹涌的街头，我一定会在心里孤单地想念你，然后清醒地告诉自己：我早已失去了你，而你那时如果也在这城市的角落，把头伸向窗外，说不定就会看到我的身影。

有一天，当有个人陪我去乡村看星星，我会对他说："我曾经的恋人告诉我，那星星的光芒就像我眼中的神采。"

有一天，当另一个人带我去看他的故乡，我仍然会想到我曾经也答应过你这个承诺。

失去你，那不过是我永远都不希望梦到的，亲爱的，让我们好好地过现在的日子，再也不要失去彼此。

不要在雨天里怀念恋情

爱情最悲凉的是，一个人离开了，一个人还在深情地怀念。

忙碌的生活，像一本当下最畅销小说，迫不及待地被岁月匆匆地向前翻阅着。你不知道明天会有什么风景，等待你的未来又有多绚丽，你只知道如果今天不努力工作，就不会有什么未来。

下雨的日子里，雨滴就像零落的珠子，散落在曾经燥热的土地上，当汽车轮胎疾驰地滑过路面，总能飞起一片似水雾的涟漪，人们等待这一份清凉已经很久了。红绿灯下，上班族们一边看着手表，一边随人潮急急地前行，他们担心自己多耽搁一秒，就有可能因为迟到而看到老板铁青的脸色。地铁里，因为雨天侵袭而来的潮湿味道，让整个车厢里的人都想去逃离。

而在这个雨天，总会让她情不自禁地想起曾经逝去的恋情。

还记得每当碰到下雨的天气，他总会提前传来短信，提醒她带伞，建议她最好穿一件亮色的衣服，这样在雨天里才更加充满柔情，约她下班后一起晚餐，让她要做好充足的准备去迎接惊喜。于是，整整一天，她都不断地看手表，期待能早点见到他。

雨一直下不停。

下班的时候，黄昏的暮色被雨天笼罩地更加深沉。她终于见到了他，他撑一把伞像风景一样伫立在雨中，手里拿着早已经买好的珍珠奶茶，看她的眼波也温柔款款，那是多么让人羡煞的恋情，这一刻，她在心中悄悄许愿，这份深情永远会属于自己。

直到现在想起他，还会有想念的感觉。可当初又为什么分手呢?

时光悄悄走过了三年，他们从不曾联系过，当初被她轻易放弃的那段爱，其实始终都没有忘记，曾以为还会有更好的人出现，可岁月却没有像上次那样眷顾她，当初认为的那个更好的人并没有出现，那个自以为用分手考验一下他的理由，也变得荒诞。她曾那么坚信，在他的生命里，自己是那个唯一他要等待的人，无论在哪里，他都会如影随形地呵护自己。

可现在一切并不如自己所想，他认为自己受到欺骗，他认为自己碰到了一个玩弄伎俩的女人，自己付出了感情，而别人却当做一场戏，可以随时开始也可以随时结束，他决绝地告别了这段感情。

但她却不同，这份在雨天里的想念，让她再也坐不住了，她迫不及待地给他打去电话，期待听到他充满温暖的声音，约会她又一个带有惊喜的晚餐。

可是听筒那边传过来的却是一个冷漠的声音，那个对她来讲完全陌生的他，曾经的深情只是曾经，他说他都忘记了，也希望她能忘掉，在挂断的电话瞬间，她的眼泪和窗外的雨水一起尽情地挥洒……

下雨天回忆逝去的恋情，会有点伤感，所以不要在漫天雨滴的时候，怀念那段有点凄凉微雨的恋情。

旧短信里爱的回忆

那些充满爱的时光，只要你想它，
它就一刻不肯从记忆里和你分手。

别不相信，有些时候，最能打动人心的，不是声音的温情，而是充满暖意的文字。所以，很多人宁愿花上很长时间，一字一句去编辑短信，也不愿意立刻拿起电话打给对方，因为想念一旦说出口，好像就没有那么想念了，而只要看到“想你”这两个字，却会突然觉得思念是那样绵长。

因为手机坏了，清早出门，她不得不带上三年前的一部旧手机。坐在公车上，她闲来无事地翻看着这个“老古董。”轻轻地每按下一个键，都好像在触摸过去的时光，三年前她在哪里？那时她最常按下哪个号码，从话筒那一端传过来的，又是一个怎样的声音呢？

她怎么也没有想到，在短信的收件夹里，三年前往来的短信，仍旧储存在那里，好像时光一直没有向前走，定格在了三年前一样。

“你今天比昨天漂亮。”这是他惯用的口吻，在他眼里，她的美丽是与日俱增的。“今晚又比早上漂亮。”她想起了那一晚，她一边开着电视，一边聆听着他发给她悦耳的短信声，一来二去，从傍晚一直到凌晨，直到他又发来“梦里再相见”才甜甜入睡。想来，这样美丽的情感，应该是不会凋零吧？

他发给她的短信，最短的间隔时间是5秒钟，最长的也只有睡眠的那几个小时，只要一睁开眼，他的短信就会响起："昨晚睡得好吗？梦见你了。"每条短信后面，他都会特意缀上五彩斑斓的笑脸，就像他正对她笑一样。

她终于被他打动了，她甚至想，哪怕这是一生之中唯一的一段爱情，也决定不再后悔，因为这样一个爱自己的人，怎么还不能把终身托付与他呢？她全情投入到这场爱中，没有给自己留一点退路，只要一刻见不到她，她就会觉着缺少点什么，她要每分每秒都要知道他在哪儿，在做什么，和谁在一起，只要别的女孩多和他说一句话，她就会不高兴，因为她害怕她会把他从自己的手中抢走，他手机里的每条短信，她也要逐条过目，她要把自己的爱抓得牢牢的。

而他觉得，自己的空间被她一点点地侵占了，在这个世界上，除了爱情外，还有那么多事情等着他，她并不是他的唯一。

他们曾经那片美丽的爱情天空，正被乌云一点点遮盖，她才发现雨天就爱忘记带伞的她，在爱情的雨天里也没有带伞，在大雨中行走的她，看不见他打着伞接自己，曾经的海誓山盟，早已经是过眼云烟，他从她的世界里消失了，没有任何征兆。她把手机轻轻地合上，闭上眼，就像做了一个梦，而这时公车刚好到站，她决定要走入现在的生活，曾经的爱也只是曾经而已，因为时光会一直朝前走，从来都不会为谁停留。

有些爱来得快，消逝得也快，惟愿当爱情来的时候，不会迷失自己，当爱情去的时候，也不会一直沉浸在过去爱的记忆，因为如果不从那片乌云下走出来，就永远看不到爱情的晴空，而命中注定的爱情，迟早会来到你的身边。

离开了就不要再说想念

决定离开了，再说想念是不是有那么一点可笑？

一个听众通过电台热线给我讲自己正处于失恋状态中，困惑的是她不知道问题在哪里。这个女生说：他们相恋5年，他决定离开她了，没有什么具体的原因，只是觉得见与不见都差不多，彼此更适合做朋友。

她一时还不能接受这个现实，拖着他的手不肯放开："我昨天到家该给你打电话，可是我睡着了。""我是有点爱花钱，以后我一定改。""你每天上班都很累，我却缠着你，不懂得照顾你。""呜呜——都是我不好。"她哭得上气不接下气地和他检讨，等他"原谅"她，期待两个人还能像从前一样。

其实，他明知道她并没有做错什么，只是因为他心中爱的感觉消失了，他把她搂进怀里，告诉她分开后还会想念她，也会祝福她，她仍是他记忆中永远忘不掉的一个人。她哭得更伤心了，又想起了他曾经的温柔，这一刻世界就像在和她开一个滑稽的玩笑，这个曾在她面前许下爱她一生一世的人，怎么转眼就换了面孔？是自己还不够爱他吗，那些说过的话就真的一点都不算数了吗？

听到这里，我心里渐渐泛起了一阵痛楚，迷失在爱里的女孩，找不到自己，我送了一首歌给她，祝福她早日走出失恋的阴影。

其实，如果换做是我，绝不会为抛弃我的人掉一滴眼泪，即使想哭也绝不会让他看见，如果他懂得珍惜我的眼泪，就绝对不会离开我，在不爱你的人面前流泪，只能代表你的懦弱。眼泪，让他感觉你更像一个弱者，而在这场相爱中，他最终取得了胜利全身而退。

我会对那个人男人说：从今往后，请你再也不要把想念说出口，是想让我对你再有更多留恋吗？还是它会改变你的心意？既然不能改变，离开就离开了，你都不爱我了，想念却又何必呢？

当然，也请把你的祝福一起带走，它留在这里也丝毫没有意义，祝福我找到一个比你更好的人吗？那个曾经说爱我的人，说离开就离开了，你觉得我会立刻相信爱情吗？这些你以为可以安慰我的话，我却甘愿不听，最好你能留给我一个决绝的背影，我才会和你一样重新开始新的生活。

“我们或许还可以成为朋友”，请你立即收回这样的话，两个曾经爱得死去活来的人，再说这样的话，你不会觉得有一点荒唐吗？我们曾经是那么亲密，再见到彼此时，会像朋友一样招呼，你确实比我大度，在我看来，在分手后还能继续做朋友的人，只能说明他们从未爱过。

夏天的花园，是我最爱的地方，我喜欢看花朵次第开放，希望爱情也能这样，在开过一季后，还会开出比上一季更绚烂的，即使有一天它们又会凋零，我仍会盼望再下一季的到来。

离开了就不必说想念，因为在爱情里面，离开就意味着背叛，它不可原谅，又何来想念呢？如果是我，对一个我不爱的人，唯一想要做的就是忘记。

过去的事你还记得多少

过去不是全无意义，只是对你我而言，一切都改变了。

他以为这一辈子都不可能再遇见她，分手之后，他很快恋爱、结婚、生子，是众多幸福家庭中的一个，当他每天下班赶着回家给老婆做晚饭，等着给宝贝换尿布时，他就觉得那是他一直想要的幸福，而这一切都要感谢上一次的分手，他在前女友的眼里是“没有进取心”的男人，而在现在妻子的眼中却是“最顾家的好男人”，原来，自己对一个人而言可以不那么重要，对另一个人来说却可以是她整个世界。

那一天下班，当他匆忙而又略带狼狈地挤进地铁时，竟有人用手在后面拍他，等他回过头来竟看到前女友正在对自己微笑，在那一套深蓝色职业套装的映衬下，她看上去比从前更美了，眼睛里面透出的神采也格外迷人。他真后悔早上出门的时候，没有听妻子的建议穿那套新西装，起码让她看到自己的时候，也会有那么一小点后悔，仍然会觉得在茫茫人海中穿行，自己仍算她碰到过的好男人，让她后悔当初目光短浅没有选择自己。

成了家的男人，身上似乎总能够散发出一种成熟的味道，虽然那天他只穿一件黑色衬衫，仍让她感到亲切，她约他一起到路边小店简单坐一坐，他也没有拒绝。不过，这次三年之后的相聚，到底要和她说点什么呢？在去那间小店的路上，他在心里一直琢磨着。直到他们面对面地坐在一起，她直接问他对过去的事情还记得多少？他苦笑了下实在不知道该怎样回答她。如果说记得，似乎他还对那段逝去的恋情有所留恋，如果说不记得，又仿佛自己太过无情，把过去的情谊忘得一干二净。

就在她打算好好地和他叙叙旧时，他突然想起第二天要给儿子打疫苗，他立刻拿出电话给老婆打过去，叮嘱她晚上不要再给儿子吃感冒药，煮点清淡的米粥喂他，那关切的神情里充满着父爱的细腻。那一刻里，她甚至有点嫉妒电话那端的女人，如果当初我够珍惜她，或许他现在是我儿子的父亲，是每天下班陪伴在我身旁的男人，然而此刻这个坐在她面前的男人，是那么熟悉而又陌生，他已记不太清他们曾有过的往昔，只记得明天是他儿子打疫苗的日子。

其实，说心里话，我真觉得那个女人笨的可以，在和旧情人再度重逢后，仍然想让对方记得她，甚至对她仍有不舍，怎么可能？无论他现在是否生活的幸福，对于她当初的背叛，在心里一直都是有芥蒂的，他只记得她最后给他的伤，因为即使曾经甜蜜，也被压在那伤痕下面，经过日久天长，伤痕早已结痂痊愈，谁还有心情重新翻开旧日伤口再看那种变了味儿的甜蜜呢?

如果有一天你和旧情人重逢，也被问到这个问题：“过去的事你还记得多少？”你想好怎么答了吗？我想我会说：“过去不是全无意义，只是对你我而言，一切都已经改变。”

爱，还能回去吗

能够重新回来的爱情，也一定比从前更坚定。

在电视剧《新白娘子传奇》中，当青蛇小青和张公子不能继续相爱时，她请求姐姐白素贞为她施法忘掉。当一个个“忘”字穿过她的记忆，所有爱的片段在一念间全部被粉碎，这情景令人肝肠寸断。原来，忘记一段爱对神仙来讲，也是一件难事，何况对凡夫俗子而言呢？一旦投入了真爱，想要忘记却不像说的那样容易。

如果不能忘掉曾经，你是否祈愿爱能重新回来？

曾经一起和他走过的街道还那么喧嚣，街上每一家店面里流淌出的味道，都是彼此熟悉的，哪一家是他最爱的，你仍会记得，当脚步再次停留在那里，记忆也停留在那儿，虽已是物是人非，但一幕幕爱的过往又汹涌而来，仿佛那段炽热的爱还有余温。

他曾说见不到你时，就专注着时钟的时针和分针，希望它们俩快马加鞭地奔向那个见到你的时刻，所以，一看到钟表，那里面也全是他看你的目光，想要离开他时，却会不断被各种爱的记忆牵绊，越想离开，牵绊越深，而受牵绊的那个人常常是仍爱着的那一个。

如果早知是这样，当初不离开就好了。如果分开后才知道彼此的重要，你是否还有回头的勇气？逝去的爱，是不是再也拾不起来？即使你愿意，他还会在相爱的地方等你吗？这些问题不断地困扰着你。爱其实有多简单，就是想要和爱的人在一起，如果你爱我，就仍会站在原地，不移开脚步，安静地注视着我回来的方向。也许，下一个路口的斑马线上，就会看到我挂着笑容向你走来。

从离开的地方回来，要经过一段弯曲的路，如果心有默契，相信爱你的人就一定不会离开，他还会站在你们相遇的地方，等你回来，就像你一样，历尽艰难，再把爱找回来。

也许人的一生中，遇见的感情也只有那么几段，最刻骨铭心的就是这一段，别眨眼，让爱停留在这里，别离开，因为再过些年，即使你再努力也寻不回来了，眼睁睁地见证着一段爱的凋零，会有多残忍？而更残忍的是，曾经相爱过的两个人，经过月深年久，却变成了最熟悉的陌生人，当有一天你们在凄冷的街道上重逢，仍会发现，此生最爱的仍是彼此，可你们却错过了太多的时光。

逝去的爱，一旦有一天回来，就一定不会再丢失，因为在回来的路上，它从此会带着珍惜一路同行。

暗恋中的一千种想像

暗恋的季节里，永远储存着你最初也最纯洁的爱。

毋庸置疑，你早已经爱上了他，只是悄悄地把这份感情放在了心底，独自享受恋爱的心情。

虽然他并不知道你的心意，但从你们交往中，你会把他做一千种想像，只为了能够证明，其实他也爱你，只是没有告诉你。

你一直固执地以为，无论什么时候，他永远都会站在你的一边，为你想好所有的事情，做好最细致的安排，他永远不会丢下你不管，他是你这一生最值得信赖和依靠的人。虽然他现在还没有爱的告白，但你深深地相信，总有一天，他会告诉那些你不知道的事情，而你，也甘愿为他幸福的等待。

当你想他的时候，你会想像，他这个时刻也许正在想你。

当你见到他的时候，你会想像，他正默默地期待你的到来已经很久。

当你失意的时候，你会想像，其实这个时刻他早就想把电话打来，只是不让想让你知道，他有多么担忧你。

当你和其他男人说笑的时候，你会想像，他一定会痛苦的要死，为你这个折磨他的女人。

当你有一天想要离开的时候，你会想到他失意的眼神和萎靡不振的神态，你转而暗自欣喜，你在他的心中是没有任何人可以代替的。

然而，一天天，一月月，一年年悄悄流逝，你依然没有等到他的爱。

直到有一天，在十字路口下，你亲眼看到他和一个女孩亲密牵手的情景，你才知道，原来所有的想像都是你的一厢情愿。现实的生活中，你对他而言，也许和任何身边的朋友没有一点差别，对你的笑容和眼神，也是出于朋友间最平常的问候，你曾经所想像的那些根本就不是他。

如果不是亲眼所见，你还会固执地在暗恋中沉醉，你突然间觉得看到这一幕，实在是一个值得庆幸的时刻，如果这一天再晚来一些，又不知道有多少年华为他憔悴。

暗恋中的一千种想像，是一种凄然的美丽，静静地绽放，静静地凋零。

多年之后，你在回想这段经历的时刻，还会笑中带泪去喜欢那个最初的，有点傻傻的自己吗？但你永远不能否认的是，正是因为那傻傻的一千种想像，才让你在爱中成长，而更加懂得珍惜眼前触手可及的平实幸福。

暗恋的季节里，永远储存着你最初也最纯洁的爱。

一个人也可以

既然一个人来到世界，一个人离开，还有什么不能一个人面对呢？

在这个世界上，或许并没有真正不善言谈的人，只不过，他没有找到合适倾诉的对象，如果对象选对了，他的话就会滔滔不绝。每次在电台主持晚间节目，很多听众把和家人朋友不能说的秘密，都在电波里一吐为快，因为对一个陌生人的倾诉，他完全不必去掩藏什么，因为听过之后，那个人对你来讲依旧是陌生的。所以，每天坐在直播间里，我心中都怀有一份小小的期待，不知道谁又会告诉我谁的故事？

她说，打这个电话之前，她是犹豫了好久的，怕她的前男友会在电波里辨别出她的声音，怕他笑话自己原来失去他后竟然这么无助。她纤细又温柔的声音，像流水般缓缓穿越电波，听得出刚失恋的她心情有点差，说话的语气也会不时地停顿。她埋怨自己怎么运气那么差，只谈一次恋爱就丢失了自己，当对方抽身离去，她却感觉无法一个人独自面对剩下来的生活。

她尤其害怕黑夜来临时，不能再躺在他的臂弯里听他讲有趣的事，他们曾经聊天至第二天凌晨，她都忘记自己是在他说的哪句话里睡着的，他的声音在夜晚听起来是那么踏实，仿佛有催眠的作用。他曾抱着她在夜里一起看恐怖电影，她不敢去卫生间，他就陪她一起去，然后两个人一起颤抖地跑回床上，蒙在被窝里大笑对方的胆小。如今这些黑夜里的回忆却都变成了伤痛，当她一个人伫立在那座大厦的十六层上，不会再有人在她背后拥抱着她，陪她一起看风景。而未来那么多漆黑的夜晚，她该怎样一个人度过呢？

我劝她在失恋的日子里多和好朋友相聚，那样会很容易打发时间，她说越是在喧闹的氛围里，其实心越孤单，朋友取悦自己的心情虽然感动，但强挤出的笑容却是那么苦楚，他们在看到这样的笑容后，相信也不会真心地快乐，尤其当狂欢结束后，突然剩下一屋子的寂寞却无法收拾，那个时候她最想做的事情就是给他打去电话，可又不敢去听那个或许已经很陌生的声音。

后来有一位和她同病相怜女孩也打来电话，不同的是，她刚摆脱了失恋的无助，竟想把心得和她分享。在那段日子里，她不断给自己设置奖励，如果快乐地度过一个礼拜，就给自己买下那个倾慕已久的项链，如果能快乐地度过一个月，那个未来走向她的人，此刻已经正在途中向她走来，如果她在等待的过程里哭泣悲伤，那就很可能错过他来的方向。后来她发现，其实一个人也可以走路、逛街、吃饭、睡觉，坚持了一天就可以坚持两天、三天——日子同样可以过得温暖，失恋了也像生病一样，经过时间的调理一样可以痊愈。

如果你不那样过又能怎样过？悲伤和低靡只能让日子更加苦涩，他一样还是不会回来，他和我们遇见过的许多人一样，偶然出现在你的生命里，但他只是一名过客而已。

那一个晚上，我深深记住了那个女孩子的勇气：“我一个人也可以！”如果此刻你正承受失恋的痛，不妨也多想起这句话，不久之后，你会发现自己真的已经走了过去。

第四章

因为爱情有点沧桑

没有品尝过爱情滋味的人，或许不会明了，爱在经历了相思和等待之后，时间仿佛也被拉长了，即使爱人正朝我走来，我仍觉得他来的那段路怎么那么漫长？

真的只有你吗

这一生，我们会遇见许多人，
但永远别怀疑，我们心中只有一个最爱。

那是一个安静的雨天，雨滴叮叮咚咚地轻敲着窗，不紧不慢的节奏里，预示着这场雨恐怕要持续很长时间。雨雾中的行人看上去比晴天时要落寞些，各种颜色撑起的伞重叠在打着圆圈的水洼里，临街的很多店铺都在流淌着电台里正播放的旋律。

那一天，从电波那端传过来的声音，似乎也带着雨的味道。导播示意我2号线路，有一位哭得很伤心的女孩正在等候，问我要不要先把她的电话接进直播间？我点头对他示意。

“主持人，你告诉我，这世界上有真正的爱情吗？”还没等我开口，她就先把问题抛了出来。

“能告诉我，发生了什么事吗？”我的语气要比平日更加柔和。她的情绪似乎也平静了一些，她之后讲述的这个故事，这么多年来我一直记得。

那时，她有一个十分心爱的恋人，他的温柔、细心，还有腼腆的笑容，都深深吸引着她，她很快在他面前彻底投降，昨天还是骄傲的公主，转眼就变成了他身边的灰姑娘。他不止一次地对她说：“你让我疯狂，我的心里只有你。”这一句承诺，彻底俘获了她的心。

他们约定好在下一个春天到来时结婚，但在这之前，因为工作关系，他要出趟远门，大概要一个月的时间，不过对她而言，这段时间里，正好可以互相传递着思念之情，爱情在等待之后不是会更加迷人吗？

不过，有一件事，还是有点让她放心不下。她最好的朋友，也是他的同事，要和他一路同行。在朝夕的相处中，朋友不会也爱上他吧？不过，很快她就觉得自己在杞人忧天，因为她早已有了男友，怎么可能会移情别恋？在站台上送别他时，她还特意叮嘱朋友几句，一定要帮着自己好好地照顾男友。

当列车彻底远离了她的视线，她心中的思念立刻就汹涌而来。她拿出手机给他信息："现在就想你了，怎么办？"他回复："你知道我的心。"她答："不知道。"他立即回复："只有你。"她安心地合上手机，相信这一生一世的诺言。

不知道为什么，在他离开的那些夜晚，她总会幻想着这样的画面，他和她的朋友，一定很愉快地相处着，她对他脉脉含情地笑，他用腼腆的笑容回应她。爱情会在那一瞬间滋长吗？她不敢往下去想，也许一切都没有发生，只是想像而已，其实他的心早就已经表白于她，她怎么还不相信呢？如果一段爱能很轻易地被另一段爱取代，那只能说明这段爱并不是深爱。

一个月后，他从远方归来，他去站台接他，看见他满脸沧桑，而朋友的目光也总在有意地躲避她，他们到底怎么了？

终于到了他们两个人独处的时候，他突然抱紧她，告诉她："你知道，我有多爱你。"她满心欢喜："那又怎样？"他轻轻抬起她的脸："对不起，你会原谅我吗？"只这一句话，她就全都明白了，她极力挣脱开他："请放手。"眼前那个曾经说爱她的人，现在看来是多么陌生。

她相信他仍爱着自己，可并不是唯一。他的誓言，不过是某天情到深处时的谎话，她不再相信爱情，因为爱上你的这个人，有可能一转眼也会爱上别人，爱情根本经不起考验。

那个准备在春天里举行的婚礼，在爱的叹息中成为了童话。她不想再拥有这段爱情，她不知道她放弃到底对不对？

虽然已经是许多年前的故事了，但拿到今天来讲，我似乎还能够感觉到那个雨天里，她在电话那端对爱情的绝望。电波里，我送给了她一首《听说爱情回来过》。

那一天，雨一直下到傍晚，不知道那首歌之后，她的爱情还会回来吗？

天空的距离

如果有一天，有人对你说，你是他全部的天空，你会相信吗？我会。

你曾留意过头顶的天空吗？

你可曾知道它的距离是从哪里到哪里？

这是一个女孩问恋人的问题。

其实，在她心底也没有明确的答案，她只想知道，在他那里，天空究竟有多远？他的天空中有没有她？

正在法国出差的他，看到这样的短信，知道这是恋人出给他的一道考题，他再仔细思考良久后，立即回复给她：是从中国到法国。

读到短信的她，知道他在心底有多在意和思念她。但她故意告诉他，这并不是最温暖的回答。一心想知道答案的他，立即打来越洋电话询问答案，他要知道在恋人心中，最温暖的回答究竟是怎样的？

握着听筒的她，在电话这端感受着他的气息，她知道她的心在这一刻已经属于他，而那个连她也不知道的温暖答案，又该如何告诉他呢？她只有说："其实不同的人有不同的回答，一道智力答题，哪有唯一的答案？反正我觉得你的回答并不怎么样，因为从中国到法国是一段那么远的距离啊。"

这句话立即给他带来灵感，他脱口而出的答案，让她的心彻底融化了："天空是从我这里到你那里。"她握着听筒喜极而泣，这一句话，让她相信最爱他的人就在眼前。

在他们挂断电话后，她迫不及待地披着衣服跑到阳台，抬头去看傍晚的天空，那绛紫的色彩，在她眼中是最绚烂的风景，就像他们彼此心中深沉的爱。原来，爱一个人可以这样被幸福包围，做任何事情嘴角都会挂着微笑，爱情是多美妙的一件事。天空对她来讲，一点都不遥远，它的距离，就是两个相爱的人心灵的距离。

如果有一天，也有人问你，天空是从哪里到哪里？你会知道该怎样回答了吗？或许你心中的温暖答案，也会让你爱的人一直沉醉。

让我遇见你

我们辛苦来到世间，是不是只为了和某个人相遇？

茫茫人海中，我们究竟会遇见多少人？那个能给自己带来幸福的人，又会在人生的哪个阶段相遇？多希望他出现的时候不早不晚，合乎时宜。

因为太早遇见，会不懂得珍惜，多么好的感情都会觉得是平常，说不定前面还有更好的。而如果太晚遇见，心中的爱快要耗尽了，分给你的又会有多少呢？所以，在该遇见的时候遇见，是多么地幸福。

可是谁又会那么幸运呢？大多数的人和最适合自己的那个人，不是太早错过了，就是太晚了没有机会。两两相望的时刻，唯有送上一段深深的祝福，在人群中分别后，不知何年何月还能相见，只能在悠长岁月中去怀念彼此的好。

其实也不应该有遗憾了吧，因为总归还是遇见过，无论时光在走过多少年，仍然会记得那年那月的相遇，记得彼此脸上挂着的笑容，记得深情眼波里那份浓浓的情谊，虽然不能地久天长，可谁又说这不是最好的结局呢？因为现实总比想像中粗糙很多，如果真的朝夕相处，说不定也会早早分手，从此成为了毫不相干的陌生人，连回忆里都是带不走的伤痕。

可是，无论现实多粗糙，我仍愿意和那个最适合自己的人牵手走。不在乎现实的粗糙，只在乎这份属于我们的相遇，因为我们天生是一对，我们就要在一起，因为时光不会倒流，再回头时也许就找不见你了，因为我从不相信会有来生和下辈子这回事，我只要今生能够相依相伴，当我变成一个老太婆时，我身边的那个糟老头就是你，在生命中的最后一缕阳光中，仍然是你陪我到最后，因为在你的怀抱中告别尘世，才会觉得今生无悔。

也许你会问，到底哪一个才是那个最合适自己的人？是先遇见的那个，还是后来的那个，是眼前的这个，还是以后将出现的那个？

这个其实并不难回答，那个能带给你最多快乐的人，那个你时时刻刻都会想念的人，那个总在同一时间和你有着相同感应的人，那个你是他全部天空的人，那个离开了你就不会有快乐的人，那个愿意和你分享你所有快乐悲伤的人。

让我遇见你，在今生不再错过。

让我遇见你，在今生好好拥有。

让我遇见你，在今生陪我到最后。

在两个女人间徘徊

我不想当什么“红玫瑰”或“白玫瑰”，我只要你说爱我就够。

情到深处时，爱你的人会对你许下山盟海誓。那一刻，你可以沉浸在幸福中，却不能完全笃信，他的眼里只有你，是这一刻还是一直都是呢？看不见的内心中，只深藏着一个你吗？

爱情像魔法般迷惑着你，我只要这一刻就足够，这是聪明女人的做法。固守着一生不变的誓言是愚蠢的，因为这世上最禁不起考验的就是誓言，那不过是浓情蜜意时的一种冲动，凡是听信它的人，日后一定会有一个时间为爱受苦，而只享受爱的快乐的人，才能从容地把握爱的方向，即便放手也不会觉得有多痛。

她一直觉得爱人的心里一直住着另一个她，无论他说与不说，这个人都是存在的。如果他不在身边，她认为他一定又去找她了，即使手机的信箱里没有一条可疑信息，但仍不能肯定他是否提早前删除了。他爱笑的眼睛里，盛满的一定还有她的目光。虽然他是自己的爱人，却不能直面问他究竟她是谁？你爱我还是爱她？因为一旦捅破了这个秘密，他也许就真的不属于自己了，而要维系这段感情的理由只有一个，那就是爱。

不过，每当情人节、圣诞节，这些制造气氛的日子里，他都会陪在自己的身边，这么说他最在乎的还是我，只不过在婚姻里久了，接触一下其他异性，聊一些简单的生活感悟也未尝不可，红颜知己不一定就会威胁到婚姻，她愿意宽容地这样想，但每次看他的神情，就知道他一定有心事，仿佛那一刻，他的心早已经生出了翅膀飞到了窗外。

男人有时也是懦弱的对不对？敢爱却不能放手，家庭与婚姻，道德与责任，怎能一下就理得清清楚楚，和自己朝夕相对的，却不一定是心底里最爱的那个。每当借酒消愁时，多希望如果没有遇见其中的一个该有多完美，爱究竟要怎样分才不受伤呢？如果这一刻选择了她，就能够保证下一刻不再遇上另一个她吗？既然至少要在两个女人间作出选择，不如就维持现状吧，至少有一个那么死心塌地的她在等候着你。

而爱他的女人却一心一意地等他回头，如此一来，婚姻依然都在老地方点着温暖的灯光，照亮他每晚回家的路，尤其是在飘着雪花的冬夜，那盏灯对他而言更会倍加眷恋，而一个男人与两个女人的故事，也将永远不会结束。

我要你记住我的味道

有一天，即使忘了你，也会记住你的味道。

有时，我们常会因为一个人身上的某种特质而记住他，他的笑容多像一个孩子，纯净而灿烂，他总是喜欢咬着嘴唇思索问题，他没事的时候总是不自主地摆动着手指，他在说话前一定会加上那一句“哎，你知道吗？”因为这些特点，才让他们在我们的记忆中存留那么久。

一个叫M的失恋女生在电台的节目中说："怎么办，我一直忘不了他，还有他的味道。"那是因为在他们第一次相遇时，那男人竟霸道地强吻她，并对她一字一句深情地说："我要你永远记住我的味道。"她气他刚刚强吻她，生气地把他推出门外，但当他真的离开后，她的嘴里还一直缠绕着那味道，是苦涩的烟草香和淡淡酒精交织出的男人味道，她不停地漱口希望摆脱掉，但它仍那么久地停留在她的舌尖上，因为这味道，她最终爱上了他，后来每次他吻她，她都极度渴望去舔食那味道，更急切地希望那味道尽快把自己全部吞噬，在每一次的欢愉里，他们都沉浸在彼此独特的味道里不能自拔。

后来，当他们的激情褪去，女人发现男人并不适合自己，与其拖延时间更加痛苦，不如早点结束，他们见最后一面时，男人要求再最后一次吻她，他把她紧紧地抱入怀中深情地亲吻她的肌肤，仿佛是在和她的身体做一次永别，当那曾眷恋的味道又在她的口腔里缠绕流连，那一刻，她又一次热烈地迎上去，最后一次尽情享受着那味道的迷惑与深情，她知道他对她的爱从来没有改变过。

当黎明的曙光来临，他早已不在她的身边，而是一个人安静地离开了，她抱起他睡过的枕头拼命去吸那上面的味道，眼泪随即滑落在棉质的枕巾上很快化成一个圆圈，他们的爱情结束了。她失去了他，可昨夜还缠绵在她口腔里的味道，却一直还在，就像他第一次强吻她那样持久。

但新的一天里已经没有他，她不要这味道还一直伴随她，她痛痛快快地冲了一个热水澡，要把他曾经留给她的味道全部洗刷掉，但即使她在身上喷洒上最浓烈的香水，却一直掩藏不住那个味道，她最终把希望寄托给时间，可是两年过去了，那味道却一直还在，变成了一种幽深的思念，就像他从来不曾离开过。

我想那个男人一定是情场高手，让一个女人用记住他味道的方式永远记住他，让她有一天即使爱上别人，也依然留恋他曾给予她的温存是那么独特。

那不是真的

一点也别怀疑，爱情有时真的经不起考验。

她最喜欢在午后仰望天空，那一点点透明的深蓝，像一池春水，悠悠地反射出曾经属于她的那片爱情时光。

那个夏天里，他们曾天天在一起，他带着她去吃遍全北京城最好的小吃，看遍全北京城最美的风景，从早到晚，他们两个人就像长在一起形影不离。她最喜欢穿白色的连衣裙和透出脚趾的凉鞋，而他喜欢给她买各种透明的丝袜，因为她的腿是那样修长，他喜欢欣赏那种秀丽的美。每次他们走在一起，似乎本身就构筑了一道绚烂的风景，在所有人的眼里，他们就是为彼此而生的恋人，这一生就应该在一起。然而，谁也没有想到，分手的乌云却在悄悄地逼近着他们。

事情的起因是女孩子的闺蜜告诉她爱情要经过考验才能辨别真假，比如说如果面临生死关头，他能否为你献出生命？因为只有经历生死的爱情才是最刻骨铭心。闺蜜为她编造了一个谎言，让女孩骗他说自己得了绝症，不想拖累他，希望他离开自己寻找新的幸福。

虽然这像极了电影中的桥段，她也不是演员，几乎没有把握能演好这场戏，但为了考验爱情，她还是决定试一试，当她梨花带雨地告诉他那个悲惨的“现实”时，他一时竟不知道说什么好，只是紧紧地抱着她，眼泪夺眶而出。之后，他竟突然消失了，她短信他、电话他，他都没有一丝回应。难道他真的离开了自己？她失望至极，又给他发去最后一条短信："其实，那都是骗你的，我很好，只是为考验一下你。"

这个有点荒谬的想法，一定让他哭笑不得，他或许也不知道该如何面对她吧，如果回去见她，一定会让她觉得自己太懦弱，最终还是经不起爱情的考验，再站到她的面前，似乎突然间感觉自己比她矮了一截，他不能承受这种转变。如果不回去见她，而这一切又并不是真的，似乎根本也没有理由放弃她，不是吗？他们曾经亲密无间的关系，还是被现实的"残酷"所击败，也许爱情本身根本经不起考验吧？

从前，她和他生气的时候，他都会送花给她，玫瑰和勿忘我，是他经常送她的。他曾经说："玫瑰代表爱情，勿忘我，是时时刻刻都不要忘记我，就像我每时每刻都在想你一样。"

她一个人去花店买了许多玫瑰和勿忘我，望着它们，她觉得有些忧伤。原来它们加在一起的意思是：爱情，不要忘了我，可这一刻，她已经被爱情遗忘。

失望透顶的爱情

一段沮丧的爱情里，还有什么比糟糕这个词更适合它呢？

一个离婚不久的女人，打来电台的电话向我抱怨，爱情为什么那么失望透顶？她曾那么地苦心经营，为何还要落得这般结局？她绝望地说：

"我再也不相信爱情了。"

他们才刚认识不到一个月时，就搬住到了一起，她那时一点也不了解他，只是觉得一个男人那么地需要自己，她感动地竟无法拒绝。那么多个缠绵的夜里，他抱着她说这一生只爱她一个，永远不会离开她，她的泪水滑落在他的胸膛上。直到有一天，他跪在地上，求她嫁给自己，他赢了。

之后，她不仅承担起妻子的角色，还有母亲、玩伴、挚友等，她把自己由内而外地全部奉献给他，他的喜好就是她的喜好。他爱吃辣的，她就放弃甜的。他喜好安静，她就放弃闺蜜等一杆朋友，单独陪他。他喜好朴素的装扮，她从此只是素颜。他不喜欢运动，她也放弃了游泳。在他面前，她甚至没有一丝秘密可以藏起来，她把他宠的像一个孩子。

一年之后，当激情褪去，他目光里的柔情也少了许多，曾经的甜言蜜语或许都说完了，坐在餐桌对面的两个人，常常相对无言。他总是要求多一些属于自己的时间，即使她情愿在一旁默默地陪他，最终都被他拒绝了。

就连他们亲热的时候，他也完全是一副敷衍的流程，她感觉不到他在爱着她，就算他把自己占有，也没有半分怜爱，她痛苦地失声痛哭，他竟全然不理，转过身一个人呼呼睡去。

她偷偷地翻看他的手机，竟没有发现一点蛛丝马迹，他并没有变心，只是他厌倦了自己。

当她试探着要求和他离婚时，他竟没有一点异议，痛快地答应了。

最终，她不仅丢失了一段婚姻，还有曾经那个丰富多彩的自己。或许，两者的先后顺序是这样的，她因为丢失了自己，不再具有之前令他着迷的魅力，才让他开始厌倦，最终才丢失了婚姻。

爱情的开始总是美丽的，不是它本身糟糕透顶，只是如果没有那个独一无二的你，他为何单恋你呢？无论多么令人欣喜的恋情，都要记住最重要的一条，千万别丢了自己，因为如果你不再是你，也就没有迷人的理由。

一段感情中，只有学会更好地爱自己，爱情才会乖乖地屈服于你，一手在你的掌控之中。

我多么期待，不久后的有一天，我还会接到那位女士的电话，她会带着兴奋告诉我："我又开始相信爱情了。"其实，糟糕透顶的只是爱情中那个有点愚笨的你。

小气鬼

"小气鬼"绝不是女人的专有称号，男人有时也可以担得起这一称谓。

"这个玉镯是我奶奶的妈妈留下来的，我奶奶留给了我爸爸，我爸爸又用这个娶了我妈妈，我妈妈要我把它送给她未来的儿媳，今天我把它交给你，你愿意接受吗？"面对这么一大段表白，换作是你会有怎样的反应呢？

女孩站在原地不敢抬起眼睛，更不想接受那个对他以及他的家庭来讲如此重要的礼物。他走上前，把玉镯轻轻地戴在了她的手腕上，她推辞，他握紧她的手，坚定地向她表达心意："我会一直爱你。"而从这一天开始，喋喋不休的叮嘱也开始了。

每次电话后，他都不忘补充一句："睡觉前，要把它摘下来，放好。"如果和友人逛街，他的电话又会响起："哎，街上人多，要不出门就别戴了，万一磕了碰了呢。"尤其最喜欢在自己朋友面前炫耀一番："你看这成色，可是传了好几代呢，我媳妇戴过了，再传给我儿子，他再一代一代往下传。”如果她和他闹情绪，他甚至还说：“我都给你玉镯了，你还要怎么样？”

她真后悔当初收下这份礼物，虽然他一家当它是宝贝，她却一点也不喜欢，每次戴上它，都像背负了很大的责任，她还没打算嫁给他呢，就口口声声地说一代代地往下传，那如果有一天分手了，玉镯是不是还要物归原主？这哪里是送人家礼物，到很像一场麻烦的接力赛。尤其是一个大男人那样的婆婆妈妈，除了感觉有失风度外，更像小气鬼。

她提出把玉镯还给他，要买自己喜欢的礼物，哪怕是一枚很便宜的戒指都行。他哈哈大笑，说她实在太不识货，这个玉镯可以买十几个戒指都不止，要她赶紧打消这个蠢念头。她执意不要，他终于翻脸，问她到底是什么意思？是不是根本就不想嫁他？在这一刻，她才觉得他从来都不了解自己的内心，而一直认准的只是那个价值不菲的玉镯。如果真是那样，即使它真的价值连城，她都一点不稀罕，反而会有拿人手短的感觉，好像收了你的礼物，才要爱上你、嫁给你一样。

他终于拿着玉镯头也不回地离她而去，这一气，也许就再也不会回来，看着他的背影，她的心一点都不难过，反而觉得轻松了。因为再也不要背负本来就不属于她的责任，爱本来就是无条件的，玉镯虽是定情之物，却没有想到会拆散一对情侣，这并不是玉镯的本意，而是他不懂得表达爱的心意。

如果有一天，他把这个玉镯再送给另一个女孩，他是否还会这样表白：

“这个玉镯是我奶奶的妈妈留下来的，我奶奶留给了我爸爸，我爸爸又用这个娶了我妈妈，我妈妈要我把它送给她未来的儿媳，今天我把它交给你，你愿意接受吗？”

还能等到你吗

有些爱情，今生无法拥有，来世也无法等到。

在她33岁那一年，一场车祸夺取了她丈夫的生命，留下了她和两个孩子，女儿7岁，儿子3岁，在那个她人生最寒冷的季节里，他出现了，跑到山上砍了一冬天的柴给她送去，他是住在她家对面的邻居，和他同在一所乡村中学里教书，为了不引起村里人的非议，他只在晚上送到门口，送完就走，每次她都会和一双儿女站在窗前看着他离去的背影。

因为挂念家中的一双儿女，多少个在去上班的路上，她又折返回去，只为了把自己的午饭再留给两个孩子，临走前总不忘叮嘱女儿，把馒头和咸菜热给弟弟吃，而自己却成为了那所乡村中学里唯一没有午饭吃的人，好几次她都饿倒在讲台上，每一次都是他把热水打到跟前，让她喝下去，当她喝到嘴里，才知道他在水里面加了红糖。

镇上像她家那样的小茅屋已经没有几间了，她也想盖一个有着红顶的大瓦房，可是没人敢借钱给她，因为拖着一双儿女，指望她还钱不知道要等到何年何月。他偷偷地把自己积攒的生活费给她送了过去，说是他自己的钱不要紧，她眼含热泪地接过钱，说不论吃多少苦都一定还他。

于是，白天除了教书外，到了晚上，她就挨家挨户去推销保险柜，她告诉自己，一定要争气，一定要把钱早点还给他，家里没有男人，她就是男人，她要给孩子们撑起一片天，在那个小镇上，人们经常看到她背着大大小小的保险柜，走家串户的身影。

而每次她回到家里，两个孩子都已经睡下，她只喝一口热水，吃两口咸菜，就开始一箩筐一箩筐地运水泥，垒地基、盖房子，实在太累支撑不住的时候，她就一个人坐在漆黑的夜里放声大哭，每当那时，他都会在身后给她披起一件大衣，告诉她不着急还钱，接着就把她手里的铁锨接过来，一直干到天亮。

当她家那间红瓦房盖好的时候，镇上的很多人家都拖着一家老小去参观，他们简直不相信，一个女人能有这样的本事。

又过了几年，他被调到市重点中学教书了，家也从镇上搬到了市里，不过，他总能找机会回去看她。

她的两个儿女都十分争气，一晃，他们都考取了大学，女儿和他分到了同一所重点高中，儿子分到了市电台，他们又把母亲接到了市里，又和他做起了邻居，每到节日，怕她孤单，他总会买些吃的给她送过去，陪着她聊聊天，儿子娶媳妇那天，他像孩子父亲一样陪在她的左右，照顾来往的宾客。

而他其实是有家室的，妻子常年卧病在床，他不能抛弃她不管，他和她的这份感情，就这样一直被岁月埋藏在心底，她也从来不说什么，但对他们来讲，这终究是一份心事。

直到有一天，她说："以后不必再来了，孩子们都大了，各自过各自的生活吧。"听到这样的话，他是有些生气的，既然她理解自己，为何还要这么逼他呢？他以为那是她的意愿，就真的不再来了。

两年后，她得了肺癌，发现时已是晚期了，在她生命最后的那段日子，儿女们几次征求她的意见："让他来看看你吧？"每次她都微笑着摆着手："我这个样子会吓坏他的，等过一段儿，我好一好的。"

可她一直也没有再好起来。直到生命的最后时刻，儿女们都希望她能再多等一会儿，他就快要到了，然而，她却气息微弱地说：“我不等了”，然后轻轻地闭上了眼睛，她在今生的路走完了。

他来了，轻轻地在她的床前坐下来，把她的手握在他的手里，眼泪无声地流下来，望着她那张安静的脸，他仿佛知道她的心意，今生注定等不到他，她会在来生等他，而她一定还记得他的脸，挂着她最熟悉的笑容，那是一个多美丽的时刻。

不是说好的吗

祈祷那些说好的幸福，一定会信守诺言，在那里等待着我。

你曾经在某年某月和别人的约定，现在还记得吗？

你曾经答应某人，长大了要做他的老婆，但花开花落，你和他早已不住在一个城市，再想起他，只是小时候的玩伴，你甚至都忘掉了他的模样，或许，你今天的容貌，他永远都想不到，而那个你答应过他的承诺，他知道就像风一样吹向了不知名的远方。

你曾经答应某人，过完那个暑假，就一起去游乐场坐一次旋转木马，然而，那个暑假过后，你却为了留学离别故土。在机场的候机大厅，你使劲地期盼他会来，却仍没有在人群中看见他，直到现在，你也不知道那一天他有没有来？是不是当飞机离开跑道那一刹那，他才会带着对你的表白姗姗来迟？

你曾经答应某人，有一天，一定会再去一次他的城市。而在不断地机缘错过后，你终于发现，有些人还不如不见，存放在记忆中，他会永远那么鲜活和值得回味，而一旦见了，却又会觉得失望，你会后悔为什么要见？

你曾经答应某人，今生没有缘分相爱，等来生一定再续前缘，而你怎么知道，来生会不会遇见一个更加心仪的对象，或者，来生你们是否还能有缘再遇见一次？

曾经的曾经，我们总是那么天真地许下诺言，虽然距离诺言实现的那一天，有可能遥遥无期，但那份憧憬明天的心情，让我们相信，那绝对不是一个梦，而数月经年之后，我们才真的发现，那些诺言也会有一天长着一双翅膀飞走了。

不是说好的吗？当你眼中含着泪花苦苦相求爱人兑现那份诺言，才发现，在地球不停地转动中，总会不停地带走一些东西，比如友谊，比如爱情，比如那个夏天许过的诺言。

有一天，当我们渐渐变老，坐在长椅上回首往事，我想我会我微笑地告诉孩子们，我曾很少许下诺言，但许下的承诺，我都付出了百般努力去实现它，无论它最后是不是我期待的结果，我却没有一丁点后悔。

许下诺言的时候，不要忘记，要实现它是一个多么艰巨的任务，所以，我怎么能够轻易地放弃你？

所以，我多么地希望，说好的事情，总能像我们期盼的那样，如期而至。

最后那一颗

虽然无法预测最后爱情的结局，
但选择的过程，却是自己可以掌控的。

你是否有过这样的习惯，每次吃草莓或者葡萄，总盼望最后吃到那一颗是甜的，如果不是，我们宁愿再寻找一颗，直到吃到甜的为止，因为我们总喜欢结局是甜美的。

所以，即使生活里有时遇到困难，我就告诉自己，这只不过是吃到了酸一点的葡萄，忍耐下去，下面一定有一颗甜葡萄等着你。失恋的时候，我会把头埋进被窝里大哭一场，然后重新梳洗打扮，告诉镜中的自己，这次遇见的不过是爱情中的酸葡萄，最后属于我的那一颗一定是甜的，这样我就会很快忘记情伤，带着希望走到阳光下。当我又拥有一段新恋情时，我天天祈愿，这一定就是我盼望的那最后一颗甜葡萄。

我们没有预知未来的能力，无论岁月赐予我们欢喜或者悲伤，我们都必须从容接受这一切，只有这样才能在期待中收获更多我们想要的。我们尊重命运，又不能完全顺从它，但一定要相信在我们的身上，还会有更多美好的事情发生，最后那张命运的底牌上一定写着幸福。

这样想下去，就没有什么不能逾越的困难，学会把困境变成顺境是一种胸怀，更是一种智慧。爱情里也是如此，当你曾在一段爱里受伤，并不代表以后就不会拥有幸福，我们是自己爱情的主人，既然那段爱只能让你心痛，为何还不快点割舍掉？在寻找真爱的旅途上难免艰辛，但如果不擦干眼泪继续漂亮的前进，又怎么可以有新的相遇？谁说那不是我们盼望已久的那最后一颗甜葡萄呢？

但如果你非爱这颗酸葡萄不可，就要有足够的耐心去等待，等待它能够经过时间的发酵，慢慢由酸变甜，既然等待了那么久，这一回，我们更要非吃到甜的才肯罢休，这样才能对得起我们心中的这片痴情，对得起我们放弃了寻找下一颗甜葡萄的机会。

亲爱的，我把生命中这场与你的相遇，一直当做是上天的安排，即使我还有机会遇到更好的，也不愿再去寻觅，你是这场爱情里的唯一，也是最后那一颗能带给我甜美结局的葡萄。

不被祝福的爱情

如若爱得深，不被祝福又如何？

如若不爱，即使付出全世界，也是徒劳的。

如果一段爱情不被众人祝福，是不是还应该继续爱下去？这曾是一位听众在电波里问我的问题。我问他不被祝福的原因是什么，他说就是大家觉得他们俩一点也不般配，无论家人还是朋友都不喜欢她。

于是我说：“如果只是几个人不喜欢她，倒是有点情有可原，他们很可能只是看到了她的缺点，忽视了她的优点。但如果是所有人无一例外地不喜欢她，那似乎只能说明她确实不那么可爱。那么，你到底喜欢她什么？”

他想了一会，说自己也说不出来原因，只是觉得喜欢一个人没什么理由，不是喜欢她完美，而是喜欢她带给他的那种感觉，是感觉最吸引他。这感觉包括她说话的语调，笑起来的温柔，走路的姿态，甚至发脾气的样子。哪怕只有一会儿不联系，他都会觉得十分想念她。

那一天电波里，我仍把祝福送给了他，在平淡的日子里，真有人能够带给他这种与众不同的感觉，或许应该好好珍惜，因为这实在很难得。

幸福其实就是一种感觉，你既然找到了，为何还要犹豫不决呢？别人喜不喜欢不重要，未来，他们也不会和你生活在一起，他们不过只是希望你过得幸福，而如果你本身已经很幸福了，他们也只能为你高兴。至于他们不喜欢她这个问题，只要她不介意，就没有什么大不了的。

不过，如果换做是我，我或许也不会选择继续爱下去，因为不被祝福的爱情太孤单。我们永远只能是两人世界，有一天突然想享受一下热闹的感觉，都必须要到街上人多的地方才行。或许，在我们的家里永远不会出现，一大帮朋友在一起吃烧烤的快乐，不会在半夜里大家喝的醉眼朦胧，某人说出某人很多年前糗事的情景，不会有大家一起抢麦克风的疯狂，更不会有我们一起陪着一个朋友哭到天亮的义气。

这未免有些太遗憾了不是吗？人生不单是由爱情组成的，还有那么多值得拥有的情感，比如亲情友情，它们和爱情相比，同样弥足珍贵，也像空气一样不可缺少。如果两者相加和爱情的分量等同，我或许会选择后者，因为那份爱从来都不会从我这里移开，我也永远不会因此受伤，而爱情却说不定在某一天突然转移，每一次转移，都会带给我们伤痕，如果那个人不值得我为他冒一次险，那我宁愿放弃他。

不被祝福的爱情，就像童话里那个被巫婆施了法术的公主，无论她生的多么美丽，有一天也会遇到劫难，而我要幸福的开始，更要幸福的结局。

为爱殉情

那些为爱殉情的人，在另一个世界里，真的相聚了吗？

所谓殉情，就是用牺牲自己的生命来换取一段爱情的永恒，生虽不能在一起，死却可以常相伴。那些为爱殉情的人，如果在死后真的到达了他们一心向往的“国度”，那么现在已经获得幸福了吗？我们无从知晓，只知道那些曾经鲜活美丽的生命永远不会再回来。

曾看到过许多为爱殉情的故事，有的是因为对方不爱自己，为他去死，是向他表明爱他的心有多忠诚？有的是因为拥有的爱情，不被世俗接受和祝福，他们只有选择用生命来换取另一个生存的空间。还有的是想用殉情来得到爱情的永生。

曾听过一个传说，在云南一座高高的雪山上，有一个美丽的地方叫“锦绣谷”，那是为爱殉情的人死后进入“第三国”的入口，那个国度里只有青春和爱情。每次读到那凄美的段落，不由地会为那些逝去的生命落泪，不得不承认，在他们的心中爱情已是至高的信仰，两个人想要在一起的决心有多强烈？

然而，转念一想，又觉得他们死去的太可惜，如果并没有所谓的“第三国”和“理想世界”，他们用生命换取的爱情也永难实现，爱人的笑容和身体，也永远触摸不到。死不过是白死，爱也在死的那一瞬间永远结束，换句话说，死并没有为爱找到出路，而很可能因为死而逃避了一段爱的未来。

有一位母亲，她的女儿在18岁那年为他的恋人殉情，每年清明，她都会带上她最爱吃的菊花糕看她，十年的光阴也没让她从丧子之痛的悲伤中走出来，她比同龄人整整老了二十几岁。而她女儿昔日的那位恋人，早已娶妻生子，他似乎早就忘记了在十年前，曾经有一个姑娘为他而死。

没有人能够否定爱情的圣洁与伟大，也没有人不向往那美丽的爱情，只是我们不要在爱情和生命这两件事上做抉择，为了一段爱而去结束一段生命，这实在太可惜和不值，白白地浪费了生命来到世间的意义，白白耗尽了家人疼惜的眼泪，更白白辜负了爱情本身的美好。

我宁愿从来也没听过为爱殉情的传说，那一定是没有得到过爱情的人做出的“迷幻药”，为的只是嫉妒和诅咒拥有爱情的人。

第五章

记住爱最美的模样

无论爱的结局如何，只要我们努力过了，就不再后悔，这一生，总算遇见了，即使不能拥有彼此，仍会记得你曾那么爱过我，我也曾那么依恋你。

做你24小时的仆人

还记得爱人向你告白的那一刻吗，
还能想起来，究竟是哪句话打动了你？

他第一次向她求婚时，曾几夜辗转难眠，只为了想一句能够打动她的话，这话不能太矫情，又不能太过俗气，那会显得自己没有文采，最好一说出口，就会让她感动地落泪，领会到他的深情爱意。他把头深深地埋进枕头里，绞尽脑汁地想着，这一生如果能够娶到她，就是他最大的快乐，好像他来到这世上的唯一使命，就是保护她并带给她幸福。

他是我读高中时的同学，也是经常在午夜电波那端准时守候的听众，他经常打趣我："早知道你有情感主持人的天赋，上学那会儿，就直接咨询你了。"我笑他："现在打来电话也不晚啊。"那一天午夜，他通过电波向听众求助，到底怎样爱的告白，才会打动女友的心？

这是一个能引起大众关心的话题，因为恋爱中做一个深情的告白者，常会起到事半功倍的作用，往往你并没有为对方做怎样的事，可他却觉得幸福至极，那些浪漫的爱的表白，却在悄悄提升着爱情的温度。然而，如果是一个不善于表达的恋人，却常会引来对方在心底的小小埋怨。

导播间里，那些不断闪烁的绿灯告诉我，听众的热情很高，他们纷纷向我这位同学支招，有一些爱的告白，连一个和这段爱无关的局外人，也会觉得怦然心动。

“如果你愿意嫁给我，我愿意为你做世界上任何你想做的事。”这是一位大学生的建议。

“相信我，我会把你的人生打扮得充满光彩。”政府的公务员也具有如此浪漫情怀。

“生命里有你，才是完整的，没有你，我便没有明天。”这是一位年近70岁的老人，在不久前追求现在的太太时说出的一番告白。

在他们表达心中爱的告白那一刻，我才觉得原来人是为爱而生的，没有爱过的人是多么贫穷啊，纵使他拥有无数物质财富，也抵不上一段真爱带来的欢愉。

有一个刚失恋的男孩子也打来电话，他说出的一番话倒很大程度上启发了我的同学。

“如果是我，我会对她说，我愿意每天和你一起吃早餐、晚餐，周末时，和你一起做家务，每个情人节陪你度过，带你去旅行，24小时，我的心全属于你。”

这样的承诺确实令人动心，我的同学茅塞顿开，他立即说：“感谢这位仁兄，我终于知道要对她说什么了。”随后，他开心地向帮助的他的听众一一致谢，最后和我道别：“等着我的好消息吧，主播晚安。”

他的这番神秘兮兮的告别后，到底会做怎样疯狂的事呢？相别多年，他却和当初一点也没有改变，热情、专注，雷厉风行，女人嫁给这样的男人应该会幸福吧？

三个月后，我的办公桌上放着一张大红的请柬，是他特意送来的，看来任何事情只要肯下功夫，结果一般都会很令人满意，看着那灿烂的红，仿佛一下子都看见他心底那份炽热的爱。

婚礼那天，新娘亭亭玉立，满座宾朋都为他们祝福，有人忍不住大声喊：“新娘子，他是怎么向你告白的？”这个问题好，我这个同学总是把故事的战线拉得很长，他不好意思告诉我们，佳人说不定会很乐意。她大方地拿过话筒甜美的说：“他说愿意做我24小时的仆人，和我相守一生一世。”说完，她竟然掩面笑了，但眼睛里满含着幸福的泪水。

如果一个人在某一天对你说：“我愿意做你24小时仆人，和你相守一生一世。”你愿意嫁给他吗？

我真的愿意

只有爱情的魔力，才能破解一切“咒语”。

她是单亲家庭里长大的孩子，在她三岁时，父亲就去异乡打工，从此杳无音信，二十几年来，母亲没有再嫁，含辛茹苦地把他们姐弟三人养大。

她从小就有着和男孩子一样的脾气，每当母亲难过流眼泪，她都会悄悄地为她擦干，然后系上小围裙，踩着板凳帮助母亲做晚饭，当别的小孩子嘲笑她没有父亲时，她会掐起腰，用那口伶牙俐齿来回应他们，那些小男孩被她骂的一个个灰溜溜地跑回家，每当那时，她就轻松地两手一拍，转过头来给母亲一个调皮的笑脸。

童年中那个风雨飘摇的小家，至少有三分之一是由她那幅小小肩膀撑起的。

转眼，她已经成为了一名光荣的人民警察，每次有特殊任务出动，她都是表现最勇敢的一个，在一次和歹徒的搏动中，被划伤大动脉险些丧命。虽然参加工作的时间不长，却几次受到公安系统的嘉奖，那些戴在胸前闪亮的军功章，是最让她母亲感到骄傲的。

如今，姐弟三人，只剩她一个还没有成家，虽然有了男朋友，但还没有到谈婚论嫁的地步，这自然也成了母亲的一桩心事，母亲还特地找来人给她算命，虽然她从不信这个，但为了让母亲安心，也就随算命先生乱说一气了。

谁知算命先生说她和现在的男朋友八字相冲，要冲破这个诅咒，必须5年后再结婚，不然的话，婚姻一定会遭遇劫难。

她觉得很可笑，这种伎俩，不过就是为了骗钱。但看到母亲都快哭出来的神情，她决定还是不和他计较了，这么多年来，自己付出的所有努力，都是为了要让母亲过得开心幸福。母亲如果不开心，她的努力就没有意义。

她从皮包里拿出二百块钱，让算命先生赶紧为她破解免除劫难的办法。谁知那位算命先生却手摸胡须，口中念念有词，又经过掐指一算后，他终于睁开眼睛说，钱也解决不了问题，只有让你爱的人苦等5年，才能保证你们的婚姻幸福。看来，这并不是一个只认钱的算命先生，既然他道破了“天机”，作为凡人的她又怎能置若罔闻呢？

她把这件事原原本本地告诉了男友，为了她母亲，她愿意等上5年再结婚，不知道他是否愿意？

她真的没有想到，他竟然也深情地说了那三个字：我愿意。

她感动地扑进他的怀里，因为已经三十岁的他，再等上5年，就35岁。爱情中最宝贵的光阴要在等待中耗费，她真的很难过。

他安慰她说：“别说5年，因为爱你，即使一辈子，我也真的愿意。”

其实，那个女孩有多幸运，如果没有这个算命先生，她或许永远无法体会男友的爱那么博大，那么宽广，那么深沉。

她不想再听算命先生那一套，她要用最好的年华好好爱他，而她的母亲也和她一样，她要早点见到女儿做一个最漂亮的新娘。

戒

当爱一个人成为了习惯，有一天，
也会像赌博一样嗜赌成瘾，我真怕戒不掉。

她的旧恋人已经离开她两年了，虽然她的钱包里还放着两个人的合影，那场恋爱也仿佛经历了岁深年久，随时光一起沉淀在这里，除了刻上深深的思念外，一切都没有改变，而每次去便利店一看见口香糖，她的泪水就不住地往下落。

她曾最讨厌吸烟的男人，每次和他一起亲密，她都让他先去刷牙，因为她讨厌留在他口齿上烟草的味道，每次他都常备口香糖，以便解决不时之需。

他深爱着她，每天都会给她礼物，让她惊喜，一个小毛绒玩具，一个钥匙挂链，一块巧克力，他的背包是为她准备惊喜而用的。而她不知道，在他背包的最后一层拉链里，一直都是他放香烟的地方，从事广告创意工作的他，怎能缺少香烟带给他的灵感，说不定每次给她的惊喜，也都是他在燃起一支烟之后。

对她来讲，他更像一个魔术师，每天都能层出不穷地变幻出各种礼物，时间一久，她觉着自己认识了一个滑稽而浪漫的男人，这样的新鲜度，他究竟会保持多久呢？如果这一生交付与他，真的会像他承诺的那样，每天晚上都有故事，随时随刻都有礼物吗？她宁愿相信他说的话，但她只有一个请求，要他在结婚之前一定要把烟戒掉，因为只要一闻到那个味道，她就会感觉头晕和窒息，她对他说，难道只有她还不够吗？

他假装答应了，每次去见他，都要把牙齿连刷几遍，然后再喷上口气清洗剂，出门前再洒上些男士香水，当然口香糖是一定不被落下的，永远放在背包第一层的拉链里。而每次约会完毕，他都会飞跑着去便利店，买上一盒香烟，坐在路边把它抽完，回到家第一件事就是把带有香烟味道的衣裤丢进洗衣桶里。

他知道自己是戒不掉香烟的，而欺骗她的日子也让他觉得内疚，每次她都欣喜地以为男友为了她，做了一件多么不容易做到的事，而她哪里知道，那些都是用来骗她的。如果有一天，她发现了自己的秘密，会不会真的绝情地离自己而去呢？他无法想像那个会令他痛彻心扉的时刻。

他决心真的要为她去戒烟，因为只要一想起她，他眼里心里都是满满的爱，这一生有她相伴就是最幸福的了。

不过，他的广告案做得似乎没有从前好了，那些平庸的设计再也不能夺人眼球，有些沮丧的他，在这个时候就会不断去嚼口香糖，而每嚼一粒，就越发地让他想起香烟，但每次从便利店门口经过时，他还是头也不回地朝家的方向走。

一年之后，他被广告公司解聘，在开车回家的路上，他只顾跟她讲电话，说晚上给她惊喜，然而却因为在那一瞬间里躲闪不及发生了车祸。

她在整理他的遗物时，发现他背包最后一层拉链里曾放香烟的地方，被他放上了还没来得及送给她的各种新奇可爱的小玩意，她对着天空撕心裂肺地呼喊着他的名字，而他只能在另一个世界里对她笑。

她说一辈子再也不想嫁人了，因为在她的心里始终戒不掉他，那个曾最深爱他的男人。

水仙一般的女子

小女生的爱情，就像窗台上正盛开的水仙，纯洁美丽。

她安静得就像阳台上摆放的那一株水仙，是办公室里说话最少的人，每天上班，午休，下班，她都悄无声息地来去，仿佛生活在一个人的世界里，但平静的脸上没有一丝寂寞的色彩，永远不悲不喜，她的内心一定比我们想像中强大和多彩吧，可谁又能走进去探个究竟呢？

如果没有人交谈，一个人的世界里，难道不孤单吗？纵然这世界五彩缤纷，她都在一旁无动于衷，周遭的一切仿佛都与她无关，那么她有热爱的东西吗？她有真挚的爱可以给予别人吗？如果一直这样下去，她是否认定了要和自己的影子相伴到老，究竟谁还敢来爱她呢？

每次远远地注视她，都能看到她那挺得直直的脊背，像似在宣告着自己的坚强，究竟是一段怎样的经历，才让她变成现在的自己？是一段爱的逝去，抑或是受到了什么伤害？因为在这世界上，太走极端的人，一定不是毫无缘由的，相反，她说不定还是个性情奔放的女子，只不过在某一段路上，她把自己遗失在那里，如果有一天，有人告诉她，在哪里曾见到过那个丢失的她，或许她还会把自己再捡回来，可是等到那一天，会不会很久？

他是新来的网络编辑，每天负责为她搜罗一天的资讯，再由她来整理排版发布到网上。他就像火星上的来客，永远风风火火，仿佛世界每一刻都在发生着大事，而每件大事都与他有关，而他更喜欢把这一切第一个和她分享，他把一张张的图片特意标注了他绞尽脑汁想到的名字，每次她整理那些图片时，总会露出旁人难见的笑容，每当这时，他总是有点小得意，毕竟是他才让她这么开心。

于是，跳跃的他，和安静的她形成了鲜明的对比。他不喜欢一个人闷着，就不停地和她讲话，常常是他说了半天，她只是一个微笑就打发了，而他竟然发现自己喜欢上她了，连冰都可以被融化，何况她又不是冰?

于是，他每天都想送给她点什么小玩意，比如一幅画，配上一段心情独白，他用各种丝线编织的发卡，用树叶做成的书签，她不得不在心里慨叹他丰富的想像力和创造力。于是，办公室里有人悄悄传言，他们俩恋爱了。

这个消息还是惹怒了她，她把曾经他送的礼物统统地退了回来，他终于失掉了信心，也学着她的样子，一天沉默不语，安静地躲在角落里，她也并不觉得怎样，如果他愿意，那是他的自由，不是吗?

他再也坐不住了，径直走到她的面前，问他是不是很讨厌他，如果是，以后再也不会打扰她。她仍旧坐在那里埋头做事，就像他不存在一样，他久久地注视着这个没有感情没有温度的女人，转身离去的表情，像似一辈子也不会再回头了。

他开始热烈地追求办公室的另一个女孩，他们出双入对，每次从她身旁走过，都好像在向她炫耀着爱的幸福，可是他骗不了自己，他知道心里仍旧是喜欢她的。

他辞职了，准备离开这座城市，从此不再和她朝夕相对，那个被追求的女孩哭成了泪人儿，而她站在那盆水仙花前，久久凝望着，好像也在这样的季节，她和他曾经邂逅、相爱、分离，她以为爱情不会再出现，转过身，却又经历了一场一样的爱。

以为把自己包裹起来，就不会再受伤害，哪里知道，包裹的再紧，当爱情来的时候，还是一样会闯进来。一条新讯息出现在她的手机屏幕上：“我会一直等你，因为我的世界里只有你。”

她拉开窗帘，他正站在楼下朝她狠命地挥手，火星人的爱，就是比地球人更炽热吧？她兴奋地跑下楼，仿佛是去捡回那个遗失的自己。

相爱有时

爱了就别怀疑，因为爱和生命一样只有一次。

“不开心时，要记得买一张公车票，从始发站坐到终点，再坐回来时就一定开心啦！”

她买好一张公车票，上车后找到最后一排的位置安静地坐下来，她把脸颊紧贴在车窗上，这是他曾告诉自己摆脱不开心的办法。三年了，她一直记得他说过的话，这个最后一排靠窗的位置，也是他曾经推荐给她的，因为这个位置的好处是最安静也最适合忘掉心事。

然而这一天，她特意来坐这趟公车，却是为了来忘记他，那个一笑起来就直不起腰的小男生，那个愿意把肩膀借给她靠的大男孩，那个在她伤心时，愿意为她擦干眼泪的护花使者，那个她生气时可以任意捶打却不会离开的最忠实的爱情粉丝。

“你知道一个男人最初能被一个女人打动是因为什么吗？”就在这节车厢的这个座位上，他曾问过自己这个问题，不过她当时的几个回答，都让他不怎么满意，什么美丽、身材、性格等等全都不对，她仍记得他那一天他是这么说的：“是感觉，是一个他喜欢的表情，就这么简单，就像我喜欢你的坏脾气一样！”那一天，她第一次知道，原来自己在他眼里根本不算美女，虽然她一直觉得那才是她最值得炫耀的资本，可他却偏偏爱上她最不可爱的坏脾气，难道这就是一个女生打动男生的原因？她觉得鬼才相信他，如果有一天她真的变成了黄脸婆，他不第一个逃跑才怪呢，可每次她无理取闹大发脾气时，他从来都是认真地听她发泄一通，然后再给她一个大大的灿烂笑容。

三年前的这天，是他离去的日子，没有一丝征兆，那天早上还收到他问候的短信：“我在想你，你也在想我吗？每时每刻都要开心。”中午时分却收到了他的死讯，他工作时从建筑工地的高楼上不慎跌落下来，在他的工作服里还揣有一张她的相片。在见到他最后一眼时，就像安睡了一般，仿佛过一会儿就可以醒来，然而，任她怎样摇晃和呼喊，他都安详地只用一个表情回应他，再也见不到他那个大大的灿烂笑容，她在心里对他说：“失去你的这一刻，你让我该怎样面对呢？”之后无数个以泪洗面的日子里，他永远都忘不了他那张脸，她无法从他的爱里走出，无法再接受一份新的爱情。三年了，她该和这段爱说再见了，她选择了他教给他的方式来彻底地忘掉他。

窗外，阳光倾泻一地，金灿灿的，街上随处可见情侣们幸福地牵着手走在归途里。而此刻只有她一个人坐在清冷的车厢里回忆着他，那个专属他的座位，正寂寞地陪在她的左右，就像他的影子一样。她用手轻轻地抚摸那个座椅，眼泪扑朔地掉下来，那个曾经最爱他的人，将在她以后的人生里永远地缺席，她再也等不回他了，只有在这里和他说再见。

离开时，她把一支火红的玫瑰放在那个座位上，那是对他最深的纪念。相爱有时，分别有时，即使肉身不再，那一幕幕爱过的记忆，也将永恒在时光里，永远盛开。

后备情人

球场上的后备，可能永远不能上场，爱情里的后备也是如此。

“曾经，一天里的许多时间，都被思念占据，就像海浪一样，一波又一波，连绵不绝，荡漾在心头的不光是甜蜜，更有苦涩。如果有一面子镜子可以看到未来，我真想看到最后的结局到底是什么？”

这是一位热恋中的女人写给远方恋人的信。她的爱人远调到一个遥远的岛国工作，那里通讯设施还不完善，无法拨打长途电话，也接收不到电子邮件，一封信的到达要经过几个月的时间，他在他们新婚第二个月就离开了。

每天黄昏，女人就会站在海边遥望对岸，她多想恋人能够感应到她的思念，哪怕海浪在那一刻轻拍一下她的脚踝，也仿佛是恋人在回应着自己。但是海浪却平静地没有一丝波澜，她知道她的想念又落空了，每当看到海滩上一对对情侣们亲昵的样子，她都好羡慕。她时常会冒出这样的念头：“只要在一起，哪怕每天不都是甜蜜也好啊，哪怕每天他会赌气地喝完酒再回家也好啊，哪怕他会把一大堆臭袜子留给你洗也好啊。”

后来，她买了许多漂亮的漂流瓶，把对恋人的思念全都放进瓶子里，希望它能载着它们见到他。然而，他依然杳无音讯。她找到了爱人在国内的办事处，希望他们能想办法让自己和他通话，然而，单位也无法联系到爱人工作的小组，凭借着多年的海上工作经验，老同事们都说恐怕凶多吉少，要她不要再等待了。

然而，女人坚信爱人仍会回来。

两年的时光过去了，女人的身边不乏有很多追求者，他们怕她寂寞，就经常给她发去短信，打去电话，她当然知道他们的用意，都委婉地一一回绝了。

但有一个人仍不死心，他直白地告诉她，愿意做她的后备情人，只要她需要他，他会随时出现在她的眼前，如若有一天，她的爱人会重新回来，他会永远消失在她的生活里。

然而，他却没有想到女人竟决绝地对他讲：“你永远无法打动我。”男人从来也没有受过如此奚落，这更加勾起了他的占有欲，无论如何，他都要征服她。

无论这个男人怎样做，女人依旧没有动心，对她来讲，能说出此番话的人，必定是在情场上身经百战，对他来讲，如果能俘获她，只不过又多征服了一个女人而已，如果不能，自己也并不损失什么。

不久之后，人们看到她和一位十分英俊的男子在海边散步，俨然一副恩爱夫妻的样子。那个男人仍不死心，他发去信息讥讽她：“你终究还是耐不住寂寞的。”女人给他打来电话：“如果有空，我的爱人想请你喝一杯，顺便告诉你一些他在国外的见闻。”男人才怅然地挂断电话，这是他第一次输得这么惨，原来这世界上真有爱情。

时光最终没有辜负一个懂爱的女人，她曾经苦心的等待没有白费，爱人提前回国回到了她的身边，看到自己的妻子在诱惑面前如此坚强，他把她紧紧地拥入怀里对她说：“下辈子，我也要做你的后备情人，那只是属于我的专利。”女人微笑着，像海面上的那抹夕阳，醉红了脸。

爱他，就在这一刻拥有他

多庆幸想一个人时，他还在，因为可以打去电话，

如果他不在，再长的想念，也无法到达。

绿草茵茵的时节里，阳光在嫩绿的枝叶间穿梭，繁花开满枝头，偶尔有一群飞鸟掠过头顶，三五一群排着整齐流畅的舞步，在蓝色的天空上舞蹈，整个花园都为它们的美丽绽放花香，那是属于爱情的时光。曾经，他们就在这样的季节里相遇。

她是一个喜欢写日记的女孩，从读小学那本上了锁的日记本，一直到26岁，她整整记录下了20本厚厚的日记，其中却有10本的记忆是专属于他的。

他是在2000年的春天，候鸟飞来的时节，走进了她的这本日记，她是他的大学同学，但最初对于他的喜欢却是由好奇开始的："一张略微忧郁的脸，不喜欢讲话，永远喜欢坐在角落里，喜欢戴黑色鸭舌帽，把帽檐压得很低，让人看不清他的眼睛，喜欢穿黑色衬衫，黑色的皮鞋，黑色的袜子。黑色，这个有点厚重的色彩，一直都属于他的世界，有点孤单落寞的他，有一天会喜欢上其他新鲜的色彩吗？"这种对他特别的关注，也让她一点点地坠入了他的世界。

后来，他真的成为了她的男朋友，他的生活也有了她曾期待的改变，

一时间多了许多新鲜的色彩。有他送给她红玫瑰时的深情，喂她吃冰激凌时的浪漫，和她相约一起看烟花的幸福，还有她为他亲手点燃25岁生日蜡烛时的美丽，色泽缤纷的爱情，让他的生活也开始五彩斑斓，爱情的色彩原来是那么丰富。

如果当初她不离开，他们的爱情或许会地老天荒地爱到下一个或者更久的世纪吧?

她离开的原因非常简单，只为了考验爱情能否经得起时间的等待，她要他等自己三年的时间，她要到另一个国家去完成学业，三年里不许写信，不许打电话，不许网络留言，就当做大家从来都没有认识过。在这样广阔的时间里，他一定有遇到更多女孩的机会，如果他也会为她们动心，那就证明他们之间的爱情根本经不起考验。

虽然他觉得这个想法太过荒谬，但却必须尊重她的选择，他真的不怕自己会在这场考验中失败，他只是觉得别说爱情了，其实世间的很多东西都经不起考验。他最后只问她一句话："真的非要这样不可吗？我们在最美的年华里相遇，就应该在最美的年华里好好地相爱。"她拎着皮箱站在他面前："我只有这一个愿望，如果三年后你的爱没变，我还是属于你的。"他无奈地看着她上了飞机，当飞机穿越云层的那一刻，他忽然有一种不祥的预感：他们将在今生永远错过。

三年里，他秉守诺言，不和她有任何联系，即使想念她，也按捺住自己心中的情绪，在他看来，三年和一生的时光相比是多么地短暂啊？他发奋工作，三年里不断升职，虽然他也为其他女孩动过心，但只要想起她，他就觉得那些根本不是他最想要的，如果整个世界让他选择，他仍只会要她一个。

三年后，他在飞机场等她回来，从飞机上走下来的却是她的母亲，她告诉她女儿在去年的一场车祸中离世了，在看到女儿的日记后，她才决定在这一天替她赴约。那一刻，他捧着她的日记，就像捧着她的一颗心泪流满面。

原来，真正地爱情足可以经得住时间的考验，只是生命太脆弱，有时候却是最经不起考验的那一个。

爱一个人，别再有那么多迟疑的理由，爱他，就在这一刻拥抱他，因为即使可以用一生的时间去爱，我都觉得太少。

为你打扮的男子

或许，你从来没有爱上他，

但见他为你打扮，你却不由地为他心动了。

有一个男生曾经很不解地对我说，一个女孩和他约会时，打扮得非常漂亮迷人，她浑身上下散发出的香气，让他的心一直在沉醉，他以为这女孩子能为见他这一面，这样地花费心思去打扮，肯定是对自己有意思，但结果却是女孩子对他没意思。他非常不理解，这么费心的打扮怎么能说对他没有一点意思呢？要不然，打扮得如此迷人又是为了去取悦谁呢？

每次赴约前，女生都会花上足够时间把自己打扮得光鲜亮丽，在那精致粉底打造的美丽妆容下，其实包裹着一颗渴望被爱的灵魂。但你千万不要以为，她打扮得美丽，就是对你有什么意思，她只是让你先记住她的美丽，无论她最终是不是能喜欢上你。

当然，她的美丽确实有想博得对方好感的成分，但在这场相见中，女人却是这样想的：我的美丽是最抢眼的，我要你为我心醉痴迷，我要你先爱上我，我要你见一眼就难以忘怀，至于我是否喜欢上你，那就是你将呈现给我一个怎样的你，如果你没有我想像中儒雅、幽默、深沉，或者我喜欢的任何一种特质，那我一样会转身离开，而空把美丽留下让你惦念，让你永远记住你曾经被一个女孩迷倒过，而她却永远不属于你。

而男人却和女人不同，我曾经认识一位男子，他为了取悦一个女人的心，在他们仅有一天的相处中，竟换过三次衣服，不知道和她相见的那个女人，对他换衣服的这个细节还有没有记忆。我问他，这样是不是有点显得太不稳重，如果我是那个女人，一定会觉得你是那个花心美男，外表之外更有一颗空虚的心。他倒并不介意我如此评价他，只是说："我只想让她看到，其实我真的很不错。"他说从不喷香水的他，那天竟破例用了兄弟的古龙香水，只为和她相处过程中留给她更多美好的气息。我笑他傻得可以，女人虽然爱美，但却并不想他爱的男人也和她一样臭美，那样会显得太不像"男人"，不过他说平日里的自己却从来不是这番模样，很朴素也很简单。

看来，如果一个男人与你赴约时，他打扮得格外整洁得体，或者和平时相比有那么略微的夸张一点，那一定表明，他对那个女人一定是有意思的，因为他是那么刻意地想给她留下更多的印象，最好再有一点好感，那么他将更有勇气去为追求她做更多努力。

你若遇到一个肯为你打扮的男子深情对你说："今天有空吗？我想约你一起晚餐。"一定要记住，或许从这一刻开始，他的爱情表白将波涛汹涌地为你而来。

我们结婚了

没人怀疑吧？这一定是爱情最幸福的结局。

他是带着无限喜悦告诉我这个消息的，他和她相恋了八年，终于要结婚了，那一刻，我竟会感动地为他落泪。

那是一场艰辛的恋爱，他大她整整12岁，两人相遇时，他已经三十五岁，她才二十三岁，她的父母一次次地告诉女儿："比你大这么多的男人，暂不说思维习惯的差异，只有一点你就该放弃，你们不可能白头偕老。"

女孩一开始也为这事儿犹豫，她时常想象着，当自己八十几岁的时候，他是否已不在自己的身边？在那个孤单的黄昏里，如果她感觉到凄冷的想念该怎么办？她的恋人是这样告诉她的："即使有一天，我先你而去，也会把你的生活安排地妥妥当当，告诉你接下来要做的事，你在为我们俩活着，要活得更久，何况我不允许自己先离开你，永远不许。"

女孩的父母最后恳求他，如果他真爱他们的女儿，能否放开她的手，让她找到更适合她的伴侣，或许会比和他在一起更幸福，为爱牵手容易，为爱放手你可以吗？

男人在听到这样的话后，沉默良久，他不知道该如何回答，最后说："即使她肯放开我的手，我也绝不会放开她的手，两个人相爱就要在一起，其余的没有任何道理。”老两口当然很不满意这个回答，他们说和他们的女儿相比，他目前应该更迫切结婚，而女儿的人生才刚开始，她应该先好好地投注到她的事业里去，如果他真爱她，能否可以为她等待，等她的心智、事业再成熟一些，如果那时他们还相爱，就一定把女儿嫁给他。

整整八年，他就一直在她身旁默默地守护，陪她一点点走向成熟，看着她的事业逐渐有了起色，和那些爱慕她的情敌“交手”，对那些倾心她的女孩“说不”，在岁月的磨砺中，他们发现仍最爱对方。

女孩的父母最终被这样的执著打动，最后只要求他做到一件事：好好善待他们的女儿，不许让她受到一点点伤害。所有结婚前的嘱托几乎都是一样的，好好地对待所爱的人，无论疾病、痛苦、悲伤，都不离不弃，你愿意吗？而发自心底那声“我愿意”里曾历经了多少艰辛？

结婚那一天，新娘已经三十一岁，新郎四十三岁，当婚礼司仪问他：“是不是觉得这份爱情等待太久了？”新郎答：“如果今生能娶到她，无论再等多少年，我也愿意。”穿着洁白婚纱的新娘早已哭成了泪人儿，那一刻，她无疑是世界上最幸福的女人，只因为她拥有这世上最美丽最温暖最能打动人心灵的东西，那就是爱情。

我们结婚了，是祝福爱情最好的礼物。

骄傲的高跟鞋

一双高跟鞋，原来也可以上演这样一段励志的爱情。

男人是不是应该很感谢在N年前发明了高跟鞋的那个人？它让漂亮的女人更加风情，让平凡的女人变得可爱，让丑女人也能找到自信，多增加出的那几厘米，像是女人私藏的一件魔法利器，穿上立刻就会变得不一样。

记得读高中时，班上有一个女生长了一幅男生的模样，起初大家分到一个班级时，谁都不敢和她讲话，因为无法辨别她究竟是女生还是男生？最后，一个细心的同学肯定地告诉我们，她是女生，因为她的脚上穿着一双黑色的拉带凉鞋。三年的高中生活，大家成了无话不谈的朋友，令她最苦恼的事情就是，那时她很喜欢班里的一个男生，但自己却一点也不能引起他的注意，她不婀娜、不漂亮，更不性感。虽然她的文章写得很好，细腻的笔锋下藏有一颗少女的心，可是总不能让那个男生先去读她的文章吧？所以，这曾是最令我们挂心的一件事。毕业晚会时，为了能让那个男生记住她，我们几个要好的同学给她买了一双白色高跟鞋，要她那天晚上一定穿来。

那一晚，她乖乖地听话了，因为以后恐怕再没有机会在他面前展示了。当她穿着一身红色连衣裙、白色高跟鞋，演唱那一首伤感的《分别》

时，大家都被她迷住了，天啊，原来她还有着一副天籁般的嗓音，虽然她不大会穿高跟鞋走路，但她只要原地站在那里就已经风情万种了。原来，高跟鞋可以把她变幻得如此女人。曼妙的歌声里，我们观察到那个她喜欢的男生，正在那里起劲地带头鼓掌，他终于注意到她了。

虽然最后大家还是各分东西，但那个毕业晚会，她至少留给了他一个很会唱歌女生的印象，虽然那场恋爱还来不及开始就已经落幕，但只要曾把最好的自己留在他的记忆中就足够了。有一天，当他再看毕业时的照片，会给他的朋友讲起，照片上这个穿着白色高跟鞋的女生唱歌很好听。

后来，大家各自忙碌着升学、就业、结婚生子，与旧日同学的联系越来越少。直到去年同学会，大家又见面了，我们差一点没有认出她，她出落得竟比我们还要女人。她刚刚从法国留学归来，是一家外资公司的首席谈判，我特意留意了一下她的鞋子，是一双粉色的足有6厘米高的高跟鞋，把她衬托得既知性又温婉。当大家又忆起那一年的毕业晚会，她又提起那双白色高跟鞋，那是高中生活里最难忘的记忆，正是因为拥有它，才让她找到做女生的感觉。

这么多年，那双白色高跟鞋一直被她珍藏着，那是青春的记忆，也是一个女生的励志故事。

胖男人的爱

身材和容貌，只是衡量爱情的初级阶段，爱情本身才是爱的理由。

她是大多数人眼中的美女，一副袅袅婷婷的样子，大家都猜测，得有一个俊美的如意郎君才配得上这个大美女。直到那天她把男友领到大家面前，差点跌破所有人的眼镜。他的长相根本与帅没关系，身材胖胖的像一个肉球，说话的声音洪亮如钟，走路的时候几乎看不到自己的鞋子。但挂在他脸上的一副憨憨的笑容，倒给人留下极其友善的印象。

那一天，是他们领结婚证的日子，他穿了一身黑色燕尾礼服，红色的领结就如他脸上的喜悦，那么张扬地传递着心中的幸福。酒席上，大家追问他们的恋爱史，女孩勇敢地走上台大方地说："每次见他大汗淋漓地跑来看我，我就感动得要哭，给他擦汗是一种幸福。"男人坐在台下，脸上依旧挂着汗珠，幸福地点头。在镁光灯下，那颗颗汗珠竟显得那么闪亮，有如一颗颗晶莹剔透的钻石，原来，汗水竟然可以流的这么诗意。

那一刻，我忽然觉得台上的女人好幸福，胖男人给予她的爱情，必定是趣味横生的。天冷的时候，可以把他当棉被盖在身上，天热的时候，看看他就一点也不觉着热了。开心的时候，可以让他把自己举过头顶，生气时，即使用尽自己最大的劲儿捶打他，他也不会喊痛。而且，我听说胖男人都做的一手好菜，个个都是美食家，这样一日三餐都是宫廷秘制，最重要的是，胖男人一般都心胸宽广，人生的态度都很积极，宽容只是他们最平常的心态。和这样的男人过日子，应该变老的时间会慢一点，因为没有忧愁，所以才会无忧无虑地享受光阴，我似乎都能想像得到，他一看你就笑的傻傻的样子。

如果有一天，我和胖男人恋爱，唯一担心的是，那么多美食等着，自己会不会不再节食，有一天也会变成一个胖女人？不过，很快又打消了这个念头，因为他永远不会嫌你肥，即使你真的变肥了，他也绝不会嘲笑你，他只会把你的小胖手拿过来，放在他的大胖手上，告诉你即使有一天变胖变老也不用担心，因为他永远乐意为你垫底。

我好像也有一点喜欢胖男人了，有点温暖，有点喜感，有太多善良，还有一个大大的爱你的怀抱。如果有一天，我真的嫁给了你，我想我一定会非常幸福地接受“胖太太”这个可爱的称呼。

第六章

不要爱恨两难消

爱，就尽情地爱。恨，就痛彻地恨。当有一天，爱变成了恨，也请不要忧伤，不管怎样，这段爱曾令彼此成长过。

永远不联系

这个咬牙切齿的决定，还不是因为你深爱着他。

那个储存在他手机里快有一年的号码，这一天，他终于下定决心删掉了，不过，在按下最后一个确认键前，他的眼睛仍紧紧地盯着屏幕，他突然害怕她的名字从这一刻以后，再也与他无关，或许这一生也不会再想起。

第一眼见到她，他就被她浑身上下那股高傲的气息所吸引，她走路的姿势优雅而飘逸，脊背挺得很直，头永远都仰得高高的，说话的声音响亮而坚定，尤其是她的身上永远飘着一股清淡的香味，每次从她身边经过，就像沐浴大自然里的芳香，那个味道他会记住很久。

他觉得她是应该记得他的，每次去单位的路上，他和她几乎都是坐同一班车，有些时候，他们还并排坐在一起，偶尔她看着车窗外欣赏风景，头发被风自然地吹起，她就用手轻轻地挽拢，那香甜的气息却飘在他的脸上。每次，她比他早一站下车，他就透过车窗和她轻轻挥手再见，她也回头微笑，然后转身走在人行马路上。

所以，每天早起出门，他都带着一份希望上路，希望她今天仍坐那班车，坐在那个靠窗的位置，而她的身旁正好有个位置空闲，这样他就可以和她一起度过一早晨的时光，虽然大家没说过几句话，但他想她对自己应该是有印象的，即使那个印象就像偶尔晴天时，天上挂着的一片云朵那么清淡。

终于有一天，他还是忍不住递给她一张自己的名片，期待能够真正地认识她，她也很大方地把自己的名片递给他，她是一名普通的公司白领，终于得到了她的号码，他几乎欣喜若狂，在她刚下车后就给她发去信息，祝她一天生活工作愉快，她也立即简单地回复：谢谢。

从那以后，他们每次再碰到面，大家都会像朋友一样热情地聊天，他渐渐发觉，他们的故事也许即将在这个季节上演，他开始每天给她发去信息，提醒她天气的变化，和她分享生活的感悟，每次她也一一回复，直到有一天，他鼓足了勇气告诉她自己很喜欢她，她仍只回了简短的一条：谢谢。

后来，他很少在那班车上遇见她，再给她发去信息，她不是拖延半天回复，就是没有了音信，她渐渐开始怠慢他了，他知道这或许正预示着一个并不怎么乐观的结局。

一年的时间虽然很短，但她却在他的心里住了很久，他多么期待有一天，她也能主动地给自己发来一条信息，哪怕只是一句简单的问候，那似乎可以证明，她也能偶尔想起他，哪怕只是偶尔就足够了，但他知道，如果自己不再联系她，她也将永远不再和他联系。

既然我那么不重要，既然我连偶尔想起都不算，那还留着你的号码有什么意义，他终于又最后看了一眼她名字的那三个字，然后轻轻地按下删除键，决定永远也不再联系。

花花公子的伎俩

爱情里没有伎俩，只有两情相悦。

如果没有看到她在QQ上的签名，她或许永远不会知道自己爱情的真相。他爱着她，却也在追求着另一个她，眼睛里还在寻觅着不知藏在何处的她。在那一刻里，种种来自于他那里的爱，瞬间全都被打折，她终于意识到，一直全情投入的自己，原来遇上的不过是一个花花公子。

她们决定相约见面，把和他相爱的点滴一点一点进行对照，之后，两个人竟会张大嘴巴看着对方，原来他追求她和她用过的伎俩，其实都差不多，原来这项技能他早已经练就得炉火纯青。

在意想不到的时刻里突然出现，让你感觉遇上他，是一段美丽的相遇，其实，那只不过是他故意等待在那里的结果。

送你回到家时，他一定要看着你进门，再和你轻轻地挥手再见。

刚刚分别后，一定会传来短信，告诉你他此刻仍在想你。

临睡前，他的电话一定会想起，和你说一些缠绵的话，一定是等你先挂电话，他才会挂上电话。

他喜欢轻抚你的头发，告诉你这有多美，眼神里袒露着爱你的全部心思。

和你亲密时，他会搂抱着你的腰，霸道地说：“命中注定，你就是我的！”

原来，曾经以为的浪漫片段，不过是复制又复制的结果，当粘贴到你身上时，竟然毫不察觉它有多真实，恋爱中的女人是最笨的，只是因为和男人比较，女人更容易相信一段爱的存在。

而在他看来，俘获女人的心是一件多有挑战的事情，如果成功了，证明他爱的能力有多强，他的魅力是多么不可阻挡，可当一切进展顺利，他又开始厌倦这段恋情，想要快点逃脱，爱情的保鲜期，在他那里最容易度过。

如果这一切都是事实，她们又该如何选择？

她决定离开他，我问坐在对面的她如何打算？她缓缓地抬起头，擦干眼泪，只说了一句：“我仍愿意和他在一起，因为我忘不掉过去，更忘不掉他的好。”即使真相就在眼前，她仍愿意固执地相信，他对自己的那份爱，一定是真的，即使那一切都是幻影，都是他主演的一出戏，她仍愿意认命，她不相信一个有血肉的男人，不会认真地爱一回，她忘不了他爱她的眼神，那份深情一定不是装出来的。

在这场爱中，即使有人离开，却也还有人愿意留下来，他仍不是输家。

花花公子在得知一个女人对他的这份痴情后，还会继续使用他爱的伎俩吗？若爱不能深爱，就请不要开始，即使他得到了一个女人的原谅，却很难得到自己最爱的那个女人。

草莓小姐

我宁愿相信，发生在爱情里的那些欺骗，都是身不由己。

生她的时候，正是乡下草莓丰收的季节，她的小脸粉嫩的就如那田地里的红草莓，农民出身的父母亲，把它当做土地赐予的最美好的礼物，给她起了一个别致而可爱的名字：草莓。

草莓是跑在田地间长大的孩子，皮肤黝黑而结实，爽朗的笑声常常可以盖过男生，最要命的是，她的皮肤竟然也随了她的名字，细细看上去有很多小小的斑点，就像草莓一样，不过它却丝毫不影响整张脸的美观，反倒觉得点缀的恰到好处，无论什么时候，那张小脸永远都红扑扑、水嫩嫩的，乡里乡亲都喜欢她，经常挂在嘴边的话是："草莓小姐，真可爱，真想一口就吃掉！"她每次也可爱的回应："好啊，欢迎大家来品尝！"清脆的笑声把一田地的油菜花都笑弯了腰。

草莓小姐长到16岁了，她出落得十分美丽，笑弯弯的眼睛、凹凸有致的身材，然而她最打动人的却是她脸上那带着泥土芬芳的微笑，惹来村里不少年轻小伙子的爱慕，她的家里进进出出的也常是专为她说媒的人，在众多追求者中，父母亲问她到底有没有中意的，她总是笑而不答，直到有一天，父亲在草莓地里看到了他们亲热的样子，才知道女儿早已有了心上人，就是这里的支教老师。

那个从首都北京来这里的支教老师，一直是乡亲们感谢的人，那间他住的小木屋门口，时常有村里的大叔大婶悄悄送来的土鸡蛋和鲜肉，那是他们心里最厚重的礼物，但偶尔也能见到一大束田野里采来的鲜花和草莓，不用想就知道，那一定是草莓小姐的心意。

原来，他曾是这座村庄最受欢迎的人，乡亲们多么希望他能在这里住的时间再长一点啊，他们喜欢看他说话的样子，整个人都焕发出一种不一样的神采，这让他们深深地觉得有文化的人是多么高贵，这座大山就是因为缺少有文化的人建设，才变得这么贫穷而荒凉。

可如今他却偏偏喜欢上了他们最爱的小草莓，这个见过大世面的男人，能用真心对她吗，他能舍得北京的繁华，在这个穷乡僻壤陪着她一直到终老吗？连小草莓的父母也有些不放心，可他却向二位老人保证，他是真心爱草莓，会带她离开这里去看外面的世界，用他的全部身心来爱她，保护她。

那一天早上，当草莓在村口和乡亲们告别，很多人都落下了热泪，这片养育她的热土多么舍不得她走啊，他们多喜欢每天清晨都能看到小草莓那娇嫩的脸庞。

又是草莓丰收的季节，她一个人拖着皮箱回来了，脸上不再有新鲜草莓的娇嫩，憔悴的面容让人很难再认清她就是刚离别了一年的草莓。

她不答所有人的问话，只是常常一个人坐在草莓地里发呆，她多想念草莓小姐这个可爱的名字，多希望自己从来没有离开过这片土地。

离过三次婚的男人

最痛的是，百转千回过后，

才发现那个我今生最爱的人，已经消失在人海。

他读书时，虽然其貌不扬，但却凭身上那股男人的霸气赢得了众多女同学的青睐，无论何时遇见他，他的周围总少不了有一两个貌美如花的女生相伴。桃花朵朵开，在他的世界里似乎一点也不足为奇。

在他高中毕业时，有几个女同学竟相继为他写下了血书，向他表达心底那份矢志不渝的爱。而他就像一个狂浪不羁的游子，头也不回地和她们一一作别，因为在他的心中，那位能打动她的女孩还没有出现。

就在很多女孩子准备转身离去时，只剩下她一个人楚楚可怜地留在原地，他懒得理她，凭借他的经验，对付这种女孩唯一的办法就是由她而去。

她每天都等在他家的楼下，哪怕他不看自己一眼，她也并不介意，她坚信只要用心就一定能够争取到爱情。在一个大雪纷飞的夜晚，她仍站立在他家楼下，身上瑟瑟发抖，这一刻，他真的被打动了，他飞快跑到楼下把衣服披在她身上，笑她是世上最痴情的傻瓜，那天晚上，他带她去吃夜晚的大排档，酒量并不怎么样的她，却陪他一直喝到天亮。

她成为了他第一任女友，小幸福、小甜蜜每天包围着她，她觉得满足而快乐。而他也头一次对一个女人这样耐心和细致，爱情的气团在他们之间甜蜜地包裹着。

两年后，他们结婚了，生了一个儿子，日子过得平淡幸福。

结婚第五年，在一次同学聚会上，当年曾倾慕他的女生，又一次向他表白，他拒绝了，但之后的日子，这个女孩却像影子一样，在他的周围挥之不去，他终于背叛了自己的妻子。

在他们结婚六周年的纪念日里，他把那本红色的结婚证换成了绿色的离婚证。

那个女同学也为他离了婚，他们同居在了一起，然而日子却远没有他们想像中幸福，他们常常吵架，每次都免不了互相指责对方一手破坏了自己原本幸福的婚姻。

不久之后，他们彻底分手。

之后，他匆匆和一个女孩结了婚，不到半年又匆匆离婚。

每当夜晚睡不着的时候，他时常回想起第一段婚姻里幸福甜蜜的日子，那个飘雪的晚上，他带着她一起去吃大排档喝啤酒的情景。

当他决定要努力挽回前妻时，她却告诉他，她已经再婚了，他对他们的儿子很好，让他不要挂念。他恨她，当初能在雪天里等自己，却不能在今生里继续等他。

他一气之下，又和一个女孩结了婚，一年后，他们生下了一个智障的孩子，没多久就夭折了，他的第三段婚姻也就此夭折。

婚姻是建筑爱情的堡垒，用心去搭建的过程是那么艰辛，而要摧毁它却可以毫不费力，然而再建起，却不再是一朝一夕那么简单。

剪　爱

只有勇敢地剪掉旧爱，才会生长出新的爱情。

已经好久没有他的消息，那段他最常打来电话的时间，现在也只不过是一天24小时中的某一个时间，不再具有特别的意义。他最常给她惊喜的星期一，现在对她来讲也不再会有半点盼望，它只不过是一周的开始，看着时针和秒针忙碌地奔走，她知道他早已经言而无信。在没有他问候的日子，生活平淡地没有一丝色彩，但她知道这也许将是一个漫长的过程，她必须学会去适应。

但令她最放不下的，是他曾经许过的诺言：要和她共同拥有此生。那双深情的眼睛里流露出的怎可能是谎言？那双紧握自己的双手，怎可能是没有爱的温度？那份深情的拥抱又怎可能是一时的冲动？她一遍遍地回想他曾说过的每句话，除了深情之外，就只有一个愿望：要好好装扮她的人生。有他在，才有活下去的勇气。有他在，生活才有意义。有他在，一生才会闪亮。可是如果他不在，她又该怎么办呢？难道，生命的全部意义就只有等待一件事吗？

因为忘不掉，她决定要为爱做一次拯救。她甘愿放下自尊，主动和他联系，她会这样安慰自己：为什么在这场爱情中，都是由他来做主宰？为什么我不可以？为什么我就不能让他也为我等待？

可是一切并不是如她所想，他只是平静简短地答着她说的话，如果换做是她，在等待许久之后，他打来电话，此刻她会有多激动？但她此刻最想证明的是，他究竟还爱不爱自己？他只是沉默不答，难道这就是她最想要的答案吗？在那个曾经那么爱她的面前，却用这样的方式拒绝她，让他看到她的自尊在此刻已经无处安放。其实，这一切都是她自找的。

如果能够早点明白这一刻的意义，她就不会再做这一次爱的拯救吧？因为在拯救爱之前，最应该拯救的是自己。没有自尊的爱，只能让曾经爱自己的他，更加看不起自己。

还记得小时候，每当成绩考不好的时候，爸爸总会带她去理发店把头发剪短，每次她都哭着回来，因为她不舍得攒了好久才长出的长发，但从此以后，她会更加发奋地读书，因为她要保住她美丽的长发。

而今，她愿意像小时候那样，把爱在这一刻全部剪断，她相信从此自己也会更加地发奋，只为了下一段更加美丽的恋情出现。

删了号码，改了名字

我有多爱你，就有多恨你。

和恋人冷战时，我们在心中暗下决心：再也不理这个人，如果他敢打来电话，一定会毫不客气地挂断。或者会对他说："请给自己留一点尊严，打扰别人难道是你的美德？"

可他偏偏沉得住气，竟然一连几天一个电话也没有。你终于有些担心了：他不会真的觉着烦，要离开我了。这回一定是惹怒他了，其实自己也确实有些过分，他其实对自己还蛮好的。

就在你心软的那一刻，也开始期盼他的电话，如果他这个时候能够打来，自己一定可以放下所有的骄傲，会真的原谅他，但你只给他10秒钟的时间，10、9、8、7、6——终于到了那个你最不愿意数的数字1，他仍然没有打来，你终于怒火中烧："既然给你机会，你不懂得珍惜，就别怪我无情，从现在开始，你要是再敢打来电话，我一定要你好看。"

他仍没有打来，这时你会拿出手机，翻出了他的号码，然后决绝地删除掉，等他下一刻真的打来，你会对那个打电话的人礼貌地说："您好，请问是哪位？"他一定会难过的要死，心里气你竟然删他电话。

过一会儿你就又拿出电话，看一看有没有他的来电，其实，早在删除的那一刻，你就牢牢地把那些数字记住，如果真有陌生来电，你一眼就能够认出那个是不是他的号码。

他竟然还没有打来，难道他就这样离你而去了？难道在冷战期间，他又爱上了别的女人？你越想越气，再度拿起电话，把那十几位数字又一次输入手机，在名字这一栏，你不会再用他原有的名字，会输入一个你新为他起好的，什么小气鬼，讨厌鬼，烦死你啦等等，只要他一来电话，你要对他说的第一句就是："刚给你起了新名字，你就赶着来报道啦？"

只是他却一直不理你，看来这一回，他一定要先看你缴械投降了，正得意洋洋地等着你的来电，说不定你的名字也被人家改成了小气鬼、讨厌鬼和疯女人之类的。

那么，女人在这一刻到底要不要投降？还是只投降这一次，等合好了再和他老账新账一起算？

换做是我，一定不会再打去电话，更不会缴械投降，我宁可骄傲到发霉，也不会向恋人低头。

灵魂伴侣

我们从不孤单，因为灵魂伴侣一刻也不舍弃我们。

无论他何时下班回家，她都会在台灯下批改作业等他归来，餐桌上为他准备的晚餐一样样地摆在那里，洗澡水也早已烧好，睡衣叠放在浴室门口的椅子上，他睡前要看的报纸也被平整地放在床头。

他每天最早回来的时间是晚九点，最晚要至第二天凌晨，但结婚二十年来，无论他多晚回家，她都一定等他回来再睡。每次进门后，他就按照她为他准备好的顺序一项项完成，在这过程中，他们几乎没有什么对话，他问到什么，她简单作答，如果不问，她就在一旁默默地整理衣柜，直到他上床去看他的报纸，然后关灯睡觉。

第二天早上，她很早起来为他准备好早餐，把他上班要穿的衣服熨烫平整，为他打好领带，出门前提醒他路上开车注意安全。二十年的光阴，他就在妻子这般无微不至地照顾下平静地生活，他们膝下只有一个女儿，两年前远赴美国留学，日子在他们这里永远过得这么简单又平静。

直到有一天，这个家庭的女主人终于给电台打来电话，讲述了她在这段婚姻里遭遇的痛苦：“我早就知道，他并不爱我，我们之间的夫妻关系早已名存实亡，每天他躺在我身边虽然那么近，可心却相离那么远，这一辈子恐怕都无法再走近他了。”那个电话一定是在她丈夫还没回去前打来的，如果他那时正在开车回家的路上，突然在电台里听到妻子的这番哭诉，他脸上会有着怎样的表情呢？他会为自己在这二十几年的婚姻生活中冷落妻子而自责吗？又或许他不一定能辨别出那就是他妻子的声音。

那个晚上，那个女人的声音穿越电波感觉是那么苍老，亦如她那颗苍老的心里简单的愿望：“我只是希望他别离开我，一直陪在我身边就好。”原来她想要的就只有这么多，本想好好地再和她聊两句，可她却突然间挂断了电话，或许她的丈夫在那一刻正好回到家里，她正急着为他接过公文包后再帮他把晚餐热一下。

如果有一天爱情不再了，为什么还要留恋一副躯壳呢？把不爱自己的人留在身边，即使经过再久的岁月，也始终变不了爱情，我们每天费尽心思揣摩着他的喜好，担惊受怕他会随时离开，日月流年，或许最后连那仅剩的一丝亲情都不会再有温度。

或许，你会说，我只想做他的灵魂伴侣，那我还想告诉你，他的身体不属于你，灵魂更不会属于你，即使你愿意陪伴他终生，他仍觉得自己孤单，在每一个午夜梦回时，他的眼角也会有泪滑过，亦如你那忧伤的心。

别怪我忘记你

如果有一天，我把你忘记，那是因为你也忘记了我。

因为曾经的深爱，我们曾一度以为，这一辈子恐怕都再难忘记彼此的脸，即使一生不会再见面，你仍是我心中那个最爱的人。

然而，日子一天天继续，我们的生活被太多东西充斥，摸爬滚打在其中，只记得当下的苦痛和快乐，因为缺少了时间回忆，我们才逐渐把过去真的淡忘了，曾经说过的话，有过的缠绵，都不过是昨夜梦里的一个片段，醒来时告诉自己，那不过是一个梦而已。

当日子又走过了一段时间，回头望时，才又看见那张曾迷恋的脸，只是不会再心动。时间教会了我们如何放下一段感情，它无情地把曾经浪漫的过往一点点抽离，直到我们也忘记了它究竟从记忆中抽离了多少？

那一天，我们泪眼朦胧地发誓，此生只爱你一人，转眼，我们身边早已有了爱人相伴，虽然没有过海誓山盟，却踏踏实实地迎接一个又一个日出，我把对你的爱，无条件地转嫁在他的身上，不是因为我爱你，而是因为我最终还是爱上了他。

你和他永远是背离着记忆的方向。你越走越远，直到站在记忆的闸口，我才隐约记得曾和你相识。他却越走越近，在生命的每一刻，都携手相伴。

所以，别怪我忘记你。不是我存心这样做，而是岁月改变了我们当初的承诺，我们以为可以期盼的未来，或许根本就不存在，我们以为那么挚爱的彼此，或许只是情感的一次出走，其实，我并没有像自己想像中那么爱你。

或许，这样说会不会太过残忍？可是在现实面前就是这般残忍，我喜欢说真话，这样才不会违背良心，我是真的真的把你忘记了。

如果时光能够倒流回去，我甚至期望，我们从来都没有遇见过彼此，在那些单纯的时光里，只有一个单纯的我，在傻傻地期待，傻傻地等着人爱，但那个人绝对不是你。

如果你肯和我一样，自然地去做所有你当下要做的事，用不了多久，再想起我的名字，你甚至都会觉得有那么一小点陌生，那个时刻就是忘记我的时候了。

原来，忘记一个人也这么简单，就像当初不经意间爱上他一样。

爱情的乞丐

在我看来，卑微的乞求爱情，其实一点也不可怜，而是充满了勇气。

如果有一天，我们无可救药地爱上某个人，会为得到他尽一切努力，甚至愿意拿正拥有的一切美好事物来交换这份爱情，比如说，即使少活十年我也乐意，又或者，我愿意为他放弃世界上所有的财富，这一生我不会再喜欢其他人，他永远是我生命里的唯一。

可那个被我们爱上的人，是否也如此爱你，如果他并不爱你，即使你用生命去交换也无法打动他。所以，在爱情面前，有些时候是无能为力的。

我的一个朋友说，他在向她求爱时，她冷傲地拒绝了，那一刻，他就感觉自己像一个乞丐，在等着她能给自己施舍一点爱情，可无论自己多么卑微，却最终不能打动她，他准备了一千句爱她的誓言，她却会用第一千零一句来拒绝他，而让他更不能理解的是，她爱上的那个人，是众所周知的“花心萝卜”，她却爱得义无反顾，偏偏不想放弃。

或许越得不到的，才始终觉得那一定是最好的。我觉得，那个女孩即使最终能被他打动，这样的爱情也不一定长久，因为那里面更多的是同情，每次看到他那张为她憔悴的脸，听到电话里因为思念她而悲伤声音，想到他眼神里面炽爱的火焰，她的心总有被融化的那一刻。而终有一天，当她在爱情中觉醒，却发现那种情感根本不是爱情，她仍然会选择离开。相比看来，只有两情相悦的爱情才能够真正地长久。

那一天，在地铁站里，又看到每天坐在那里的老乞丐，他紧闭着双眼淡然地拉着手中的琴，放在他脚下那个装钱的茶缸里并没有多少钱，他的生意看起来很惨淡，当我把一枚硬币投进去，那里面立刻发出了一声清脆的响声，不过他也并没有抬眼感谢，仍旧专注地拉琴，似乎给与不给，他已完全不去在乎，他在那一刻里只享受他的琴声。在他看来，他能用来交换的只有这琴声，只要他拉得动听，就没有白收人家的钱，他并不认为自己有多卑微多可怜，他其实也在用才艺换取他想要的，他仍有尊严。

那么，如果你在爱情中，正扮演那个“乞丐”的角色，你又能否做到要为自己保留一点尊严呢？当我们付出了我们该做的，就不必再苦苦地相求，纠缠不休，因为即使最后输掉爱情，也要让那个你爱的人看到，你仍然可以有尊严地离开，仍然相信爱情的花朵会在一个晴天为你绽放。

我不喜欢我的妻子

那些对妻子抱怨的男人，都是“花心”的萝卜。

在电台工作那会儿，我时常会收到一些听众的来信，信封上面很多都特意标注了“主持人芳菲亲启”的字样，似乎那薄薄的信封下，装满着一个个秘密，只有他们最信任的人才可以打开。

每天午后，当阳光照耀在那堆信件上，我就一封封地亲手把它们拆开，平整地展开阅读，连我的搭档，我也很少拿给他看，只为了尊重听众的意愿。

有一封来信，这么多年来我一直记得信的内容，他是一位有着很体面工作的男人，每天都少不了很多应酬，虽然他不喜欢，但为了仕途升迁，不得不去应对。在一次聚会上，他认识了一位年轻的女士，并深深地爱上了她，他说那是他这么多年来一直追寻的爱情，他来信征求我的意见，问能否为了爱情放弃那段八年的婚姻。因为他并不喜欢他的妻子，但却爱他的一双儿女。

这实在是一个太荒谬的借口，一个已婚的男人一旦爱上别的女人，最容易脱口而出就是他信里那句话："我不喜欢我的妻子。"那么请问，如果真是那样的话，当初你为什么要结婚呢？在她年轻貌美的时候，你如果真的不曾为她动心，怎么会许下婚姻的承诺？如果你不喜欢她，又哪里来的一双儿女？只是你厌倦了她，想要抛弃她，而给自己找了这么一个愚蠢的理由。

八年，耗尽了爱情里的全部激情，她已经不再年轻了，脸上的皱纹，头上的白发，松弛的皮肤，这些都不再能够提起你对她的兴趣。大家彼此也都再熟悉不过，吃饭可以吃到最饱而不顾及吃相，睡觉也可以倒头大睡，不再顾忌优雅的睡姿，她所有的缺点都暴露在你面前，在你眼里，她普通的和菜市场里卖菜的妇女没什么两样。

如果婚姻只保卫新鲜的爱情，那么结婚本身就已失去意义。因为即使你真的又开始了下一段婚姻，终有一天，你仍会觉得厌倦，你仍会发现让你眼前一亮的爱情。

人的一生，只爱一个人的情况实在不多，因为总会有比我们更优秀的人出现，而婚姻的意义不仅仅来保卫爱情，还需要担负起责任，比如一旦又遇到了喜欢的人，我们该如何用道德来约束自己。也许你会说：没有爱情的婚姻，其实已经死亡。而我想说的是，只为了追寻爱的感觉而不顾一切，那原本就是动物的本性，而人总要比它们高级一些，他至少可以做到慎重选择，懂得珍惜。

爱的结局

只要是用心书写的结局，我都乐意接受。

如果在爱情开始的时候，就预料到它伤心的结局，我们是不是还会像从前那样全情付出?

当有一天失去爱情的时候，你会哭着说：“如果早知道这结局，我就不那么爱他了。”其实，你明知道这是不可能的，很早的时候，就有人提醒过你，他并不适合你，可你仍愿相信自己的直觉，你认为只有自己才最了解他。现在想来，旁人那些善意的劝告也不是没有一点道理的，不过现在后悔也是一点用处都没有的。

只是，如果失去的爱情还能再重新来过一次，我仍相信你还会那么爱他。因为爱情的感觉就是那一瞬间，当目光交错的时候，你的心就已经属于他，一旦付出了就再也收不回。爱一个人如果真能做到能拿得起又放得下，那根本也不算是真正的爱情。

当我们凭吊一段逝去的爱情时，不免也会狠狠地恨自己，恨自己曾经那么爱他，恨自己失去他会这么痛苦，恨自己不能早点忘掉他。你多希望会立刻变一副更美丽的容颜，再度把他深深吸引，让他一辈子都被你迷恋，一辈子也离不开你。当曾经的爱转换为恨的那一刹那，其实你仍在爱他。

如果我们真能提早预料到爱的结局，我只期望能把它结束得再美丽一点，就像开始时一样。虽然让我祝福你和别的女人生活幸福，在我这里是很难做到，但我要你从此记住我，记住我的好，忘掉我的坏，记住我的温柔，忘掉我的蛮横，记住我的可爱，忘掉我的粗心，记住我的笑容，忘掉我的眼泪。尤其不许你撕掉我们的合照，我要你把它安放在一个只有你知道的地方，偶尔想起我，也会拿起来看一看，其实我是多么值得你去留恋。

没有怨恨地分手，该有多完美。既然我们曾是彼此生命中重要的人，那么即使离去了，也要带上最美好的一面离去。当我们从此和另一个人穿行在四季中，我们仍要感谢过往的恋情，因为在那段短暂的光阴里，曾有一个那么爱你的人陪伴过你，虽然不能一直终老，却会在时光里一直祝福着彼此今生幸福。

爱的结局，总比想像中要粗糙很多，惟愿我们能尽量做得完美一点，让日后的回忆温暖一些。

第七章

爱是一种很奇妙的东西

爱情永远是世上最好看的魔术，带给你无限惊喜和想像。

在愚人节错过

爱情原来也可以这么滑稽地收场。

他怎么也不会想到，爱情的美丽烟火，会在愚人节这样一个充满着戏剧意味的节日里熄灭。

他与她是在错误的时间里相遇。他结婚了，手机屏幕上是三岁女儿可爱的笑脸，如果她不曾出现，他或许可以一直做一个有爱的父亲，即使爱情在那段婚姻里早已经落幕，但却在他的心里一直珍藏着。

直到遇见她，他爱情的天空又被重新点亮了，那种感觉似梦似幻，虽然早已经能预料到最后的结果，却仍祈愿这段爱可能会出现奇迹，爱情如果真的来了，仅靠心中那一点自制力是毫无作用的。

他们生活在不同的城市，彼此只能这样遥远地爱着，虽然每天的生活里见不到她，但她早已经成为了自己生命里的主角。他每周给她一个电话，不多也不少，既没有打扰她的生活，又能够保持着这段爱的关系。电话里，除了向她诉说着心中的思念，更期待有一天还能见到她，虽然相见的日子遥遥无期，却仍盼望时间有一天会把她送到自己的面前。

愚人节的早上，他发去信息，问她何时可以来与他相见？她回复今天。虽然只有两个字，却让他的心微微颤动了一下，不过转念一想，愚人节的话有几分是真的呢？她一定是在和自己开玩笑。

晚上六点，她又发来信息，飞机在晚上十二点降落在他生活的城市，在他看来，这个“谎言”越来越“真”了，他笑她还是一个长不大的孩子，这一回，他没有回复她。

二十几个小时后，他才想起，即使是玩笑，也应该打去电话问候一声，他拿起话筒，拨通了她的号码，对方是无人接听的状态。

或许，她真的来了？那根本不是什么玩笑，因为没有回复，她才生气不接电话？他给她发去信息：你在哪里？她一直没有回复。他继续拨打她的电话，一遍，两遍……

她终于回复短信：生气了，不想再理你。

他知道自己错了，她真的来过了，只是自己却愚蠢地认为那是愚人节里的玩笑，她失望了，不再相信他曾说过的思念，她一定以为自己只是把这段爱当做一种消遣，从来都没有认真过。

其实，这原本是一场误会，他完全可以解释清楚，完全可以再挽回她，但也许一切是天意，让她相信了自己的直觉，舍弃他，并不是因为这场误会，只是因为这冥冥中的指引，让她相信注定要失去的爱情。

或许，这是对那一场本不该开始的爱情最好的嘲笑。

爱后才知情滋味

痛苦的爱情可以令人绝望到死，也能给人新生。

她曾经是一个自卑的女孩，因为小时候爱哭，没人愿意和她玩，连他的父母也觉得她不如姐姐可爱，她觉得自己就像一只丑小鸭，因为生的难看，成为了鸭群中最受冷落的那一个，虽然童话中的丑小鸭最后变成了美丽的天鹅，可是自己的明天又会变成什么样呢？

上幼儿园时，她常常都是一个人坐在墙角，孤单地度过一天又一天，一年又一年。渐渐地，她变得孤僻、怕生、不善于表达。因为自卑，她还养成了不敢大声说话的习惯，微小的声音，更让人懒得去听她要说些什么，时间长了，她也不想再多说些什么了。她很羡慕那些和她一般大的小朋友，在有人疼爱的童年时光里，日子是多么美妙啊，不像自己总感觉被遗忘在孤单的角落里。

她决心要学会装扮自己的天空，她疯狂地爱上了读书，在阅读的时光里，她感觉能和许多善良而充满智慧的人交谈，在那样的时刻里，没有人看不起她，没有人不爱听她讲话，也没有人把她抛弃在孤单的角落里，读书对她来讲是一件多么快乐的事，她忽然间觉得孤单也没有什么不好，至少可以有大把的时间握在自己的手中。

岁月真是一件神奇的礼物，总会悄悄给失落的人一些补偿。这个孤单的小姑娘后来出落得十分美丽，她觉得那是在阅读里熏染出的色彩，而最重要的是，在美丽的外表下，她还拥有一个智慧的头脑，对很多事情，她都有着自己独特的判断，她变得独立、冷静、善于思考，这些优秀的品质，十分吸引男孩子的目光，喜欢她的男孩子越来越多，但她从来没有为谁动过心，在许多女生眼里，她是一个让人嫉妒的对象，美貌和智慧并有的她，简直像一个骄傲的公主，老天怎么会这么偏爱她，把所有幸运都降临到她一个人的头上？

终于，全校女生心中的白马王子向她表白，她动心了，但却犹豫，因为小时候，父母曾给她算过一次命，说她的爱情多坎坷，所以她才犹豫害怕爱情，因为她珍惜这个好不容易重生的自己，如果在一场爱情中，她注定要受伤，注定再次变成丑小鸭，那么她还有获得重生的机会吗？为了保护自己的幸福，她必须放弃爱情。

但他却告诉她，爱情是一件多美妙的事，很多人也许一生都遇不到，如果他爱她，绝不会让她受一点伤，他会用生命去保护她、爱她、陪伴她，如果有一天，他背叛了她，他会受到这世上最残酷的惩罚。

但不幸的是，他最终也没有兑现美丽深情的诺言，恋爱没多久，他就有了新欢，他真的辜负了她。

他没有获得什么惩罚，而她又变回了那个童年时孤单的自己，虽然她不喜欢这结局，但她从此不再相信命中注定的事情，也许太过相信命中注定，才真的被注定。

她决定要为爱重生，因为爱过了才知道，正如他曾经说过的那样，遇上爱情是一件多美妙的事，即使为爱受伤也不再退缩，因为她相信，未来一定会有一个人出现，为她一点点舔舐伤口，拯救她获得重生。

是谁对不起谁

不必再追究谁对不起谁，那没有丝毫意义，
有意义的是，我们要为爱重新出发。

分手后经常会想：究竟是谁对不起谁？那些纷纷扰扰的往事，又一遍遍地在心头荡漾。

何必要在如此孤单的时候，又给自己平添一份苦涩呢？其实，无论是你还是他，再想这个问题都了无意义，因为分手的事实谁也改变不了，走到这一步，一定有它的原因，眼下要做的，不再是评判对与错，是与非，而是要陪伴自己坚强地走出感情的冬天。

如果非要在心底和这段感情做个了断，那就多想一些彼此爱着的时刻，这样才不会辜负那段再也回不来的光阴，回忆里的温暖，会抚平你此刻的忧伤，在人生这趟列车上，不是谁都能陪你走到最后的，有些时候相遇已经足够了，至少你们共同拥有过一段岁月，那是永远不会改变的，你们的爱还会停留在那里，守望着彼此的幸福。

人生的很多时刻里，是要学会放下的，这样才能轻松地走下面的路，今天的分手，也许不一定是坏事。听老人们讲，小孩子每感冒一次，都会比从前更聪明，那么经历过失恋的人，是不是也会让人生又成长了一步，变得更坚强。

不要认定他就是唯一能给你幸福的人，如果真是那样，他就不会忍心把你一个人丢下，无论如何都会不离不弃，再艰难的路也会牵着你的手一起走，既然他决意离开，你就必须尊重他的选择，爱你是他的权利，不爱同样也是。

如果想让自己好过一点，就当作是你对不起他吧，这样你才会安慰一些，不至于感觉有种被人抛弃的凄凉，我们两个至少是我先放手，是我先离开你，是我不再愿意和你在一起，主动权一直都在我这里，这样在分手的夜里，才能让自己更平静地入眠。

如果非要面对现实，是你对不起我，那又怎样呢？至少我付出了全部的爱，在我这里已经没有任何遗憾，而失去我是你的不幸，是你辜负了我的爱，有一天，当你回头想起我时，我却再也不会想你，你追悔莫及时，我已经又开始了一段新的征程，不再去回忆过往的点滴。

所以，分手后，不要再想是谁对不起谁，无论怎样，输了的感情，对彼此而言都没有赢家。分手就分手了，不是世界末日，告别昨天之后，明早醒来又是一个新的世界。

素食的爱情

爱情不过就是一场游戏，
当游戏结束时，所有的激情也将全部消失殆尽。

她在网上和他相恋，半年后，她成为了他的第二任妻子。但让她没有想到的是，这份糟糕的恋情似乎比第一段还令她伤心，他和之前网上那个充满浪漫气息、有着伟大抱负的年轻人判若两人，他要主宰她全部的生活，一切她没有想到的，他都已经做了不可拒绝的安排。如果她有一丝反抗，崭新的家具在第二天早上就会变得七零八碎，而一些不久前新添置的小饰品，也可能很快被送到垃圾站，喜欢酗酒的他，会用最恶毒的语言去嘲讽她的选择。

虽然她早就已经看透了他，但她依然没有离开他的念头，因为她知道等他安静下来，他也会有抱歉的语言，温柔的抚慰，婚姻有时候更需要包容，谁又不会犯错呢？谁又没有脾气呢？下一个难道就会比他好吗？她似乎已经没有一丝力气去逃脱了，她想就这样认命下去。

当一名画家是他伟大的梦想，他把所有的积蓄都用来买颜料和画纸，在他灵感迸发的那一刻，不可阻挡的激情会在画纸上挥洒跳跃，欣喜若狂的他，会许给她太多美丽的诺言。可是千万不要以为他改变了，因为一旦他失去灵感，又看到她无所事事满脸幽怨的样子，他就会把之前所有的画全部撕掉，那一刻，她的心也一起被撕碎，如果第一段感情让她失望，那这一段已经变成了绝望。

在他的眼中，她是那么地不出色，当初怎么会鬼迷心窍地爱上她，他觉得爱情不过就是一场游戏，当游戏结束时，所有的感情也将全部消失殆尽。

他总是不断地变换着花样给她好看。她不知道自己是嫁给了一个男人，还是一个疯子？

他又有了新的决定，要永远吃素。在他看来，这能让心底变得纯净，他告诉她，吃素会积德、会有明亮的眼睛、会生出聪明的儿女、会一生平安。当然，她必须和他一样，习惯从此吃素。

每天端上餐桌的，都是他用一锅水煮过的青菜，不加一点盐。

刚开始，她只是默默地忍受着，也许吃素对他们都好，更重要的意义是，他能为他们的孩子着想。

半年过去了，她一想起吃饭，就会呕吐。

终于，她偷偷地跑到饭馆点了一大盘肉，这是她长这么大以来，第一次放纵自己去吃这么多的肉，而不再担心会发胖，在吞下大块肥肉的时刻，眼泪也一起流进了装满肉的盘子里，她觉得只有此刻，她才真正拥有了自己。

想一想自己拥有的爱情，和吃素食是多么地相似。一开始，自己可以学着适应，可是因为那并不是自己习惯和想要的，所以才会呕吐，然后想去逃离。她也突然明白，只有在完整拥有自己的前提下，才可能拥有真正的幸福。

在走出饭馆的那一刻，她知道这一段感情也应该终结了。

胖女人的爱情

生活中的胖女人，

好像总比瘦女人的笑容多，那是因为爱情吗？

一千种化妆品也比不上一段爱情让女人变得更加美丽。

她是一个大家眼里公认的胖女人，每当夏天来临，是她最难过的时光，她常会穿着一件宽松的大花裙子，来来回回地在院子里乘凉，她最亲密的友人常常劝她，是该减肥的时候了，不然怎么会嫁得出去？但她从来不去理会这些，在她看来，人就要乐安天命的过完此生。

可就在这个夏天，她遇见了他，一个风度翩翩的男子，在别人眼中，那是根本不可能的事情，这样胖的女人，连看一眼都会感觉热，他又怎么能喜欢上她呢？可是没人知道，在她遇上他的那一刻里，她已经开始暗下决心：我要为他改变，为他变得更加美丽。

她真的开始改变了。曾经随意被她挽在脑后的发髻，现在已经悄悄地放下来，披起了长发。那件她常穿的大花裙子早已经脱下，换成了一件黑色的小西服裙。手腕上一条细细的金属链，把她装扮得更加时尚。那辆她每天经常骑的自行车，现在也被闲置一旁，她早已经挎上了新买的小包在安静地等公交车，在等待的时刻里，她会静静地去思念他。

但有一件事情是她最不情愿做的，那就是减肥。在她眼里，如果他能接受她的身材，才是真正爱她的，如果胖变成了缺点，那么她就没有了优点，因为二十几年的岁月，她就是这样快乐地走过来。小时候，邻居们都叫她胖丫头，爸妈则甜蜜的称呼她肥妞，她喜欢被人这样叫着，从来没有因为胖而感觉自卑。相反，在她眼里，胖女人拥有的美丽，瘦女人永远无法获得，如果有一天她真的变成了瘦女人，也许那就不再是她了，她实在不想为了取悦别人而改变自己。但如果这一次因为自己胖而失去爱情，她是不是又会觉得太可惜了呢？

其实，在她身上有一样最可贵的东西，那就是做任何事情都充满勇气，对待爱情也是如此。她大方地打电话给他，告诉他自己非常喜欢他，如果可以，她想和他见上一面，而出乎她意料的是，他竟同意了和她的约会。

她穿了一件白色衬衫，西服短裙，把头发束起一个高高的马尾。第一次见他，因为过于紧张，让她显得有一丝不安，汗珠顺着脸颊流下来，他随即递给她一张纸巾，脸上始终挂着温和的笑容，这样让她感觉要好一些，她在稍作镇定后大方地问："你喜欢胖女人吗？"这猝不及防的问题，一下子就问住了他，他也许不知道该怎样更好地答她，只是低头默默地笑着。

这令胖女人实在捉摸不透，她继续表达着："如果你不喜欢也没有关系。"简短的表达，就像她今天简单的装扮，他继续微笑着，还没等他回答，胖女人就先站起身打算离开，在她看来，也许他和其他男子并没有什么不同，就在她站起身那一瞬间，他握住了她的手说："你的脾气总是这么急吗？你不想给我一点时间去了解你吗？"从那一刻开始，胖女人开始和他交往了。

我不喜欢如果

“如果”都是没发生的事情，不停地去假设它有意义吗？

在生活中也许你会碰到如下的情形：

我们考试失利，父母会在一旁说，如果当初你好好复习，就一定不是这个结果。我们被老板炒鱿鱼，他对你说，如果那个Case，你做得完美，就不会给别人机会胜过你。我们失恋，恋人会说，如果当初你相信我，我就不会投入她的怀抱。

原来如果是挽回一件事情的“余地”，那为什么要看到结果后才告诉我？是要让我更痛彻地看到自己的失败，还是你也根本看不到结局？只是在人所共知的结果面前奚落我，让我深深记得，这一切原本都是我的错，我错有应得，我要抱着忏悔走下面的路。

其实，如果只是假设的一种情形，我们无法预料结果，却可以提前为我们乐见的结果做一些准备。

如果明天下雨，要记得要穿那件亮色的雨衣，在阴冷的天气里依然觉得有温暖包围。

如果按时吃药，病情就会得到及时的控制，过不了多久，就能够痊愈。

如果考试失利，我将从此更加发奋读书，只为了证明我并不比那些通过考试的人笨多少。

如果别人误会我，我会更加地做好自己证明给他看，告诉他我从来都是这么优秀。

如果你不懂我的爱，就去看一看我的眼神，那里面泄露了多少埋藏在我心中的秘密。

如果你真的爱上我，就请不要让我等待太久，因为时间一长，我会担心它是否还停留在我这里？

如果从来就没有如果，我仍会做一个敢爱敢恨的自己，即使有一天伤痕累累，也绝不后悔自己选择的路。

我喜欢有点温暖的“如果”，而不喜欢把“如果”当做一种条件，万一我不那样做，将会有怎样一个不堪的结果。

尤其是我爱的人，我永远不喜欢他对我说如果，如果真有那点时间，就请好好地用来爱我。

我要那一双眼睛

有时候，我们只因为那一双目光而重新作出选择。

一个外表恬静的女孩，在经历过一次六年的苦恋无果后，再也不对爱情抱有希望。

已经三十岁的她，决定找一个条件差不多的男人赶紧结婚。很快，她认识了一名军人，和她是老乡，年纪恰好相仿，家境也不错，唯一的缺点就是不太善于表达。由于部队管理严格，他一个月只能出来和她见一面，但半年的时间里，他竟没有对她说一句表白内心的情话。

虽然这时常令她感到苦闷，不过只要一想到那些和他相处的细节，她仍觉得这个人其实内心也很细腻，每次出去和他约会，他永远会帮她拎包，永远会抢先付账，永远会看着她进到小区的门后才离开，每次当她偷偷回头望他时，他仍站在原地看着她，和她再挥一次手，脸上挂着憨憨的笑容。

不过，日子一长，他的细腻却没有什么新的花样，她的回忆永远是那些重复的画面，连那幅憨憨的笑容，她也开始觉得有点傻气。或许，他就是这样一个无趣的人，她似乎已经有点厌倦了，尤其是她一想到结婚后，因为他特殊的工作，他们将会长期分居，自己忍受寂寞是一回事，更重要的是他似乎不懂得如何爱她，那么多平淡如水的日子又要靠什么过下去呢？

就在她正犹豫不决时，另一个男人在她的生活里出现了。他成熟稳重，事业稳定、家境富裕，最重要的是善于表达，第一次见面后，他就在网上给她留言：“我平时是一个很爱说话的人，见到你却不知道说什么。”她问同事们这句话代表什么，大家告诉她，那当然代表他喜欢她。

她开始匀出一些时间来和他交往，虽然只见了三次面，他就对她表白了心中的爱意，他的短信也会在一天的不同时段里定时派送，最感动她的一条是：“我最害怕回头，因为怕看不见你。”她的心终于被搅乱了。

她问：“到底我该选谁？”如果选第一个兵哥哥，会过着寂寞无趣的日子，选第二个，生活会变得浪漫吧？但她同时又感觉，第一个为人踏实，第二个难免花言巧语。而她的妈妈告诉她：不要总去听他说了什么，要看他为你做了什么。

其实，选择一个什么样的人做伴侣，将决定着你日后要过怎样的生活？如果是我，绝不会因为他们的表达好坏而优选谁，而只会看他的眼睛，如果那里面盛满着我喜欢的眼波，我就会义无反顾地选他，哪怕他不懂浪漫，哪怕他乏味枯燥，我只要那一双爱我的眼睛，那深邃幽远的世界里，一直是我想要探寻的爱情海洋，终于一天，我会和恋人沉入海底迷恋、拥抱、缠绵，然后浮出水面，幸福地呼吸。

因为是你

只因你在这世上是独一无二，我才会义无反顾爱上你。

即使在最粗布衣服的包裹下，美丽的东西仍旧能够散发出光彩，就像灰姑娘一样，每天都对着灶台劳作，也没有让灰尘改变她原本美丽的模样，在众多佳丽的闪亮中，只有她才是唯一能让王子心动的女生。

而如果不去参加那个舞会，灰姑娘是不是就没有和王子邂逅的机会？爱情也只能是书本上的童话，永远是别人的故事。因为向往爱，才会有得到爱的可能，仙女也会帮你变来南瓜马车和水晶鞋，一个心中有爱的人，才会有一天真的得到爱的祝福。

也许你会羡慕灰姑娘的运气，因为那一场特别的邂逅，从此改变了她的命运，只可惜自己怎么不是她呢？如果也有仙女帮忙，拥有那么华美的礼服和漂亮的鞋子，也能参加一场宫廷盛宴，我也会成为舞会上的焦点，说不定王子深情的目光里只会有我！

其实，爱上一个人，外表的因素太渺小了。华美的礼服和水晶鞋，只是进入舞会的门票，即使没有这些，依然是那身粗布衣服，王子同样会爱上她，因为是她才最重要。

同样在你爱的人眼里，因为是你才最重要。你的皮肤有点黑，我会觉得像可爱的巧克力，你的牙齿不够整齐，我会觉得笑容迷人，你的五官不够精致，在我看来搭配起来刚刚好，你的家庭不够富有，那又有什么关系，所有的财富到死那一天也不会带走，平淡的日子过起来才有滋有味，而除了你一切都不再重要，而你更会让一切都变得不再平淡充满光彩，日出日落都那么让我依恋。

曾经听过一个故事，一个患了全色盲症的男生，他的眼里永远只有黑和白两种颜色，每次当别人和他讲起颜色的概念，他一点都不理解，直到有一天，他遇上了她，他脱口而出："她是粉红色的。"因为爱情，他的眼睛里又重新充满了"色彩"。而那个姑娘，丝毫不因为他得这个病而离开他，因为是他，她才会义无反顾地爱上，从此领略四季里爱情的风景。

所以，王子爱上的那个灰姑娘，不是因为舞会上她有多闪亮，也不是因为她的美貌有多出众，只因为是她那么简单，是那张清纯脸庞打动了他的心，是她头发上的味道让他迷恋，是她微笑的样子让他欢喜，爱情有一双敏锐的眼睛，人群中一眼就会找到你，爱情更有独特的味道，草莓、橘子、哈密瓜……而一直等候在那里的你，看到我了吗，闻到我了吗？

初　恋

我不记得初恋的忐忑，只记得那时傻傻的你。

我记得高中时有一个很用功的男生，他最大的梦想就是考取名校。然而，他却害怕考试，平时小考还好，如果真的有大考来临，他就会昏厥考场，曾经的踌躇满志，都在考铃拉响的那一刻里崩塌，他已经参加过两次高考了。

每一次当他醒来，脸上都挂满了伤心的泪水，苍白的脸上写下的不仅是无奈，还有悲凉，那件被汗水浸透的衬衫，仿佛也在滴下痛苦的泪水，所有见到那一幕的人无不会为他动容，连他自己也不知道还要不要继续考下去？他的父母心疼他，说即使他从此退出考场也不会埋怨他。毕竟世界上的路千万条，谁说考大学就是通向未来的唯一道路呢？学历永远不是衡量人才的最佳标准，但只是可惜了他平日的优异成绩和那些寒窗苦读的日子。

那个挂在他书桌前的风铃，是他最好的女同学送给他的，她说她会在大学里一直等着他，每次听到风铃叮叮叮当当的声音，对他而言就像一声声亲切的呼唤，等着他来，很少有人知道，这个风铃也是他初恋最珍贵的礼物。

当天空还没有完全亮起，他又悄悄地起床了，重新拿起课本复习的时候，会觉得它有千斤重。如果困难是一座高山，他现在的位置是不是还在山脚下，想要征服它，究竟还要走多远的路？那高高低低的一级级台阶，要在心里数多少下才能到达？

他的目光早已游离在书本之外的天空上，那里正有一群鸟结伴飞过。他突然想，和人类相比，它们会不会轻松一点，飞起来也没有那么难吧？不用学习知识，不用为情感所困，没有高低之分，也不会经历着人生一次又一次的考试？但当又一只鸟在群鸟飞过后，缓缓地追随它们时，他才发现这只鸟的处境原来也和自己差不多，它飞得慢，飞不高，如果从此被落下，形单影只的它，又怎样抵抗有风雨的天气？

谁都没有被注定永远落后，这一刻的我，也许很失败，那么它代表永远吗？这一刻的梦想，虽然没有来到我的怀抱，是不是代表着从此以后，梦想就与我无缘？那只被落下的鸟，当它终有一刻追上同伴时，谁还敢小瞧它曾经的努力？如果自己就是那只被同伴落下的鸟，赶上去就是了，别管同伴们是否在前面等着你。

当他又一次踏入考场，所有的人被为他揪心，害怕他还会出现那曾经令人心碎的一幕。

终于，他的腿又开始颤抖，脸色也开始发青，汗水再一次浸透了衬衫，这一次，他紧握双拳，坚定地抬起头仰望天空，又想起了那只曾经掉队的小鸟，他只记得它飞得很慢，也飞不高，但这片天空曾留下过它努力的痕迹，也许我可以把自己当做它。

在一阵风吹过后，窗前的风铃又在叮当作响，书桌下一张年轻的脸庞正看着远方，他在写给女同学的信上这样写道：如果梦想有一天会来到，你知道它拥抱你的感觉会有多暖。当落单的小鸟赶上了队伍，那种欣喜，只有最爱他的人才会了解。

过完夏天，他们就要见面了。

没那么简单

简单原来才是复杂的，做到简单其实一点也不简单。

怎样才能好好地去爱一个人呢？怎样能让爱永远不苍老？怎样才能永远不和爱你的人说再见？

看着周围人的各种恋爱，无论开始还是结局，看上去都如此简单，可是我知道，其实也许没那么简单。那些纷纷扰扰、纠结不清的情感，无论看上去多美，都有它经不起的时刻，最终能完美的又有几个呢？大多数的爱或许都差不太多。

激情只是一瞬间的燃烧，如此短暂。而日子却是一分一秒认真地走过，那么漫长。

爱上你的那一秒钟，以为可以永恒，但没有想到，还没到明天，也许诺言就会更改。

你对他深信不疑，但也许他骗你最深，即使梦醒了，你仍不愿意相信那是一场梦。

世上没有一份爱会永远属于一个人，千万别怀疑，问问你自己就只爱过一个人吗？

这都是爱情当中最正常不过的事情，看似那么简单容易看透，可一旦轮到你头上，你也许连一件都处理不来。虽然在外人看来，简简单单，一眼明了，而我们却不愿意跳出来看自己。

爱情的归宿都是幸福吗？

如果你此刻并没有幸福的感觉，你还愿意继续你的爱吗？你的努力和才智，会足可以让爱变得完美吗？

其实并没有多难，只是你愿不愿意过现在的日子。

也许，换做另一个人，也许也差不了多少，一样的问题，一样的困难，一样的百转千回。

糊里糊涂的一天天，是你最喜欢的状态，不必去想什么，担忧什么，因为也许这一切都是命中注定的。被注定的爱，有我要的幸福吗？

一个男人深情地对他的恋人说："不要怀疑，请相信明天。"

那么好吧，爱，也许就在第二天早晨你醒来时，正在你身边悄悄安睡。

爱，没有什么大不了，别太刻意追求它，它就会主动来到你身边，心甘情愿地陪着你，做你的奴仆。

爱，或许比生命还重要，遇见了就要好好珍惜，因为你稍不留神，它就会溜掉，让你痛苦至极。

爱，比我们想像的要容易，却远没我们想像的简单。

退而求其次的爱情

爱情里永远只有“唯一”，没有并列和其次。

他曾经喜欢过她，只是她并不喜欢他。在一两次努力的表白后，他终于明白，自己永远不可能成为她身边亲密的人，如果说结局，那只有一个，就是在心底和她做了断，然后忘记她。

但他并不就此认输，他在心中暗下决心，要找一个比她更优秀的女孩，让她有一天后悔到想哭，但我却已经离开了你，追悔莫及的滋味该有多难过。然而，在众里寻他千百度后，他才知道世界上只有一个她，不可能有谁轻易将她代替，那就不如退而求其次，找一个美貌胜过她的，也许这样才会安心。

他高调地告诉她，自己就要结婚了，他希望会从她的眼中，看到一点点留恋，哪怕只有一点，他也会重新回到她身边，细心呵护她一辈子。可是令他没想到的是，她竟然开心地祝福他，并和他的新娘聊得火热。那一刻，他才彻底知道，世界上最痛苦的事情，莫过于一段狂热的爱，没有安放的地方，你深爱的那个人并不爱你。

结婚后的他常常想，如果每天围绕在自己身边的是她，那生活就会不一样吧。他希望自己的妻子能努力变成她，包括穿衣的风格、说话的语气、处事的风度和所有一切和她有关系的特质。虽然他的妻子并不喜欢，但因为爱着他，索性就由他去吧，只要他喜欢，为他改变也不觉得委屈，谁让自己喜欢他呢？也许有一天，他的心会真正回到她这里。

可是任凭他的妻子怎样努力，她还是不能变成她，那种骨子里生出的气质，是根本学不来的。他开始觉得自己是多么荒唐，每天要和她的影子一起相伴，他在心底里甚至有点恨她了，因为她把他对爱情的梦想，不费吹灰之力就摔得粉碎，她怎么能够如此残忍呢？

他找到一位算命的先生帮他占卜未来，他想知道自己最后能获得幸福吗？如果能够的话，他愿意继续过着像现在这样的日子，如果没有，他宁愿放弃现在的生活，重新开始。算命先生在苦苦思索了半天后说，命中注定的幸福终究会有，命中没有注定的，想求也求不来，每一个人都有自己的幸福。这一次，他庆幸自己遇到了一位不是只顾赚钱，而胡说一气的算命先生。

他不再想把一生的美好光阴，都白白交到她的手上，因为她不懂得珍惜，当然也不知道那有多珍贵。而一直最珍惜自己的爱人，却像曾经的自己那样执迷不悔，原来大家都在拥有着退而求其次的爱情，那就不如重新回到原点，不再退而求其次，而是把对方当作最重要的那一个。因为只有这样，才能获得命中注定的真正幸福。

退而求其次，本身就是遗憾，为什么还要让遗憾继续呢？

到底是谁嫁得好

不想和任何人比较，只想好好地爱你，也等你好好地爱我。

她们俩是大学里的闺蜜，虽然每次过年时才能见到一面，但话题从未因为距离而减少，无论假期几天，一定要留出一天给对方，两个人一定要秉烛夜谈到天亮。

大学时谈得最多的是心仪的男生，她们曾经最担心两个人同时喜欢上了一个人，如果那样，她们的友谊会经得起考验吗？是选择做情敌还是继续做朋友呢？庆幸的是，这一幕从来也不曾上演，因为她们的性格太不相同，喜欢的人也自然相差悬殊，毕业没多久，她们都各自收获了自己的爱情，做了幸福的新娘。

现在到一起，话题永远都只有一个，彼此的老公。她们喜欢拿一件相同的事情，来比较她们的老公，哪一个处理事情更完美一点，哪一个付出的爱就更多一些，而在心底的小算盘却是想比较一下，看到底是谁嫁得好？

从做家务，到适应社会的能力，从讨好丈人丈母娘，到会不会制造浪漫，一件一件数下来，两个老公在很多问题的处理上，一时还很难分出伯仲，这让她们俩击掌欢呼，祝贺自己找到的这个人还算不错，应该算得上优良男人，在这个物质泛滥的社会里，不拈花惹草，给予她们的爱是又专注和唯一，她们当然可以称得上幸福的小女人。

“如果下雨了，你在加班，他会来接你吗”。其中的一个继续发问。她好像对这一幕也记忆颇深，“他让我打车回去，可你知道，从单位到我们家，只有5分钟的路程。”话语间充满了对老公的埋怨。朋友立刻安慰她：“其实，这说明他很在乎你啊，只有5分钟的路程，也要你打车，希望你舒舒服服地回去，不会淋一点雨，他很爱你啊。”

“那如果是你老公呢？”她很想知道，这件事在朋友老公那里，会怎样处理？朋友回答：“他要来接我，可是你看，这样一来，两个人都要淋雨，我不让他来，可我一出单位门口，他已经撑着伞站在那里了。”话语一出，她就立刻后悔了，很明显，自己的老公宁愿冒着雨，也要来接，当然更爱自己，而这样的回答，一定会让朋友失望自己老公的做法。她立刻补救：“他就是小男人，大男人才不会这样矫情，我更喜欢你老公的做法，两个人都不会淋雨，还可以快点到家。”

她明白那是朋友在安慰自己，被她说中了，他就是有点大男子主义，他怎么可以屈驾去冒雨接自己呢？相比看来，自己的老公一下子就被比下来。可是谁让自己仍然爱他呢，她继续说：“我觉得他也很好，我们有一位同事，她的家住的很远，他老公竟然打电话来，让她挤公交车回去，她很羡慕我呢。”

其实，既然选了自己爱的人，就不要轻易去和旁人比较。你希望的那个他和真正的他本来就有距离，因为是他才会爱，如果不是他，即使做得多完美，你也不会心动。

我的爱只肯为你付出，即使没有那么多，但却已是我的全部。

爱你到底

没有爱我到底的决心，就不要轻易开口说爱我。

想做成一件事，如果没有坚强的决心，是永远无法成功的。同样的道理，如果爱一个人，但缺乏坚强的决心，就会时常半途而废，在不该分手的季节里，提前和那个深爱你的人挥手道别。或许你会说，自己对这段爱没有丝毫把握，那你至少应该能弄清楚一件事，你到底爱不爱他？

这其实并不难，只要你愿意聆听自己心底的声音。如果答案是肯定的，你就要牢牢地把他握在手中，无论碰到多少困难，都不要放开他的手，因为他是你一生的幸福。

他可能暂时生活落魄，家人朋友都不把他放在眼里，也会说很多风凉话，比如他如何配不上你。只要他热爱生活，靠劳动去赚钱，哪怕他的收入微薄，也不要觉得委屈，因为，美好的生活从来都是两个人创造的，指望男人给你无穷尽的物质享受，到头来会不会觉得矮人一截，自己有手有脚，为何要男人养？女人其实也可以养自己，大多数女人其实并不需要多大的物质享受，只想要一个温暖的拥抱那么简单。

女人的心底常常会有这样的渴望：

如果你不能送我一颗钻戒，就送给我一颗星星吧，它比钻戒要珍贵许多。如果你不能买给我一栋豪宅，就为我布置一个小窝吧，只要有爱住进去，同样会感觉温暖，在冬天里，那里是让我唯一向往回家的地方。如果你不能陪我周游世界，就带我去看你的故乡吧，因为那里有你成长的记忆，我是那么地爱你，那些我没有参与的童年里，我想知道你的生活里有多少乐趣？其实，日子怎么过都可以过得幸福，重要的是和谁在一起。

这些才是女人们最为珍视的，可惜男人都不能明白。

上一次同学会，已经有同学离过三次婚了，和他聊起感情的事，他淡然地说："经历越多越疲惫，还是只爱一次好。"他至今仍怀恋第一段婚姻，那时他们只因为一点小事吵架，就轻率地在离婚书上签了字，到头来再怀念对方的好，却再也找不到理由再在一起。

其实，爱一个人并没有那么难，只要你愿意相信他是世界上最好的那一个，没有谁可以胜过他对你的爱，那么你就会心甘情愿地付出全部，对方也会因你的付出而倍加爱你，两情相悦的感情里，怎么能够不让幸福长久？

在一段感情里，男人其实起着支撑的作用，如果他足够坚强可靠，不朝三暮四，那么她的女人就会甘愿站在他的世界里，不管风雨都会爱他到底。所以，两个人的感情一旦出了问题，大多数是男人的错，除了背叛之外，其实还有好多他没有做好的地方，这和金钱和地位永远无关。如果你想做一个幸福的男人，必须要对你的女人一爱到底，有一天，你付出的款款深情，终究会看见温柔的回报。

甜美与苦涩

一味地甜美会太腻烦，偶尔的苦涩，也是一种美妙。

如果用一种味道来形容你当下的生活，你会怎么回答呢？

幸福的人一定会说，它是甜美的，就像早上花园里散发出的芬芳。而幽怨的人会说，它是苦涩的，就好比沏一杯不加糖的咖啡，还没等入口，就已能感觉到它其中的味道。

甜美与苦涩，是生活中最常交替出现的感觉，有些时候，甜美过后就是苦涩，而苦涩久了也终将迎来甜美的一刻。所以，即使最失意的时候，我们也不绝望，因为等这段苦涩过去，甜美就属于我们了。

爱情也是如此吧，我们享受热恋中的甜美，那是世间上最美妙的感受，我们被彼此深深吸引，每次回忆那些幸福缠绵的点滴，都让我们无法安睡，爱人的怀抱竟是那么温暖和让人留恋，即使再寒冷的夜，我们都不再畏惧，而能拥有一次生命中注定的爱情，即使明天死去也觉得在所不惜。

只是甜美的感觉总是太过短暂，还来不及我们更多的回味，它就消失了，我们渐渐开始舔尝爱情的苦涩，等待、思念、分歧，哪一样不是由苦涩构成呢？我们叹等待太漫长，怨思念太煎熬，怪分歧难理解。在品尝苦涩的过程里，我们逐渐看清了爱情的另一个面目。

如果爱得不够深，在品尝了几番苦涩之后，终于决定放手，曾经的甜美记忆，只作为对逝去爱情的纪念。有一天，当彼此再相遇，依然能记起你曾经给予我的甜美往昔，但那只是过去了。

而在一段爱情里，即使在苦涩中看不到希望，却仍想坚持迎来明早的太阳，深信这些苦涩不过是爱情中必须承受的，那么，一旦走过去，你就会看到那满眼的青青草坪，玫瑰花开，才能再度拥抱到爱人那温暖的身体，爱情的甜美才会继续下去。

那么此刻，你正经历爱情的哪个感觉？是甜美胜过苦涩，还是苦涩多于甜美？亲爱的人啊，如果你那么地深爱一个人，就别计较那么多，只要认真地爱下去，你会发现即使苦涩也那么值得人回味，因为只有它深沉的味道，才会令我们更懂得珍惜那些甜美的瞬间。爱情里缺少哪一样，都不是最完美。

我喜欢把甜美和苦涩搅拌在一起，就像咖啡里加一点糖，那种醇美的口感，你怎么舍得抗拒呢？

第八章

爱已成为一种习惯

爱情到底是什么？我们谁也说不清，但永远不可否认的是，爱情是一种心有灵犀的感觉，是一种下意识的习惯。当爱成为了习惯，才发现原来岁月从未改变模样。

爱的习惯

我们一直苦苦追寻的，其实一直都在身边。

爱情到底是什么？我们谁也说不清，但永远不可否认的是，爱情是一种心有灵犀的感觉，是一种下意识的习惯。

当我想你的时候，你也一定正在想我。

当我想给你传短信时，你的短信就在这时候进来。

当我想要一件心仪已久的礼物，你会早早地送到我面前。

当我寂寞的时候，你会在下一刻就出现在我面前。

当我想哭泣的时候，你会允许我扑在你怀里大声地哭泣。

当我想一个人独处的时候，你会给我自由的空间。

当我快乐的时候，你的脸上也笑满皱纹。

有人说，这样的爱太难寻找，那只是小说里才有的缠绵情节，其实不是，这样的爱，我们每天都在经历，只是因为太习惯而忽视了而已。

有一对夫妻，已经结婚三十年了，每天入睡，仍会手牵着手，因为只有体会着对方手的温度，才能够安然入睡。也因为手和心是紧密相连的，手连在一起，心也在一起。

那一夜，窗外狂风骤雨，好像下一刻里，雨水就要将一切淹没，突然而出的闪电，会让人心生恐惧，当妻子从睡梦中惊醒，老公的手臂马上就会挽过来，轻轻地拍着她，虽然这个时候老公其实仍在睡梦中，但只要妻子感到不安，他就会有所感应，习惯性地轻拍着安慰妻子。

第二天早上，当妻子问起昨夜下雨时轻拍她的时刻，老公却满脸傻笑地说不知道，原来，那只是他下意识里做出的最平常不过的反应。

这就是爱的习惯，这些习惯你若留心，便可处处见到。一个眼神，一个动作，都可让人感动。

如果有一个人的习惯就是爱你，那么这个人就是你这辈子唯一值得爱的人，因为这已经成了他思维里的一个固定态势，任何时候，任何空间，他都会永远地记住这个幸福的密码，给你最多的爱。

幸福的密码，就在你爱我的那些习惯里。

就因为邋遢

邋遢的你，如果变得整洁，就一定有人爱。

无论男人还是女人，一张清爽的脸和整洁的装扮，总能给人留下一个不错的印象，如果他还有丰富的学识、深邃的思想、幽默的语言，那我们就会更加乐意和这样的人结交为朋友。

但如果一个人具备很多优秀的品质，单单只有不太整洁，粗心邋遢这一个坏毛病，我们或许会在心底里不那么喜欢他，作为朋友尚能忍受一点，但作为爱人却是断然不可以的，因为连干净这个最基本的习惯都不具备，又怎么可以指望他能经营好一段爱情，支撑起一桩婚姻？

或许，你会说这样的话未免太矫情，爱情和整洁本来就是两码事，他有一颗善良无比的心，会为你做很多你期待的事情，给你无法想像的浪漫，可他就是不爱干净，你能说他就不配做你的爱人了？

其实，这只是个人的喜好不同，至少我不会对这样的人产生好感，当我看到他的家里乱作一团，水池里足有一个礼拜没有洗过的碗，被子蜷成一团堆在角落里，卫生间的马桶足有一个月没有刷过，镜子上污迹斑斑，每一件衬衫都是褶皱的，东西被乱七八糟地摆满一地，这样的人不管他多优秀，我都无法让自己爱上他。因为我相信，他之所以邋遢，没有别的原因，只有懒惰，而一个懒惰的男人，对人生也不会太积极，和这样的人过日子一定不会充满希望。

也许有人会说，等到结婚以后，他就不会这样了，即使他曾经那么邋遢，他的妻子也会把他打扮得整洁得体，那其实应该是女人该做的事，好女人就一定会熏陶出好男人。而我要说，即使真有那样的女人愿意嫁给他，也终有一天会失去耐心，有时候，爱情消逝的原因很简单，不是因为彼此不再相爱，而是因为生活的细节。曾看到过报上登载的一条新闻：有一对新婚夫妇，结婚三天就离婚了，原因就是因为女方摆放牙刷的位置，让男方无法接受。

所以，年轻的小伙子们，如果你正要打算谈一场轰轰烈烈的恋爱，一定要记得把自己打扮得整洁得体，那是博得第一印象最好的办法，而那些年纪一把还一直单身的男人，想一想自己是不是就因为邋遢这个坏毛病，才让你与桃花无缘？

就因为邋遢吗？原因就这么简单？

嗯，就这么简单。

我生气了

请珍惜身边对你说这句话的人，因为他是真的在乎你。

在你身边有没有一个人，你随时可以和他生气，发脾气，转过头来，他却依然百般耐心地哄你，直到你破涕为笑?

只有真正在乎你的人才会这么做。

因为你生气，他的天空也变得灰暗，你是他的天空，只有让你笑，他才会拥抱晴朗的你。

因为你生气，就是他失责。因为他曾不止一次地告诉你，我要努力让你的每一天都充满欢乐。

因为你生气，他真的会心痛，你流下的滴滴眼泪，其实每一滴都是流在他心里。

因为他爱你，才会那么在乎你生不生气，因为你是他幸福和快乐的源泉。

而一个并不在乎你生不生气的人，也并不会真的爱上你。

如果赶上他心情好，他会随便规劝你几句，但却没有一句能真正打动你，如果他也正好心烦，一定懒得理你，他知道过不了多久，你一定可以自动复原。因为你生气又不是他的错，他其实可以不负责的，即使就是他的错，他也不想把你惯出这样一个坏脾气。你本来生气与他无关，而看到他这样的情绪，反倒觉得他比气你的人更令人不可原谅。

如果一个女人告诉你，我生气了。那一定表明，你是他心目中很重要的人，她要你陪她度过这个糟糕的时刻。如果她生气是因为你，那还能证明一件事，她并没有真生你的气，只是等你去哄她，这是她和你撒娇的方式。有人说，女人心最难猜，其实我想说，女人心都是透明而柔软的，聪明的男人会看得懂，却并一定说破，而笨男人即使你暗示他，他也看不懂，却说破了本来可以很温柔的感觉。

一个肯生你气的女人，一定是很爱你的，因为她在用生气来考验你，你真的会有那么在乎她吗？

而一个你生气却不理你的男人，一定要离开他，因为把爱的时间浪费在他的身上，根本换不来同等的爱。

爱是惺惺相惜，因为在乎，所以深爱。

害怕错过你

我只害怕在今生又错过你，永远不能再相见。

人与人今生的相遇，是不是说明，他们前世一定有着某种渊源？

你是我的父母，是因为前世，你是一棵大树，我是在那树上筑巢的鸟儿。

你是我的姐妹，是因为前世，我们曾同路去一个地方。

你是我的朋友，是因为前世，你是绿叶，我是花朵。

你是我的爱人，是因为前世，你是天边的云彩，而我是流浪在天际的流星。

所以，如果今生还能再相遇，或许是为了完成某种使命。

这辈子，我要做你们的女儿，是要报答那棵在前世为我遮风挡雨的大树。

这辈子，我做你的姐妹，是因为前世的那段同路还没有走够。

这辈子，我做你的朋友，是因为谢谢你一直用绿色衬托我。

这辈子，我做你的爱人，是因为我不会再像流星无情地流走，让你看不清我美丽的容颜。

而除了这些关系外，每一个与我们相遇的人，也都在悄悄地履行着他们此生要完成的使命。

你是我的恩人，是因为前世，你曾是一条流浪的小狗，是我把你抱回了家，你才穿越万水千山找到我。

你是我的敌人，是因为前世，你曾爱上我，而我却不爱你，你又纠缠在今生。

你是我的情人，是因为前世，我们曾是恩爱的夫妻，你却背叛我，让我曾痛苦地离你而去，纵然你千般努力找到今生，我还是不会属于你。

所以，每一个我们遇到的人，或许都有着许多这样离奇的渊源，我们不断相逢着，又不断离别，是因为一旦完成了使命，就要回到自己的世界里，永不相见。

现在也终于明白了，为什么有些人只见一次，却会觉得曾经在哪里遇见过他？虽然只是短暂的相聚，却再也忘不掉他的脸？或许，那是因为，我们曾是前世的恋人，却不小心在红尘中弄丢了对方，但因为缘定三生，我们才战胜时空再相遇一次，如果你不能认出我，那么这份缘也将永远消失。

所以，我才小心翼翼地前行，用心地与人相处，我不害怕错过流星划过天际，不害怕寒冷的冬天里，找不到回家的路，不害怕受伤的时候没人心疼，也不害怕最期待的梦想不能实现，我只害怕在今生又错过你，永远不能再相见。

读心术

那些会读心的女生，一点也没有骗你，因为她们真的爱上了你。

恋爱中的女人容易变得愚蠢。忘记这是谁说的话了。我倒觉得在爱情中，她们非但不愚蠢，反而练就了一项本领：读心术。

只要你一张口说话，她就立即能够猜到你下半句接着要说什么。

“其实，我这个人最大的优点就是说实话。”还没等你说下去，她就立即知道你下面要说的：“但是你今天和我说谎了，快说，怎么回事？”本来要在她面前炫耀一下自己的优点，却被她逼得不得不说出一段谎话的来龙去脉。

“其实，你已经够漂亮了。”言外之意就是不需要她再减肥、化妆，在他看来那些都已多余，只给他一个人看就足够了。但她还是要补充一句：“我要全世界人看我的美丽，你只是借他们的光儿。”

“亲爱的，人家说女人一到三十岁就开始慢慢衰老了。”听到这里她会愤怒地对你说：“什么意思？催着我结婚，也不至于诅咒我变老啊，我就是要等到三十岁后再结婚，看看到那时你还爱不爱我？”

每次看到她强势骄傲的样子，你都不得不默默忍受住这一切，谁让你那么爱她呢？但为了显示一下你男人的尊严，有时候，你也会硬扛几天不去理她，看她会不会乖乖地和你低头认错。

谁知道她早就看透了你心里的小九九，她知道如果这回低头认错，那么以后你还会用这个方法对付她，她先你一步发来信息："既然你忍受不了我的坏脾气，我们就到这里吧。"她竟然用分手来要挟，她实在太狠心了，你没有办法，只有乖乖地给她打去电话："是不是想我了？我这就去找你。"还没等她说话，你就提早挂断了电话直奔她家。

她就像住进你肚子里的蛔虫，对你的一切动向了如指掌。你进，她亦进，你退，她仍进，所以胜的永远是她，因为她早就读懂了你的心，任何风吹草动，她都能把握得恰到好处。

所以，对男人来讲，一旦认识了一个能读懂你心的女孩，那么这辈子，你就要握在他的手中，听她的号令，她将是你永远的女王。

"迷糊"的女人

有点"迷糊"的女人，其实在爱情里始终最清醒。

有一种女人，缺点蛮多，有点粗心，有点懒惰，又喜欢花钱，她们东西摆放的没有规律，家里更是乱七八糟，手提袋一旦倒出来，像百货商店一样应有尽有。她们也承认自己确实有那么一点"小迷糊"，出门从来都是丢三落四，男人指望这样的女人照顾他们的生活起居，简直就是痴心妄想。但偏偏这样的女人仍有人爱，仍有男人愿意把她们奉为女王，甘愿做她们一生的奴仆。

如果你和这样的女人约会，劝你最好比约定时间晚到半个钟头，因为她很可能走到半路时，忽然发现身上那件衣服并不好看，又匆匆回到家里换一套新的。或者，她接到了一个老友的电话，聊着聊着就忘记了时间。还有可能她们乘坐公交车或地铁时坐反了方向，而最有可能的是，她们习惯了迟到，本来可以准时赴约，仍要磨磨蹭蹭地错过那个时间，似乎有人等她才觉得自己足够骄傲。

不能把大事交给这样的女人，重要的一次商业谈判，因为她一个数字的核对失误，有可能损失无法估量。去机场接重要的嘉宾，她很可能忘记对方的名字，让双方第一次见面就略显尴尬。机密的文件，她竟带回了家里，在路途中又不小心给遗失了。如果她在医院工作，还很可能给患者拿错药，把手术的部位记错，甚至把两个刚出生的婴儿搞混也是再正常不过的事。

不过，这种女人也有优点。她们总能虚心接受别人的批评，哪怕是领导一顿暴跳如雷的责骂，她们也绝对挺得住。她们生活的简单，没什么梦想，只要有好吃好喝的就足够了，她们从不会嫉妒别人，因为她们认命，谁让自己投胎时选错了人家。她们唯一担心的就是，这样粗心邋遢的自己，该不会再捅什么大娄子吧？

虽然她们状况百出，但是她们的异性缘偏偏特别好。在男人眼里，每次看到她们慌慌张张的样子，都觉得可爱至极，他们喜欢看她为了一件事解释不清时，直挠头发的神情，喜欢看她因为失误而愧疚地流下眼泪的动人一瞬，喜欢看她把衣服穿反了却浑然不知，喜欢她把他的名字叫成了另外一个。在他们眼里，这些统统算不上缺点，只能说明她们的与众不同，只有这样的女人才会让平淡的日子，总是充满着无限的乐趣。

只是当他们千辛万苦把她们追到手，才会了解其中的“苦”，他们也曾想过逃离，不过只要看一看她们无辜的表情，他们却又一次心软了。或许，上天让自己遇见她，就是为了拯救这个人间的“小迷糊”，如果自己不来保护她，她一个人又该怎么支撑起那么复杂的生活？

男人最终仍会留下，他们不再企图改变她，而是改变自己，不要再像从前那样井井有条，有点乱糟糟的生活，其实不也是一种放松吗？

“迷糊”的女人只管继续迷糊着，因为她们的男人永远比她们清醒。

感情预报

如果真有感情预报该有多好，
是不是就不会有那么多的分手和眼泪？

我们总是习惯预报天气，明天多云，后天有小阵雨，大后天会刮暴风雪。每次和家人一起收看天气预报，都觉得电视台好贴心，它让我们因天气变化而选择适宜的衣服，才不至于让大家在恶劣天气前毫无准备。

门口的看门爷爷，手里永远拿着一个收音机，那里面最常听到天气预报的音乐，他也会好心地提醒出门的人，记得带伞或者多加一件外套。虽然人在自然面前总是那么渺小，但是我们却可以主宰明天的天气。

如果一段感情也能够有预报，我们是不是才不会爱得那么茫然，那么容易在爱情中丢失自己？

如果早知道明天会吵架，那么今天我就调整好心情，明天无论你说什么，我都不开口就能避免一场战争。如果早知道在那家饭馆里会遇见你的前女友，我就不会再吵着非要吃那家，让她有机会再接近你。如果早知道让你去远方，你就不会再回来，那么无论如何我都不会让你走，如果我知道自己是那么爱你，你第一次向我求婚时，我就会乖乖地答应，才不至于在人海中最终弄丢了你。

因为没有预报，我们的爱情就被命运牵着走，哪知道明天是暖阳还是冰山？哪知道自己爱错了人，却依然执迷不悔？哪知道其实我们都离不开彼此，却在对方面前假装坚强，以为失去你没什么了不起，可你知不知道，其实没有你，我一天也活不下去，而我们却硬着头皮朝相反的方向走，只是为了证明没有对方，我们也可以活得很好。黑夜里，思念在疯狂地侵蚀着我们，当再想起彼此的脸，却只能孤单地掩面哭泣。

当我们又走了一段人生的路，才渐渐知道自己真要的是什么，它不是别人眼里的郎才女貌，而可能是那个长着雀斑，脾气很坏，爱哭又不讲理的那个，是那个没有多少本事，却天天把牛皮吹的老大，不知天高地厚吊儿郎当的那个。那是我们吗？好像是，却不敢承认吧？只是因为当初的不确定，才有后来的追悔莫及。所以，如果能有感情的预报告诉我们，这个就是你要找的那一个，即使他现在看上去似乎并不怎么样，但日后绝对会为你而改变，千万别放他走，这是你们人生中唯一的一次相遇，那该有多好！

所以，当我们在爱情中相遇、迷失、错过都毫无准备，不像天气那样，因为有预报，所以遇上任何坏天气，我们总会躲得过。没有预报的感情，只能小心翼翼地经营，能历经风雨的打磨，又无畏岁月的考验，用我们的一双慧眼去预报，明天无论我是不是依然爱你，都请你记住，我曾经一直在用心珍惜，一刻也不曾偷懒。

善良胜过美貌

最美的容颜，有一天也会凋零，

善良却可以助你一臂之力，帮你抵挡岁月风霜。

如果你问一百个男人，他选恋人最重要的条件，我猜一定不止有一大半的人回答你，他喜欢美貌苗条的。这几乎是所有人的选择习惯。

美貌确实令人赏心悦目，即使她一天什么也不做，只带着一张美丽的脸穿梭在房子内，你也一定不会有什么怨气，反而觉得自己何德何能，在这辈子娶得这般佳人？就算是为了她，你也要拼尽全力去为自己谋个一官半职。她的美貌，是你事业进取的催化剂。

美貌会让你对她产生几分怜爱。即使有一天她做错事，看着她楚楚动人的神情，你或许都不忍心多责备她一句，反而会去安慰她，谁都会有做错事的时候，再大的事也大不过她的快乐。她的美貌，会让你的心胸豁然开朗。

美貌又会让你无暇花心。即使在你的周围，时常也有风韵犹存的女人对你献媚，你仍然能够不为所动，因为比起她的美貌，眼前这些女人的美貌只能算是二三流的，你根本不屑接受这份诱惑。她的美貌，让你在众多美女面前拥有无比的定力。

然而，美貌就像盛开的花朵，终有一天，它会暗自凋零，当佳人不再，只剩下长着一脸皱纹的老太婆，那个时候，想一想，如果她还在屋子里来回转悠，你一定也会觉得时间太过残忍，把昔日那个美丽的她改变成了这番模样。

没有了年轻时的芳华，她的光彩荡然无存，和邻居那些老太婆比起来，似乎根本没什么两样。如果她还有年轻时没有改掉的坏习惯，你就会更加地觉得她平庸，如果她的心肠再坏一点，你就会越发地讨厌她，后悔这辈子怎么没长眼睛偏偏把她娶进门？

所以和美貌相比，善良是不是更显珍贵呢？在两个女人之间，聪明的男人一定会选善良的那一个，因为经过岁月流年，美貌迟早会褪去，而善良却会散发出迷人的光芒，她的语言和行为，总是那么地优美，让你在和她的接触中如沐春风，她的笑容和声音，也仿佛有了魔力一般，让她比同龄女人更显年轻。她的善良，让家庭和睦，邻里一家。于是，你开始感谢上苍，让你今生遇见了她，即使在人生即将落幕时，仍然感觉无比留恋。

善良的女人，寿命总会长一些，因为她心胸宽广，善解人意，她身体里的细胞也都是和善美好的，细胞健康生长，肌体才会健康，如此循环往复，又怎能不长命百岁？

看一个女人是否善良，不在大事上，而在日常生活中微乎其微的小事中，不占不该占的便宜，做事有自己的原则，爱憎分明，喜欢把事情往好的方面想，朝坏的方面打算，一个有自尊，懂自爱，又时时自省的女人。

善良胜过美貌，它让人生不断地增值和加分，这绝不是谣传，而是千真万确的真理。

我只会为你做那些事

在这个世上，有些事，我只能为你一个人做，只因为我爱你。

无论时间如何流逝，曾经爱过的人，总会淡淡地依存在我们记忆的某个角落，虽然他早已不是我们人生的主角，却也曾经在我们的一段生命里大红大紫过，虽然属于那段爱的火花不再，但当记忆的神经被某个场景触动，我们不得不承认，对他确实还有那么一丝丝小小的怀恋。

我的一个朋友说，自从他爱的那个女人和别人结婚后，他就再也找不到爱一个人的感觉了，曾经为她做过的事情，永远不会再为第二个女人做相同的事。比如，她曾经最爱在午后吃一个甜筒冰激凌，那时无论天气多热，他都会骑车买给她，特地送到她单位的楼下，看着她甜美地吃着冰激凌，他竟觉得那么凉爽和幸福。他会陪她一起去烫头发，五个小时的时间里，他就坐在那里看手机上的新闻，这份耐心让理发小姐都感动到不行，羡慕她找到一位这样爱她的老公。每周，无论他多忙，他都会抽出时间陪她逛街买衣服，当她从试衣间里走出来，他的脸上总会露出深情的微笑。后来，因为女方家人的反对，他只有离她而去，她结婚那天，他就在那间教堂的不远处，偷偷地张望着她，看着她披着一身洁白的婚纱含羞牵着他的手时，他泪如雨下，因为那曾是他们一起憧憬过无数次的婚礼场面，而那一天新郎却不是他。他把自己喝得酩酊大醉，好像死去了一回，再重新活过来，早已不是原来的他。

当他第二任女朋友央求他买冰激凌时，他会叫她自己去买，逛街、买衣服、做头发，他也不会再陪同，她说他并不爱她，他也无心回应，只是沉默。而当她提出要和他分手时，他才拉着她的手挽留到："是我不好，我以后改。"可是当明天又开始继续时，他还是昨天的那副样子。

原来，曾经为一个人付出过的深情，永远不会再重复在第二个人的身上，那些心甘情愿为他做的事情，再也为别人做不来，即使勉强自己做了，心情也一定是不同的，没有那么多兴奋和幸福，只像是为了完成一件任务那么简单。

所以，当我们正拥有一段喜欢的爱情，就尽情地爱吧，无论是伤心或是幸福的回忆，都一样温暖过我们的心灵，那些不能再为第二个人做的事情，在我们这里永远最珍贵，像世上独一无二的珍宝，无论你是不是主角都不重要，重要的是我们曾那样认真地爱过。

我就是这么了不起

若有一天你辜负我，即使再留恋我也会坚强地放开你的手。

当我们在心底对某些人失望时，会任性地不再与他有任何联系，不去接他打来的电话，不看他发来的短信，不听他对你们之间误会的种种解释。直到有一天，那个人真的消失在我们的生活里，或许，他在用行动告诉你：你有什么了不起，我为什么非得拥有你不可？

其实，我们确实没有什么了不起，只是我曾付出的情谊，一定是这世上独一无二的，失去了它，或许你现在并不觉得有什么，可是当你有一天又想念它时，你才会发现你真的错过了一个最好的我。

或许，你会说："那你为什么不怕错过我呢？既然你都不怕，我又为何非要那么担心错过你？"那你可要听好了，如果错的是我，我不怕卑微地挽留你，因为那份情谊对于我来讲，是那么地重要，我怎能容许自己让它在我手上失落呢？一时的让步，只是因为在乎，因为你值得我为你那样做。只要能得到你的原谅，我愿意永远对你好脾气地讨好，直到你破涕为笑。

但如果错不在我，在我原谅你之前，更想看到你的诚意，哪怕我任性到不可理喻，你都会耐心地站在原地，温柔地敞开怀抱，等待着我的归来，直到有那么一个时刻里，让我再也没有理由拒绝你。

其实，说到底就是爱的够不够深。如果足够的话，总会等到那一句原谅，如果不够的话，只要一点小错，就可能铸成分手，我们只不过在等那样一个契机。

数年之后，希望我们都不会为自己当初的选择后悔。当我们的白发再也掩藏不住，或许会听见自己心底那个真实的声音，这一生，其实你最该珍惜谁？然而，时光永远不会再倒流回去，一声叹息后，只能抱着回忆去温暖余生，当初转头离去最痛的代价，原来是永难相见。

谁也不比谁了不起，只是大家看待事物的方式不同，那个高高在上了不起的人，其实也可以在一瞬间里低头，只要你肯承认他是你最愿意等待的那一个。然而，一旦你选择继续朝前走，就再也看不到他把头仰的那么高，只是不忍心让泪水落下来，他其实有多么地舍不得你，有些人一旦错过了，就再也追不回来，无论你多么努力。

如果你的身边，也有一位高傲的了不起的人，请别轻易地离开他，说不定，他的骄傲和任性，包含着对你太多的爱，如果你不懂，就只能眼睁睁地看着他的身影，一点点模糊，最后消失在你的记忆里，再也寻不见。

糖果的心脏

爱到最后，能不能像糖果的小小心脏一样，愈来愈甜蜜？

你爱吃糖果吗？喜欢吃那种硬心儿的，还是软心儿的？我只记得小时候，每次过年的时候，家里才会迎来那些五彩缤纷的“小客人”。每次，我都是把它们轻轻地含在嘴里，舍不得嚼碎，因为那样才能品尝它们更久一点，让我一直记得它们香甜的味道，那是童年里的幸福。

长大以后，每次再去回味儿时的糖果，我才终于发觉，自己舍不得嚼碎它们，其实还有一个理由，我总在等着吃到它们变成最小一片的时候，仿佛糖果的心脏，是最浓的也是最香甜的。那一刻，它们荡漾在舌尖，起舞在心头，在这世间，是没有什么比甜美带来的感受更令人愉悦了，谁能说它比不过爱情呢？因为爱情除了令人甜美外，还有无穷无尽的苦涩。

可是，糖果只有快吃完时，才能吃到它最甜的心脏，以后再想起它，全变成甜甜的回忆，有那么一点想念。可爱情却恰好相反，我们总是先品尝到它最甜的，犹如糖果般的心脏，之后却日渐转淡，如果有一天它消失了，再想起它，不再是甜美的记忆，而是苦痛的经历，我们只想早点忘记它，不留一丝牵挂。就好像我们从未相遇过一样，只是陌路而已。爱情和糖果相比，多少有那么一点荒凉。

不过，我倒有一个好主意，如果想让爱情长久，恋爱时，就让恋人和你一起嚼那些五颜六色的糖果，直到吃到糖果的心脏，告诉他，那就是你的心脏，他含在嘴里，却可以珍藏在心里，永远回味。能把整颗心交给对方，他又怎能不爱你千百倍？

当然，有一天如果失恋了，也可以去买一包五颜六色的糖果送给自己，每吃到嘴里一颗，就仿佛回到了童年，又可以拥抱那个最简单纯净的自己，哪怕别人不懂珍惜。

小教堂的婚礼

披上一件白色的婚纱，和你幸福相对，一定是人生中最美丽的画面。

有一天，如果爱你的人，不肯给你一场梦幻般的婚礼，那足以证明，他其实并没有那么爱你。

梦幻般的婚礼，不是奢华的排场，不是有水晶吊灯的舞会，不是推杯换盏的酣畅，也不是整个乡村沸腾的喜悦，它可以安静温馨的像早晨盛开的第一朵新鲜的花。

一直渴望有那样的婚礼，在一个鲜花盛开的小镇，在散发着迷雾的清晨里，爱人为我采好了一把清新的红玫瑰，别在我洁白的婚纱上。我们手牵着手，去不远处的小教堂，静静地接受牧师的祝福，台下只坐着我最爱的亲人和几个朋友。当玫瑰花瓣洒过我的头顶，挂在他们脸上的微笑是送给我们最美丽的祝福。

或许，只有在那样的一个地方，安静的灵魂，才会等待着接受天意的指引，保佑爱情幸福的仙子们才会前来道贺，圣洁的心灵在那一刻才会得到真正的洗礼。

傍晚的时候，我们坐在自家的房子前，静静地聆听着教堂的钟声，那意味着美好的新生活开始了。星星戴在头顶，好像美丽的王冠，亮在眼前的萤火虫像是一支特别的乐队，正在为这美妙的时刻奏响最动听的歌。只那么一晚，爱情就将注定成为彼此生命中的永恒。

然而，在世俗的眼光里，婚礼却是一个比身份地位最好的时机，会有多少人愿意舍得放弃显耀呢？如此一来，就只有放弃那份生命中本来该拥有的一份宁静和美好了。

朋友说，她是不打算办婚礼了，那不过是一个仪式而已，而婚姻重要的是内容。可是我却想说，一个郑重的仪式，会让我们更懂得婚姻本身庄重的意义，或许此刻拥有的，是我们毕生想去追求的最宝贵的时刻，而亲朋的见证更会让婚姻长久幸福。婚礼的仪式，永远和内容一样重要的，甚至比它更加重要，什么也无法取代。

一个男人如果不肯给你一场婚礼，那足以证明，他其实一点也不爱你，他只爱自己的个性，终有一天，他的个性也会影响到你们的婚姻，如果不合他的意，一切都要为他的个性让路，这是一个多么自私的男人，换做是我，永远不能忍受，指望和这样的男人幸福一辈子，也将永远成为不可能实现的神话。

我只想要一个小教堂的婚礼，哪怕只有我们两个人，安静地祈祷，从容地幸福一生。

爱不释手的恋人

没有什么比一段爱情，更让人安心，
也没有什么比失去爱，更令人心痛。

最初，我们爱上一个人，常常是因为他的容貌和气质，而在恋情又有了进一步的发展后，我们又改变了自己当初的想法。比容貌和气质更吸引我们的，还有他的脾气和品味，和那些细致又迷人的表情，最终，让我们对这份感情爱不释手。

他有一个细致的胸怀，每一次真心相对都那么值得留恋。

你上班的第一天，他特地早起坐第一班公交车跑到你家门口，用一副真诚的笑容为你打气："某某某，加油，你永远是最棒的！"你发薪水的第一天，还在发着高烧的他，仍旧开车等在你公司的门口，一见到你就跑上去大笑把你抱起："终于等到你请客了，我怎么也不能错过。"你被老板骂的日子里，他连夜鏖战为你修改文案，直到凌晨时，他再也支撑不住，沉沉地睡在你的臂弯里。你生日的时候，他假装遗憾地说恰巧出差，当你一个人百无聊赖地散步在街上，他却突然手持一大束玫瑰出现在你的面前："小姐，一个人过生日不寂寞吗？"那一刻，他是上天赐予你最浪漫的生日礼物。

每一个再平淡不过的日子，都因为他的参与而变得熠熠生辉。

有时，我们甚至奢望，再早一点遇见是不是更好呢？如果童年时光里就有他，或许那个童年又会不一样，他会撞着胆子坐在犀牛的身上逗你笑，他会尝试着和鳄鱼做朋友，他会骑在大象的身上向你拼命招手，说不定，他也会冒险去摸一摸老虎的屁股。总之，他会制造那么多难忘的瞬间供你回忆，他就是这个尘世中不可多得的珍宝。

不管怎么样，还是在今生遇见了不是吗？虽然你一直都有那么一小点担心，担心自己不够优秀，让别人有机会把他从你怀抱里抢走，那个场面似乎连想都不用想就知道会有多难过，如果有一天没有他，你真的不知道剩下的漫漫长路要如何走下去？因为他一直在你耳畔不停地说："真想看一看某人变成老太婆的模样。"

就这么一个爱不释手的恋人，怎么能不让我们珍惜？即使他现在长着一副并不好看的面容，即使他并没有那么多金钱，但我仍会义无反顾扑进他的怀抱。原来，在爱情中兜兜转转，我们始终要寻找的都是一个懂得疼你、爱你、装扮你天空的人。只要那个人出现了，我愿意用世间一切珍贵的礼物和他交换，我不要财富，不要美貌，但只把才华留给我吧，这样我才能回报给他一样的浪漫挚爱。即使有一天，大家因为种种阻力不能再走到一起，但我仍想在心底对那个人说：我曾经是那么地爱你。

舍不得你生病

生病时，你低沉的状态，是最令我心动的，
那一刻，我真希望这场病好得慢一点。

其实，我一直知道，我们的健康才是爱人眼里最重要的。不然，他就不会一天到晚地短信追问：喝水了没？午睡了没？吃水果了没？瞧瞧，你的健康，他有多在意。

如果有一天，你抱歉地告诉他，说你生病了，他立即打来电话的紧张语气，你一定会感动到心软。

他会放下所有工作，第一时间赶到你的床边，关切的眼神里盛满着对你的绵绵爱意，那一刻，全身的骨头都被他的目光弄酥了。那一刻，本来还发着高烧，却会突然觉得头顶冒汗，你竟然好了一大半。虽然脑子昏沉沉，身上也没有一丝力气，但心情却是那么轻快，阳光透进百叶窗照进房间的时候，好像也照亮了你们的幸福。即使打针再痛，吃药再苦，那一刻，你也不再惧怕了，反而因为有爱人在身旁，而宁愿表演给他看自己有多勇敢。

只要他在，你的胃口就会大开，只要他喂到嘴里的，你就会全部笑纳，只要他要求你做到的，你绝不会打一点折扣，那一刻，连医生都觉得自己无用，因为不用等到明天，你的病就快要好了。所以，每次生病，妈妈从不担心，只要轻轻给他拨个电话，宝贝女儿的高烧当天晚上就会消退，第二天保准又活蹦乱跳了，他是你全球独一无二的保健医生。这一点，也是令你父母最欣慰的事情，因为在今生今世，无论困难还是病痛，有他在，你应该总能安然度过。

然而，有一天，当大家再做不了恋人，每次生病时，都好怀念他曾经的温柔。虽然，电话就放在枕边，但你知道那个号码永远不会再打来。有时候，竟然也会有那么一点冲动，想再发给他一条信息说自己生病了，那么，他还会第一时间打来电话问候吗？还会捏着你的小脸蛋警告你："不许生病"吗？还会每天清晨都捧来一大束鲜花吗？

应该永远不会了。或许那些温暖的记忆，他也不会忘掉，但却和你一样，即使想念，也再不会重新拾起来，因为，大家都知道结局没法更改。

所以，只有生病时，才又想到对方的好，是不是有些悲凉？所以，在结束一段恋情后，绝不可以生病，因为那会令自己太伤感，我不要孤单地躺在病床上回忆某人的细心，我要让自己永远健康，绝不给自己生病时再把他回忆起来的机会，因为对我来讲，那已经是太久远的事，就像生病一样，他也曾带给我苦痛的折磨，我不要那段岁月再回来，即使也有温暖的色泽。

另起一行的爱情里，也会有生病时，爱人心疼到骨头变酥的温柔，因为，那么可爱的你，怎么能够没人怜惜？那么可爱的你，又有谁舍得你生病？

第九章
我的私人爱情故事

它们曾是我成长的秘密，没想到有一天，竟然也会拿出来和你一起分享。

外公和外婆

如此简单地爱一个人，原来是爱情中至高的境界。

外婆一辈子不懂使用手机，她只知道那是人与人之间联系的最重要的工具。她尤其喜欢听手机响起的声音，像一阵快乐的风荡涤着生活的平淡，有人打给你电话，该是一件多令人愉悦的事？外婆更羡慕接电话的人，她觉得电话那一端一定有个人在关心着你。

而外公尤其喜欢手机，他换手机的频率一点不比年轻人慢，会发短信、彩信，也会手机上网，尤其还有很多聊天的朋友，外婆看他每天拿着手机忙进忙出，觉得老头子一下子年轻了不少。

外公的短信要多于电话，他每天都戴着花镜不停地回信息，这让外婆有点担心，她害怕老伴在网上认识不好的朋友，却一点不担心他冷落了自己，每次当外公发完了信息，就会端起茶杯喝茶，眉宇之间都舒展着喜悦，而当别人回给他信息时，外婆似乎比他还要急：“快看看，来了，来了。”外公就会瞥一眼外婆，心想我的事你着哪门子急呢？

有一天，外婆让我把外公的手机拿来，给她念一念那里面收到的信息，我对她讲，这可是犯法的事，那是外公的隐私，他不允许别人看，是千万不可以看的。外婆不愧是大家闺秀，再也不提这个茬，但我了解，她很想知道外公的手机里究竟藏着哪些她不知道的秘密。

终于有一天，我对外公说："男人要大气才对，只要女人想要的东西，都要尽可能地满足她，小气的男人很招人讨厌，对不对？"外公斜着眼睛看我："有事就说。""把手机里的短信给外婆读一读呗？"我撒娇着说。只见外公一脸不情愿的样子。"难道你的手机里有什么秘密？"我生气地问。他立即站起身，把手机揣进了怀里，头也不回地进了屋。这个倔强的外公，你越不让我看，我越要看，趁你睡觉时，我一定要看个究竟。

当我蹑手蹑脚地走进外公的房间，从枕头底下拿出手机，正心满意足地准备离开时，外婆却站在我的身后，问我为啥偷看人的隐私？这个可爱的外婆，她不知道我费尽心思，到头来全都是为了她啊。我问她不是一直想看这里面的内容吗？反正外公又不知道，外婆却说一旦他知道了会不开心的，老头子脾气急，再犯个病啥的就不值了。她宁愿不看，一辈子了，她最了解老伴的脾气，他做不了什么坏事，就是固执得要命。

真羡慕外公找到这么一位懂他的老伴，爱着他，宠着他，顺着他，陪着他，只要外公开心就是她的幸福。

也许，爱就是专心地对一个人好，把他的快乐放在心上，但却从不奢求对方要回报相同的爱。

古怪的老头

爱情里的举止都能理解，连古怪也是如此。

爸爸和妈妈是吵了一辈子的夫妻，只要一得空，妈妈总在我面前唠叨爸爸的不是，爸爸也有意无意地向我抱怨妈妈的爱唠叨。他们俩一天到晚虽然吵个不停，却每天相依相伴着去街角买菜，每次，我站在窗台上，远远地就能看出拎着大包小裹的那个一定是爸爸，因为他怕妈妈受累，心疼她，可他嘴上却不肯承认，只是说："老太婆走得太慢了，我怕她耽误工夫。"妈妈自然也不领情，嘴角一撇地说："连这点活儿都干不动，还不承认自己老？"

我倒很喜欢看他们俩吵架的架势，不温不火，不疾不徐，却又充满着特别的情趣。

那一天，妈妈又和我讲起爸爸的坏话，说他爱抽烟，一屋子烟味让她头痛，嫌他早早地躺在床上，一直也睡不着，来来回回地翻着身子，让她也睡不踏实，还怪他起得太早，一个人在屋子里转悠，她也不得不跟着早起，最让妈妈忍受不了的是，爸爸一天到晚地喜欢采购，一点也不懂节省，妈妈最后得出了一个结论："他就是一个古怪的老头，我年轻时怎么看上他？"

不过，我老早就听说，年轻时，爸爸可是一个英俊小伙，为了获得妈妈的芳心，每天都会为她写一份情书，那些甜蜜地令人发烫的语言，妈妈都是一个人躲在被窝里偷偷地看。直到有一天，她终于被他的深情打动，给他写去了回信，他们才正式谈起了恋爱，在交往的3年时间里，他们的情书从未间断，结婚以后，妈妈都把它们用红纸包裹好，作为他们爱情的纪念。

几十年后，他们住的那间老房子失了火，那些被包裹的爱情记忆也变成了火花飞舞在烟尘中。但我相信，那些记忆却永远不会磨灭。

那一天，我向爸爸询问当年他写情书的事，他却大方地承认："谁年轻的时候没爱过啊？"我继续追问："那你为何不按照情书上说的做呢？"爸爸却满脸委屈地说："她年轻时也不是这个样子啊，温柔得就像一只小猫。"他的眼睛里盛满着笑意，我知道爸爸接下来的话是想说："你瞧，现在她变成了一只老虎啊。"

忙碌的生活让人疲惫，不过每次回家，在爸爸妈妈那里，我总能找到生活的情趣，那你来我往的吵架声中，是对彼此深深的依恋。

其实，他们的爱情从来也没有消失过，只不过在悠悠岁月里完成了一次转换，把年轻时的激情和浪漫，转换成年老时的宁静和朴素。激情总有退却的一天，但宁静却可以致远，一直延伸在彼此的生命里。

古怪的老头，不过只是外表，他的内心其实一点也不古怪，而是住满了无穷无尽的年轻记忆。

七个小矮人

无论时光匆匆滑过多少年，

我们永难忘记那份最初那份最纯美的爱情，仿佛童话一般。

每段回忆都有着特别的味道，就像不同款的香水，因为不同的味道，才会让你铭记于心。

你喜欢哪种味道的回忆？甜蜜的、酸楚的、温暖的，还是有那么一点苦涩的，那些你宁愿被岁月埋葬的味道。

我父母家有两处房子，一个是现在住的，一个是小时候住过的老房子，老房子里的家具和物品，几乎没有改动，依然保持着那时的原貌。有时候，当我想念读书时的日子，就会去老房子转一转，仿佛过去时光的大门再度为我打开。

我坐在从前那张做作业的书桌上，看着对面墙上贴满的学习计划，打开录音机，里面依然放着那个时候听的老歌，好像又找回了曾经的自己，真的要感谢爸妈没有改变这里，让我随时能穿越时光，和那时的自己重逢。

拉开抽屉，一个粉色的礼品盒映在眼前，轻轻地拉开，看见有七个小矮人正认真地望着我，他们神采飞扬，颜色光鲜，没落一点灰尘，似乎一点没有被时光遗忘，就好像昨天刚收到时的一样。那是在17岁生日的时候，同桌的他送给我的。

那时的他，上课时总会偷偷给我传纸条，每次老师提问他时，他总是低着头答不上来，下课了，他会买许多零食给我吃，望着我满脸的傻笑，放学时，载着我坐他的自行车一起回家。如果我生病了没来上课，他会紧张地跑到我家楼下喊我的名字。

我心底知道他很喜欢我，只是那时的我们还不懂得表达，只知道他是我身边不可缺少的一位亲密朋友，未来对我们来讲，似乎遥远的望不到头。

他曾经问我，你最喜欢变成什么？听着这个稀奇古怪的问题，其实一点也不想理他，因为变成什么也实现不了，但他说可以，只要想变就行。反正对于变成动物，我是丝毫没有一点兴趣的，那就不如变成美丽的公主吧，每天都穿着漂亮的衣服，还可以和小动物们亲密地在树林里玩耍。他说："哦，那一定是白雪公主才对。"反正是随便应他的，管它是什么公主呢。

没有想到我的一句玩笑，他却看得格外认真，从此对我的称呼也改成了："亲爱的白雪公主殿下，早上好！"看着他一脸顽皮的样子，不知道什么时候才可以长大，长大后的他也会这样称呼我吗？

毕业来得比我们想像中要快很多，他在一张手帕上写满了所有能联系到他的方式，住址、电话、生日、最好朋友的电话。当他把手帕递到我手上的时候，突然间有一种预感，写得越清楚，也许就代表着我们注定要分离，但我仍旧固执地相信，只要我不改变，他是永远都不会变的。

在我毕业那一年的生日，他把这个粉色的礼品盒送给我，让我半夜12点再去打开，我照他说的做了，当时钟敲过十二下，我第一次看到那七个带着幸福光彩的小矮人，每个人的表情都那么有趣，我喜欢它们的模样，仿佛自己真的变成了它们的白雪公主，细心的他还在那一刻通过电话为我点歌《风雨无阻》。

给你我的全部，
你是我今生唯一的赌注，
只留下一段岁月，
让我无怨无悔全心的付出。

毕业后，我读了高中，他去了警察学校。两年后，当我们再次见面的时候，一切都发生了改变。他的脸上再也没有顽皮的孩子气，而是一张陌生的成熟男人的脸。当我们肩并肩散步的时候，几乎找寻不到太多的话题，我们已经被时光彻底改变了模样，那一刻，只能感觉到秋天里瑟瑟的秋风，听见彼此轻轻的脚步声，当我们分别的时候，我留给他一个大大的灿烂的笑容。

从那以后，七个小矮人就被我锁进了抽屉，再也不愿看到。因为属于它们的白雪公主，早已经不是我。不过，当我二十几年后再次和它们重逢，我依然还会快乐，因为在长长的岁月里，它们始终默默相伴左右，鲜活如昨日，只为了它们曾经见证过一个美丽的童话。

喜欢就一定要拥有吗

喜欢的东西，可以去拥有，也可以远远地欣赏，
而喜欢的人，一定要努力拥有他。

喜欢你，是我曾经最爱听的一句话。

喜欢，是多么地单纯和美丽，就像小时候，我喜欢那个白色的、摆在商店橱窗里的小熊。

喜欢的时候，便想要去拥有它。我总是催促着爸爸，下个月领工资的时候，一定要把它买回家。我每天都想像着，它和我一起玩耍的情景有多开心，它如果来到家里，哪里是它睡觉的地方，我都已经做了最好的安排，有几件穿破的衣服，也可以让奶奶帮着给她改几件新衣服。

爸爸说小孩子是不可以随便要礼物的，因为大人挣到的每一分钱都很辛苦，那么贵的玩具，不能吃也不能喝，没有实际的意义，可是爸爸哪里知道，它会给童年的我带来快乐。

每次经过那家商店，我都要在那里停留好久，透过明亮的橱窗，我会踮起脚尖和它说几句悄悄话，我最担心的事情就是，有一天当我再经过这里时，它早已经被人买走了。

后来，我们搬家了，在我最后一次去那个橱窗看它的时候，它还在微笑地看着我，仿佛它也知道，我以后再也不会来看它了，在我转身离开的瞬间眼泪再也抑制不住，我是多么舍不得它啊。我飞跑着回家，扯着爸爸的衣襟要去买它，爸爸把我抱起来对我说，喜欢一件东西并不一定要去拥有，他买给我一根大大的棉花糖，然后我就跟着爸爸上车了。

可是当我们的车子再次经过那个橱窗的时候，我发现那个白色的小熊已经不见了。我一手拿着棉花糖，一手擦着眼泪，我怪爸爸为什么不早点买下它？生气的我，把手中的棉花糖抛得好远。爸爸答应我，如果以后再遇到一样的，一定买给我，可是以后再遇到的，都不是我曾经看到的那一个了，它们的表情永远都没有记忆中的那个可爱。那个会微笑的白色小熊，也成了我童年记忆中一个失落的梦。

喜欢一件礼物，在许多年之后，还会想念。想起它的瞬间，童年的时光又重新回到我的身边。其实，我早已经不怪爸爸，因为如果喜欢的东西，都要去拥有，怎么可能做到呢？二十几年后，已经为人母的我，对我的孩子也会这样教育，不是所有喜欢的礼物都要买下，有些时候静静地欣赏也是一种拥有。

没有拥有一件心仪的礼物，会有一点小小的伤感，但也许用不了多久，你就能去学着远远地欣赏它了。

但礼物与人不同，喜欢一个人，一定要为拥有他做足努力，因为爱情不可以用来欣赏，而要真切地感受到彼此的温度，即使有一天这份温度会冷却，也会记得曾经的拥有。

先让步的男人

爱情中，无论对与错，先让步的那一个，
总感觉那么善良，或者他更爱对方。

恋人之间发生冷战时，一般是谁主动联系对方？是你还是他？

其实无论谁对谁错，先让步的男人，总会更令人愉悦，也会令双方的感情在冷战过后迅速升温。而女人倘若先让步，在男人眼里也不一定会有多珍惜，说不定还会更加骄纵他的脾气。当然，孰对孰错，总是一个相对而论的情形。

如果两人几天没有联络，总有一方会坐不住，他或（她）会拿起电话按下号码，在决定按下通话键前，再犹豫一番，其实就在同一个时刻，说不定她或（他）也准备拨给对方，可惜两个人都想先等对方打来，所以谁都没有打给对方，彼此就这样等着对方让步，冷战的日子只能持续。等电话的时间，仿佛比一个世纪还要漫长。

其实，早在你不停翻看手机时，就已经泄露了心里放不下他（她）的那份深爱。

和男人相比，女人的面子先天就要薄一些，因此内心忍受的煎熬也就更大一些。在爱情里，男人爱女人多一点似乎是天经地义的事，而女人也总会以特别的方式还给他更多的爱。一个男人的好，不仅仅是在两个人相爱时，还在于两个人情感冷淡时看，这个男人的气度如何？

为爱斤斤计较的男人是不可爱的，纵使他说得都对，也觉得那么小气。为爱争辩的男人是强势的，一番振振有词之后只能证明一件事：爱情从来不是靠这样来征服的。

而相比看来，能为对方多考虑一点，把爱放在首位的男人是让人另眼相看的，虽然那一刻，他低声下气和你求和，看似委屈了些，女人却会觉得这世界上没有谁比他更爱自己，也会在心中许愿，我一定要让他幸福。

小时候，每次爸妈吵架时，都是爸爸主动陪着笑脸哄妈妈开心，妈妈捶打他的时候，还会笑中带泪，那是儿时最幸福的回忆，因为接下来，准会有妈妈奉献上来的一顿超级美餐。小吵小闹的日子里，爱情在成长，先让步的那一个，并没有吃多少亏，而那个自以为是的胜利者却开始向恋人回报更多的爱。

你是那个恋爱中喜欢先让步的男人吗？当发生爱情冷战时，就算错的是我，你依然愿意第一时间打电话来，我想我会低下高傲的头，转过身对你说那一千次对不起，只因为你值得我这样为你做。

为何紧抓年轻不松手

岁月改变了你的容貌，改变了你对世界的看法，
但唯一不变的是我对你的爱。

记得，在童年，过生日是最让人期待的节日，不仅有好吃的蛋糕，还有亲切的笑脸和开心的欢笑。

而今，成年的我们早已经没有儿时的心情，生日来得越晚越好，年龄告诉你，你已经不再年轻，那些闪着金光做梦的日子已经不再属于你，莹润的肌肤、清澈的目光、无邪的笑容，早已停留在相片里变成了记忆。每次买东西，别人对你的称呼都足够令你有伤心的理由。曾经那么年轻的自己，就这样被岁月改变了模样?

不甘心的你，买来最好的化妆品涂抹，穿上彰显青春的衣服，而一切又究竟能改变多少呢？时光并没有为我们的一厢情愿而停住脚步，它无情的把童年丢下，把青春丢下，把初恋丢下，唯一不忘的是把回忆带在身边，年轻时，我们曾靠想像着未来过日子，而现在，却只能抱着回忆不肯放手，希望它能给未来多传递一点勇气，那个曾年轻的自己只能在回忆里一遍遍去寻找。

紧紧抓住年轻不松手，我也曾如此。

就像每年的生日一样，当零点钟声敲过，你的祝福的短信会准时送来：“岁月改变了很多东西，改变了你的容貌，改变了你对世界的看法，但唯一不变的是我对你的爱，生日快乐，我会一直陪在你的身边。”

读到这里，握着手机的手也有些颤抖了，背对着我的你，刚才还在佯装睡着，原来心底里却一直惦记着给我送来生日里的第一声问候，响在零点的生日祝福，是这么多年来，你爱我的习惯，忽然间觉得，原来你才是岁月给我最好的礼物。

当我不习惯被岁月一点点变老时，你却让我一一回答你下面的问题。

问：为什么喜欢年轻？答：因为美丽。问：还有呢？答：有大把的时间去实现梦想。问：梦想是什么？答：生活变得美好。问：现在呢？答：生活美好，自己却老了。问：岁月很坏吗？答：当然，它是最大的小偷。

你终于笑了，笑得那么开怀：“它把你变老了，也赐给你很多东西，比如我们的孩子，丰富的阅历，以及你担负的新的使命。”你说只有那些想逃避承担责任的人，才会在岁月面前真的认输，而经得起岁月历练的人，才会变得更加美丽，而智慧更是岁月给我们老去的补偿。

抬头仰望满天星河，才发现这一刻是多么的璀璨，斗转星移，有些东西会改变，也有些东西，会因为岁月的沉淀而变得更美，就像你对我这份深沉的爱，我终于深信，我将永远不会变老，因为你的默默守护，美丽的光辉会一直照耀在我身边，永远不离去，就像我对你的爱。

爱情电影院

电影院，是滋生爱情最快的地方，你的爱情在那里发生过吗？

当一个男生小心翼翼地把折了又折的电影票递到你手里，大多数的情况下表明，他正在向你求爱。无论是荧屏上他人的爱情还是电影散场后即将上演的自己爱情故事，都将令人永难忘怀。

为什么要把一段爱的开始选在电影院呢？也许因为在电影院里彼此的距离更近，也许是想通过影片中主人公的告白来代替你的心声，也许是希望随着剧情的紧张，她会害怕地握紧你的手，或扑进你的怀抱。于是，爱情就这样顺理成章地开始了，进电影院时还一前一后的两个人，散场时已经正式牵起了手，所以，电影院才是令男生处心积虑想要到达的地方。

妈妈曾告诉我，她和爸爸开始恋爱时，也是从看一场电影后开始的，只不过那个年代里，爱情的电影极少，两个人只是能够比平时挨得更近一点，或者在黑暗中说几句悄悄话。由于妈妈是大家闺秀，家教很严，爸爸约她看的那场电影，姥姥一直都悄悄地跟在他们的身后，只是她没有电影票不能进到电影院里，所以她心里再急也是没有用的。

当电影散了场，在拥挤的人群中，姥姥却很难找到女儿的身影，小脚的她又一步一步地挪回家，而妈妈那时早已经和爸爸抄小路先到家了，看过电影后的甜蜜感觉，在月光倾泻的夜晚里，让妈妈一夜无眠。

所以，如果你爱一个人，就带她去电影院，当灯光熄灭时，两个人的心也靠在了一起，我会听见你爱我的声音，你也会了解那一刻里我的羞涩。原来电影不仅给人生活的梦想，还赠与爱情这样奇妙的感觉，无论明天我们是否会在一起，至少都曾体会过这一段深情的旅程。

家门口的那家电影院每天都很红火，各种最新的海报以最炫的姿势张贴在公众的视线里，每当上映爱情电影，售票口会飞来好多双手在抢购影票。我相信，在那一刻里他们买下的除了电影票外，还有对爱情的期许。而每次在人群中，看到白发苍苍的老人牵手看电影时，都忍不住想要哭，电影院，这个写过他们青春回忆的地方，在暮年时仍能这样幸福地前往，这才是世上最浪漫的事。

有一天，当我白了头发，我也希望爱我的你，还会牵着我的手去看电影，到那时我才相信，你这一生只爱我一个。

十点十分的爱情

无论爱你的那个人会不会来，
那些等爱的时间里，都记录过你的深情。

初恋时，男友每次来我家的时间，都是上午十点十分，每次他几乎都是分秒不差，就像算好了一样，时钟刚过十点十分，家里的门铃就会立刻响起，我一打开门，就能看到他一脸灿烂地对我笑。后来，大家分开了，每次时钟再到十点十分的时候，我心中都会隐隐地有一点失落，有时甚至会冲到门口打开门，但门口却再也见不到那张灿烂的笑脸，那个时间似乎也成了我一天之中最难度过的。

后来为了忘掉他，每次一过十点，我就飞奔到楼下的超市里买东西，原来那个等待爱情的时间，一下子变成了闲散的没有任何意义的某时某分。又过了些年，大家都有了新的朋友，对于那个时间也终于不那么敏感，只是偶尔也会有点好奇，他后来的女朋友是不是也在那个时间里等待他呢？

而更充满戏剧意味的是，我后来的男朋友竟会在同样一个时刻里和我求婚。还记得他说：“十全十美的时间里，我要给你十全十美的爱情，还有十全十美的婚姻，嫁给我好吗？”我在想，如果和之前的那个初恋男友不分手，是不是这也是他为日后向我求婚准备的台词，原来十点十分的时间里包含着十全十美的寓意，只是为什么到了分手之后，我才会领悟到其中的浪漫呢？

十年之后，我嫁做人妻，在一个黄昏里，我竟又和初恋男友相见，就在那条马路上，他曾第一次揽我的腰，第一次牵起我的手，第一次吻我的额头，而是十年之后再度重逢，我们竟会像老朋友一样对视微笑，然后异口同声地说：“好久不见。”我们肩并肩走在那条小路上，热心地向彼此介绍着自己的幸福，时光改变了我们的关系，却始终未曾改变我们心中那份最初爱的记忆，眉目间似乎仍刻满了青春岁月里的纯真，仍记得那个叫十点十分的爱情时间。

一个还是几个

无论你曾经拥有几个，我只希望成为最后那一个。

我的一个朋友是心理分析师，有一次和他聊起爱情，他苦痛的眼神好像在告诉我："连你也不放过我？"我问他："难道你每天都被爱情折磨？"他苦笑："来咨询我问题的，百分之九十都因为爱情。"这个数字虽出乎我的意料，但又觉得本应在情理之中，因为人们除了关心物质外，还有精神，而精神的核心一定是爱情。

他的爱情理论是："爱情就是一瞬间的事儿，有就有，没有也强求不来。"所以，这世上真有人遇见过爱情，那真该值得庆祝，但男人和女人的爱情却是截然不同的。

到底有什么不同呢？在我看来不过都是心心相印。他却说在一段爱情里，男人可以同时爱几个女人，而女人只能一次爱一个男人，她之后又喜欢别人，那就是另一段爱情里的事儿了。

"这怎么可能？那只是在少数男人身上发生过的荒唐事，如果一个有责任心又懂得珍惜爱情的人，他的心里只能容下一个女人。"当我试着和他辩解时，他却把眼睛一闭："你愿意相信就相信，不愿意也没办法，这只是我的理论。"

谁让我先挑起话题，所以也只能好气地与他沟通："你说的对，确实有那样的坏男人，真可恨，爱如果不完整，我宁愿不要。”

他从沙发上坐起来，饶有兴致地说：“大多数男人都很会伪装，虽然说爱你，但心里却不一定只住一个你，但他的表现会让你深信不疑：他真的只爱你。”不过，他又告诉我，那男人心里面一定只有一个真爱，其余的不过只是有过爱的感觉。

也许他说的是真的，我们无法打开男人的心看个究竟，那里面到底住着一个还是几个？我们只知道，既然爱上他，就要给他自由，如果他心里有你，不论他在谁的身上流连过，最后还是会回到你这里，他的最爱仍是你。

这世上的爱情，就像花园里开放的花朵千姿百态，每一段爱情在盛开时，总是香气袭人，而当它凋零时，仍有残香留在回忆里。无论那一段爱情到最后是否属于你，你终究还是要微笑的，因为至少在这世上，你曾经拥有过爱情，和很多人相比，你已经足够幸福。

承诺不一定都要当真

把承诺当真的，除了孩子外，还是孩子。

如果有一天你老了，走在夕阳的小河边回忆往事时，你会想起谁？你心中是否会有一个你许给别人，或者别人许给你，却一直都没有兑现的承诺？如果那时还能想起许诺给你那个人的样子，即使承诺过的事情没有实现，在你心里也一定把它当真过。

许多年前有一位年轻人，在读高中时喜欢班上的一位女同学，只是一直没有机会表白。终于有一天，那个女同学说，希望他未来的男朋友能成为一名飞行员，于是，他鼓足勇气写给他一封信，告诉她，他一定要考上飞行员，希望她能等他。

不久之后赶上了文化大革命，他的父亲被关进了牛棚，他被划进了“黑五类”的行列，身边的亲戚朋友也纷纷地和他们家划清了界限，对他来讲，那个报考飞行员的梦想也破灭了，极度自卑下的他不再就读原来的那所学校，也再没有和那位女同学联络过，毕业没多久，他和新学校的一位女同学结婚了。

其实，当爱的人深陷困境之中，无法再兑现当初的承诺时，承诺本身已经变得不那么重要了，不过，许下承诺的人在心底里一定觉得歉疚，他就像背负了一个很大的责任，害怕她会一直等他，所以他才早早地把婚结了，这样一来，说不定她就会早一点死心。

三十几年后，他和那位女同学在同学聚会上又相见了，他怎么也没有想到，她竟然还是一个人，难道她一直都在等他吗？没人知道她心里的答案。

再次望着他，她看上去有些拘谨，对他说：“时光真快，我们都老了。”他不知道该问她些什么，问她过得幸福不幸福，似乎和他的关系一点也不大，至少在她的心里会这么想。他想了一下说：“你没有变，和读书时没什么差别。”她开怀大笑，尴尬的气氛立刻化解。他想留下她的电话号码，方便以后联系，她却说不必了，因为下次同学聚会还能见到，微笑的样子一如当年她答应接受他的承诺一样。

把承诺当真的人是专情的，无论岁月如何变迁，他都愿意等待，哪怕是一辈子的时光，可人生短暂，为一个承诺而牺牲一生的幸福又是否值得呢？承诺，只是心中的一个向往，而所有向往的事情不可能都实现，给承诺留有一个余地，让答应实现承诺和等待承诺的那个人，即使在承诺没有实现后，也不会感觉太失望。

当年那个想当飞行员的年轻人就是我的爸爸，他告诉我，如果时光可以倒流，就算他不能实现那个承诺，也要做一件事，那就是亲口告诉那位女同学不要再等他。

小学里的小男友

如果回到童年，我愿意天天和男生打转在一起，
只因为他们天不怕地不怕。

女儿上小学四年级了，她告诉我在她的班上，女生几乎是不和男生玩的，如果和男生成天打成一片的女生，在同学心目中印象就不好了。所以，和男生一定要划清界限，如果有一点办法，不坐在一起才好呢。

天啊，这么小的孩子，把男女之间的关系怎么想像的如此复杂，那些本来单纯的岁月其实有多珍贵，因为像梦一样的季节转眼就走过了。

记忆中，小男生和小女生在一起玩，是多么可爱的事情，小小男子汉的他们，可以做很多女孩子羡慕的事，爬到高高的树上，摘下许多果子；挽起裤腿，在下过雨的马路上奔跑；拔河比赛中，汗流浃背地为荣誉捍卫的激情；拿出变形金刚，飞快地组合成各种形状，他们无所不能地去发现这个世界，接触这个世界，闯荡这个世界。

每次回到故乡，我都会一有空就去童年上学的那所小学校。它早已经被作为仓库废弃在一个院落里了，我会带着女儿找到我念书的班级，在二楼拐角最后一间教室里，我的座位就在靠着名人名言那面墙的第二座，课

桌上布满了灰尘，那上面刻下了许多名字，但没有我的。

我依稀记得，我的同桌是一个小眼睛的男生，笑起来常常会眯起一条缝，他很爱干净，我们俩铺过的桌布，永远都是他负责来洗，别的同学一周才洗一次桌布，可他的妈妈给我们多做了一块，这样每两天就会换一次新桌布，我们那张课桌也永远是最干净的。

他是收作业的小组长，有一次，我的作业本忘在家里了，教我们的老师很凶，她不相信同学们的这个借口，认为如果把作业忘在家里，那就一定是忘了写，为了逃避老师责罚才想出的坏主意，凡是以这种借口不交作业的，都要罚值日一周，我越想越害怕，不是怕被罚值日，而是怕老师凶巴巴地念到我的名字。

他最后一个来到我面前，我朝他摆摆手，他好像立刻明白了我的意思，他不慌不忙地拿出橡皮，把他的作业本上的名字涂掉，把铅笔递给了我，让我写上我的名字，我不肯，他歪歪扭扭地帮我写上了我的名字，然后告诉老师，他的作业忘在家里了。他被通知罚值日一周，而我因为愧疚，每天都最后一个走，一直陪着他做值日，然后，我们肩并肩地在夕阳下一起回家。

在小学三年级时，他们搬家了，他转到了一所新的小学，他离开那一天，我哭得很伤心，因为我知道，以后如果忘记带作业，不会再有人像他那样做了。他把袖口上的一道杠留给了我，因为他知道，我一直最喜欢那个标志。

我现在仍能记起他的样子，有一点坏坏的笑，但那笑容的背后，更有一颗善良的心，我也相信他一定会拥有一份美好的生活，每一个他周围的人，都会真心地喜欢他，祝福他，就和我也一样。

亲爱的宝贝，如果你身边有这样一位男同学，妈妈会为你开心的，因为童年里结下的真挚友谊，是这一生最珍贵的礼物，那个他留下的一道杠，一直还被保存着，就像那段时光又重新回来，还能见到他的笑。

救身符

当灾难发生时，能救自己的，除了爱你的人外，还有你自己。

走在街路上，随处可以见到脖子上挂有红线的人。那根鲜红色彩象征着吉祥的细细红线，究竟有着多少意味在里面呢？

每次都有禁不住有想问一下的念头，为什么要带这个？但转念一想每个人都有自己的信念和缘由，又与你何干呢？其实，即使脖颈上没有红线的人，在他们的心里也有着自己独特的“救身符”，每当有灾祸来临，它就会立刻彰显着神奇保护着他们，令他们化险为夷。

而我的“救护符”一直都是你。只因为你可以主宰着我的快乐忧伤，是我命中注定的幸运之星。

我相信感应，有些时候，即使大家都不说话，那些飞舞的空气因子，已经向我们泄露了彼此的秘密，不然怎么会有心有灵犀这个词呢？不需要言语，我就能看穿你的内心，而只一个眼神，你也一定了解我的处境，原来世界上最短的距离就是心灵相通的时刻。我喜欢在这样的时刻里，感受着你的温暖，它会跨越一切困难安然地停落在我的身旁。那一刻，即使天崩地裂也不再害怕，因为我相信，在崩塌前的那一刻，你一定会有足够的力量让我安全，因为我相信你是我的“救身符”。

人活在这世上，能拥有这样的“救身符”该有多幸运，无论下一刻的生活是怎样的，都不必担心，因为有你在，未来就可以那么肯定的握在手中，明天即使有坏天气，也迟早会风吹云散。

每次，我都喜欢在你面前夸耀别人，但你从来都是笑而不答。换作是我一定会有一点点失落，而我终于了解，你不失落只有一个理由，太了解我的你，怎能不知道我的心意，作为“救身符”的你，谁还有比你对我来说更重要呢？能把生命、喜怒哀乐、顺境逆境都可以相托的人，难道不早已经是生命中的唯一吗？

但是如果有一天，我在人群中找不见你，你找不见我，也没有关系，因为“救身符”会一直住在我心里，在我迷茫、失落、遭遇不顺时，它就会立刻现身，让我了解这一刻无论有多艰难，都不要畏惧，因为会有你和我一起度过，你亲口告诉我说度过了困难，就是跨越一个台阶，而接下来幸福就一定是你的底牌。

爱情的界限

爱情和友情之间，有着一条细细的线，你真的愿意跨过去吗？

在读小学时，为了和同桌的男生划清界限，我会在书桌上划上一条线，如果他的胳膊不小心过了线，我就会用戒尺狠狠地打他。不过，每次看到他一脸笑嘻嘻的样子，我的气也会消一大半，那条线后来被我们女生取名为“三八线。”

小学毕业时，大家拿出笔记本互写赠言，看着他在“三八线”那边端端正正地写着，真是忍不住想哭，从此我和他就再也不是同桌了，以后我在书桌上再划上那条“三八线”，也再见不到他“过线”时笑嘻嘻的样子了，他飞快地写完留言把笔记本递给我，因为怕不小心又过那条线，他递笔记本的姿势竟是悬空递过来的。

其实，我在心里并不是真的介意同桌会“过线”，只是觉得那是一种可爱的游戏，因为他喜欢看我发怒的表情，我也喜欢看他可怜兮兮向我道歉的样子。

当我们渐渐长大以后，才发觉爱情也是有界限的，曾经我们一直是比较要好的朋友，我们之间的关系仅限友情。可是忽然有一天，你对我说话的语气，多了以前没有的温柔，看我的眼神也更加深邃，尤其还会说一些莫名其妙的话，我就感觉你已经有点“过线”了。

如果我喜欢你，我会眼睁睁地看着你“过线”而不去理你，我要骄傲地等待你向我表白的那一刻，曾经的友情是经过了怎样的催化才变成爱情了？在我没解开这个疑问时，你“过线”的尺度最好小一些，因为等我想明白了之后，说不定也会后悔？当有一天，你把手揽在我的腰间，我才真的发觉，你是严重的“过线”了，当我想要躲避时，你已经把我抱入怀中，那一刻，我无法抗拒爱情的魔力。

当然，因为喜欢上了你，才允许你可以“过线”。可是，在我的周围也有一些朋友，天生就是一副乐天派，和谁都称兄道弟，是属于非常“爷们”型的女孩，她和那些男生拥抱牵手都很随意，在她看来，那是哥们儿之间最纯洁的情谊。有一次，我竟然看到那位男生为她吹头发，还用手抚摸她的脸，后来问她是不是喜欢他，她却一脸的疑惑：“喜欢什么啊？就是哥们儿。”

可是我却觉得，毕竟男女有别，除非你想把这种情谊发展为爱情，不然的话，他会以为再进一步的举动也不算“过线”，你是默许的，你说不定喜欢他，当有一天，他再无法控制心中的情感，到头来被动的是你自己。

爱情和友情之间，也只有一线之隔，如果喜欢你就跨过去，如果不喜欢，一定要时刻提醒自己：千万别过线，不然的话，大家都会觉得不好收场。

别哭，我最爱的人

别哭，我最爱的人，有我在，世界就在。

在我们受伤害的时候，你是愿意独自躲起来悄悄伤心，还是最愿意听见某个人的安慰？即使他什么也不做，只是默默地陪在你的身旁就好？

我有一个要好的女朋友，每次和她失去联系时，她都一定处在人生的某个艰难时段，或者失恋，或者失业，或者正在生病，不过，她从来都是把自己悄悄地包裹起来，一个人独自地默默忍受难过，不想被别人打扰，也无需其他人的安慰。等那段时间一过，走在阳光下的，又是一个满脸灿烂笑容的她，就像什么事情也没有发生过一样。

有时候，我难免会埋怨她几句："大家是好朋友，为什么不说出来？"她轻描淡写地一句："你既解决不了问题，又何必为我烦忧？我喜欢和朋友分享快乐，而不是悲伤。"我问她："有一天，当我难过时，可不可以给你打电话寻求安慰呢？"她回答的倒干脆："当然了，我愿意任何时候为你分忧。"你说这有多不公平，她只能和我分享快乐，我却可以连忧愁一起和她分享，作为朋友，我似乎不太称职。她说问题根本不在这儿，关键是如果不是最爱的人安慰她，其他人的安慰都不足以让她真正的释怀，还不如让她一个人慢慢地复原来得快。

曾经，她有一个相恋数年的男友，每次她因为各种事情难过，只要他一出现，她就会立刻被他从失落的情绪中拯救出来。其实，他并没有什么良药，只是能体会她的苦，无论她哭她闹，他都觉得一点也不过分，他宁愿她这样发泄出来，而不是闷在心里难受。他曾陪她一起在雨里疯跑，陪她大半夜起来去吃路边摊，陪她一起把头发剪到和他一样短，陪她穿最花哨的情侣装秀恩爱。无论何时，她做出的选择，他都永远支持她，他对她说人生数载，为何不为自己做主呢？

她的手机里备好了一首他送的歌《别哭，我最爱的人》：

是否记得我骄傲地说，
这世界我曾经来过，
不要告诉我永恒是什么，
我在最灿烂的瞬间毁灭。

他说即使有一天他不在身边，只要听到这首歌，就像他陪在她身边度过所有难关一样。可这好像预兆一般，就在他们就要举行婚礼时，因为双方的家庭达不成共识，女孩的妈妈说什么也不肯把女儿嫁过去，他们最终分手了。那天晚上，他知道她一定比自己难过好多倍，因为一直以来，她是那么地依赖自己，以后的日子里，如果没有他的陪伴，他无法想像她该怎样度过？他最后一次给她发去短信：“虽然不能今生相守，我却永远祝福你，别哭，我最爱的人。”当信息传到女孩的手机上，一看到屏幕上的字，她就再也控制不了自己的情绪，泪水决堤。那一晚，只有那一首歌静静地安慰着她入眠。

至此之后，她比谁都独立，她要坚强地支撑起自己的生活，即使没有那个最爱的人，也要让自己活得精彩而快乐，她说在每一个挫折面前，只要勇敢地跨过去，人生才会真的成长。所以，这么多年，不知道她悄悄咬牙度过多少难关，才把她打磨地如此坚强而美丽？有一天，如果还能遇见他，他一定不晓得，其实是曾经的自己造就了今天的她。

别哭，我最爱的人，当那缱绻往复的歌声，飘荡在夜空中，其实是一剂多么好的定神良药，它仿佛是在悄悄地告诉我们，无论何时，都不要抛弃自己，一定好好地活下去，活给最爱的人看，让他知道，在这世界上，你是多么的美丽而坚强，永远无人取代。

我要那个“唯一”

因为你是我的“唯一”，我当然也要成为你的“唯一”，
即使那是骗人的谎话，我也愿意相信。

爱情中，我们总喜欢听到恋人最肯定的回答：“我最爱的人是你。”无论他从前接触过多少女人，又爱过她们其中的几个，我只愿会成为他最后一个女人，也是他此生最爱的女人。

女友M每次和我们说起她的男友，心中都有几分埋怨，说他的心思难猜，无论对他多好，也换不回他的一颗真心，他的心不知道住在哪个女人的身体里？最终，她无法忍受这种情感的共享，果断地向他提出分手，他却挽留她说：“其实，你和她一样重要，为何非要分个高下呢？”当然，这绝不是她想要的答案，她提着行李头也不回地离开了他们同居的房子，

这一次，他没有再去追她。或许，他刚刚坦白的那一番话都是真的，他曾经爱那个女人，也爱她，他无法骗自己说自己只爱她一个。然而，他怎么就不了解，即使自己说的是谎话，骗一骗她，她也会很开心，她情愿天真地以为自己是他生命里最重要的那个人，她才会不计前嫌，死心塌地地陪着他一直到生命的尽头。

记得小时候，每次妈妈牵着我和哥哥的手出去玩，我都会扬起小脸问她："妈妈，我们俩，你最喜欢谁？"妈妈总是温柔地回答："你们俩都是妈妈的宝贝，两个都最可爱。"可是我并喜欢听到这样的回答，我只想听到妈妈说："妹妹比哥哥更乖哦！"在母亲那里，我们都愿意争宠，何况在恋人的身上呢？得不到最肯定的那一个，我们就感觉受了冷落，答案其实恰巧证明了你最喜欢另外一个，就像妈妈一样，她其实最喜欢的是哥哥，虽然妈妈听我这样说会有点伤心，但谁最喜欢我们，在我们的心里最有数，就像她的男友一样，他不敢正面回答女友的问题，那就已经说明了，其实他最爱的是另外一个。

其实，人与人之间是很难比较的。她像一杯可口的冰镇可乐，而她像一个营养丰富的汉堡，你能说只爱可乐或单恋汉堡吗？只是在某一个阶段，我们更需要哪一种口味，等时间换了，我们说不定会爱另一种口味。即使有一天，我们和其中的一个结婚了，也并不代表最爱的是他，只能说明在那段适合的时间里，那是我们合适的选择，而时过境迁，我们仍会在心中牵挂另一个，想知道他过得好不好？

曾经，我们多想成为某人生命中的"唯一"，可是这个想法又有多幼稚，就像我们的生命中不仅只有一个"唯一"，即便是他也不能永远占据那个位置，只是人生某个时间和某个阶段里的"唯一"，过了那个时间，或者你在我的生命里排到前十名已经很不容易，而我又何尝不是呢？

但我仍那么愿意地期盼，有一天，你会对我深情地说："无论何时，你永远是我生命里的唯一。"

第十章
边防线上的爱情

军人的爱情是沉重的，因为多了一份奉献，就注定爱情路上多了些艰辛。一个女人选择军人需要一种心理准备，需要一份勇气，对于选择驻守在祖国边防线上的军人，更需要多一份坚强。

阿拉善的“婚誓”

蓝天白云为媒，黑山黄沙为证。

天崩地裂不放手，海枯石烂心不变。天可鉴，地可鉴！

如果能在边防哨所拍到一场婚礼就好了，这是我做电视导演六年来一直的愿望，所以，第一次行走在内蒙古八千里边防线上，我心里就一直暗暗期盼着，但我深知机缘这回事，永远是急不得的。

车子飞驰在茫茫戈壁上，坐在车内的几个人，都早已昏昏欲睡，因为窗外实在没有什么景致，能让大家的精神为之振奋，只听见车身不时被戈壁上扬起的沙粒敲打的声音，像在提醒着我们一直在路上。

透过车窗第一眼见到阿拉善，就不由地被它的苍凉深深地吸引了，它的蒙语是贺兰和“野骏马”的意思。目光所及之处，都是一望无际的戈壁，黑色的土地下透着星星点点的土黄，暗淡得几乎没有什么色彩，几处点缀在那上面的沙漠植被，也极不情愿地扬起脸庞，让你看清楚它的沧桑，那神态仿佛是在告诉你，它也好想逃离这里，不想和胡杨一样有“三个千年”（生一千年不死，死一千年不倒，倒一千年不朽）。寂静的天空上，偶尔飞过几只肥壮的乌鸦，更加衬托出这里的孤寂。

“那个植物叫什么名字？”我指着戈壁是上一蓬蓬低矮枯黄的树木问。

“哦，梭梭。”

“那边那个呢？”颜色和形状好像和梭梭差不多，只不过要更矮一些。

“骆驼刺。”

“是骆驼吃的吗？”我问。

“嗯。”

“马也吃吗？”我继续问。

“应该不吃。”

坐在我前座的小徐干事，正伏在椅背上闭目休息，对我不时抛出的问题，只是礼貌地回应几句，在他看来，一定觉得我的问题都太过平常，没有一点值得发现的新角度。不过，我并不介意，迟早有一个时刻，他一定会为我的发现感到兴奋，那时我或许可以看见他的笑容。

这次外拍任务，主要由我和另一个女导演寒凝承担，我们两个采取跳跃式前进拍摄，意思就是她在这个点上拍的时候，我早已跳到下一个点上了解情况制定方案了，寒凝准备第二天就在清河口哨所展开拍摄了，那是一个“生命之水”的选题，讲述一个年轻的战士在巡逻途中，把自己水壶里的水让给战友，而自己却中暑牺牲的故事，单听故事情节就快要惹人落泪了，寒凝看上去有点激动。

“哦，真想快点到清河口。”寒凝着急地望着窗外，心早已经飞到了那个名字上有水，实际上最缺水的哨所上了。

到达住的地方，已经深夜了，摄制组简单地开了个碰头会，我和小徐干事分到了另一组，我们准备第二天奔赴一个叫“神仙山”哨所的地方，那是这片戈壁上最高的哨所，不过小徐看上去却有一丝落寞，他一定很想留下来拍摄“生命之水”，因为一路上的情况都是他介绍给寒凝的，何况之前的联络，也是他和寒凝接头的。

“‘神仙山’哨所距离这儿很远吧？”我问他。

小徐拿出笔画了张地图给我，轻声地应了一句：“恩，300多公里。”

“神仙山？那里以前住过神仙吗？”

“不知道。”他答。

这个幼稚的问题，一定又让他觉得无趣，如果那一刻我有透视仪，一定能够看到他内心的表情是一个小哭脸，不过，单听“神仙山”这三个字，我就隐隐地感觉到一丝喜悦的气息，我笑眯眯地望着小徐，让他更加摸不着头脑，我猜想他在心里一定极不情愿陪我去吧。

踏着戈壁上升起的第一缕晨光，我们早早地出发了，小徐和我并排坐在越野车后边的座椅上，一路上，他不时和坐在前座的带车干部交谈着，把我冷冷地撇在一边，我只有一边听着车里播放的那些叫不上名字的歌曲，一边隔着车窗和戈壁“交谈”，从他们的谈话里，我隐约地听出戈壁上的奇石很多，如果碰上好运气，捡到一块好石头就价值不菲，所以每次来这片戈壁的人，都一定逃不开石头的话题，我想这里虽然荒凉，却也暗藏着财富，对有勇气在这里坚守的人，也是一种安慰。

或许是因为我太寂寞了，“神仙山”哨所比预想的距离要远一些，车子渐渐抵达不远处的一座小二层楼的营房前，连长和几名干部已经在那里列队迎接了，我数了一下，总共四个人，他们军容齐整地向我敬军礼，我下车和他们亲切地握手。

“记者同志，辛苦了！”连长接过我的行李，脸上绽放的笑容喜悦而真诚。

“你们辛苦了！”我笑着回应。

他们热情地帮我提东西，快走到门口的时候，连长还跑过去帮我把门帘掀起来，十分周到，这让一路备受“冷落”的我，突然间感觉那么温暖，也看得出这里好久没人来过了，说句心里话，5个小时的车程已经足够疲惫，但我还是只用5分钟的时间梳洗了一下，就立刻精神抖擞地出现在他们面前，这让小徐干事多少有点意外，嘴角微微地扬起一丝笑容，虽然有些勉强，但还算好看。

那一刻，我在心里始终暗暗地较着劲儿，想让小徐干事了解，我虽然外表柔弱，但纪录片导演的专业精神却不容小觑，我简单扼要地向连队主官阐明了来意，迅速地了解情况整理思路，在我看来，大家介绍的许多故事虽然感动，却不一定感人，我开始有些失望，记录的速度也明显慢下来。

突然，坐在连长旁边的处长一声长叹：

“哎，什么最感人？连长就是例子，婚期一再推迟，再不结恐怕就得分了。”他说完就把头转向连长，目光的交流中是一种深深地无奈。

结婚的事又不是一个人决定的，如果连长回不去的话，他的未婚妻难道就不可以来这里结婚吗？我在心里想。

“那可不可以把新娘子接来这里结婚？”我立刻追问下去。

坐在我身旁的小徐也极有兴致地望着连长，出乎我们的意料，他竟然兴奋地有点快要落泪的意思，拿着电话的手也略微有些颤抖，短暂沉默了一下说：

“这个我从来也没有想过，等我问问她。”

他的神情虽有一丝意外，却无法掩藏住内心的喜悦，他急切地起身向门外走去，我和小徐对望着，目光中第一次感觉到了彼此的默契。

在那短暂几分钟里，房间里静悄悄的，大家都在焦急等待连长带回的答案，我隐约地有一种预感，这事儿不是说成就能成的，因为无论对于谁来讲都太过突然，即使是喜悦也让人无法一下子沉浸其中。

小徐干事安静地坐在一旁，不发一言，目光里充满了对结果无可预测的茫然，看得出他真把这事儿放在心上了，那一刻里，他一定是站在我这边的。我倒显得格外冷静，虽然期待，但也不强求，毕竟那是人家一生之中最重要的大事，当然草率不得，拍节目固然是好事，却又不能让对方感觉到负担，虽然我心里是一千个一万个地期盼它能成。

听着连长迈向房间的脚步声由远及近，我隐隐地感觉出，他带回了一个并不乐观的消息。果然，他垂着头慢慢地走进来，不发一言地坐在我的对面，目光里的失落，跟之前的喜悦形成了鲜明的对比。

小徐忍不住第一个发问：“没戏啦？”

连长苦涩地一笑，接着故意提高了语调，像似在努力打破有点压抑的气氛：“没事儿，我家属同意，就是他爸妈想不通。”他无奈地把电话在手里握了又握，低下头，显出一副无能为力的样子。

“他父母为什么会不同意呢？”我继续追问。

连长的语气又恢复了之前的凝重：“怪我回去太少，婚期一再拖，老人家有点不信任我了。”

他显得有些自责，黄昏的光线照在他的脸上，让几道深深的皱纹也显露无遗，一层并不乌密的头发轻轻地覆盖在头皮上，那张脸在那一刻看上去，有点沧桑，虽然连长今年只有28岁。

如果按我平时的工作作风，即使遇到再大的困难，也绝不会轻易放弃，反而会尽120分的努力去创造奇迹，我会给连长的未婚妻打电话，再让她做她父母亲的工作，实在还不行的话，我就直接打电话给她的父母亲，向老人家百般强调拍摄本期节目的重大意义，以及向他们庄严承诺，那是一场多么终生难忘的婚礼。然而，看到连长满脸的落寞，我倒觉得有一丝心疼，不忍心再去给他添乱，结果好了固然皆大欢喜，一旦有什么闪失，会让他夹在中间更不好做，说不定还会因为这事儿影响两个人的感情，那一刻里，我的小心脏正承受着从炽热到冰点的极大落差，但我还是平静地合上笔记本，终于打算放弃了，虽然我是那么不情愿接受这个结局。

然而，令我没有想到的是，已经投入其中的小徐也不想放弃，他起身走到连长跟前，显出一副轻松的样子，语气平和地说：

“这个好解决，你先和你未婚妻沟通好，让她去做工作，老人家总是拗不过女儿，何况这本身也是一桩喜事。”说完用手轻轻地拍了一下连长的肩膀。

他的想法果然和我一样，刚刚才泄气的我，突然间又像一个皮球被充满了气，立刻精神起来，忽然觉得这事儿还有转机，我抬头望着连长，等待他的决定。或许，我们三个的心情都是一样的，那一刻，我看到他又一次从座位上站起来，紧紧地握了一下拳，如果用一个慢镜头回放，你一定可以看清楚他脸上的表情有多么坚毅，就仿佛去执行一次重要的任务，和第一次转身出门不同的是，这一次他的步伐要更轻快一些，就好像直接去拿那个幸福的答案。

会议室里重新变得静悄悄的，然而安静的空间里，流动的却是紧张的空气，我几乎能够听见屋子里每个人心跳的声音。小徐心跳的声音是强悍有力，不容质疑的，就像他脸上坚定的表情，坐在他旁边那位处长的心跳，听起来是充满犹豫而低沉的，他的一双手也拿到胸前来回交叉着，显示出了他内心的不平静，而我自己的心跳声就节奏紧张的小鼓，咚咚咚地敲个不停，真害怕它会跳出来，没有想到一桩婚事却让我们每个人紧张得不行。

这次等待似乎比上一次还要漫长，因为这是“决战”，一旦失败了就没有希望，连长想在哨所结婚的念头，只能在未来的某一天里，成为我们一起失落的回忆，我闭上眼睛在心里虔诚地祈祷着，想像着那张脸庞再回来时会充满喜悦。

等我回过神儿的时候，连长早已经坐在了我对面，他把答案已经写在了脸上，这一次的失望却是结结实实的，小徐也不再发问了，抬头看看我，又低下头摆弄手机，处长说有事起身先离开了，连长呆坐在那里，眉头紧锁，气氛一下子僵在那里，有一点尴尬，我也不知道该怎么化解，原来希望之后的失望是这么沉重，随着暮色的临近，夕阳的金色光线被一点点吞没了。

傍晚的时候，我一个人出去透气，这里四周都是戈壁，一片辽阔，星星也早早地探出头来，仿佛陪伴着失落的我，远远地，我看到牛羊正成群结队的归来，走在最前面的是一只黑山羊，黑色的胡须整齐自然地垂到嘴巴下，目光机警而敏锐，一副不容侵犯的样子，羊群和它保持着一定的距离，安安静静地紧随其后，显示出了它在其中尊贵的地位。很快，它发现了我，紧紧地盯着我看，或许在这片戈壁上，对羊群来讲，我也算新鲜的“来客”，羊群的整体步伐加快了，仿佛要走到近处看一看我，那一刻里，我突然想到了连长，在这片戈壁上，它们一定成为了很亲密的邻居，但它们一定不会想到，和它们领头黑山羊的拖家带口相比，连长显得有多么孤单，我加快了脚步准备远离它们，因为动物一旦成群地聚集在一起，总能感觉到安全或许会受到威胁，何况我天生是一个胆小的孩子。很快，我身后响起了一阵羊群的叫声，就像吉他上的那几根弦，和在一起发出的声音，我想一定是它们在和我打招呼，估计在说一些笑我胆小之类的话，其实语言有时候不一定会说，只听语调就能明白其中的意思。

远处，我看到小徐在戈壁上正弯着身子捡石头，神情看上去有点低落，他把已经挑选好的石头，整齐地摆放在一边，形状各异，十分好看，手上正端详着一块新捡起的石头出神儿，我走到他身旁，想看一看他得了什么宝贝，他随手递给我一片白色的石头，之所以用“片”来形容它，是因为它实在太轻太薄，也太晶莹剔透了，就像一片透明的花瓣，小徐并没有明确送给我的意思，只是拿它来打一个比方。

“你看，戈壁上有很多这样漂亮的石头。”表情认真地像一个孩子。

我接过来看了又看，没有再还给他，完全是因为忘记了，因为之后的话题已经转到了别处，当我发现石头还在手里的时候，小徐已经走远了，我就一直把它揣在了大衣口袋里，想找个时间还给他，看得出他也很喜欢石头，我一直在想，那些凌落地散落在戈壁滩上的大小石头，暗淡地没有一点光泽，那其中真有令人惊喜的财富吗？

晚上的时候，连长派人给我送去了一个新脸盆，还单独为我准备了一个卫生间，里面亮着温暖的橘黄色的小灯，走廊里的暖气热热的，我穿着棉质的睡衣和拖鞋，去洗漱间洗漱的时候，竟然忘记了自己是住在连队里，它更像一个温暖的家，从这一点上就足以看得出，连长是一个居家的好男人，连队里里外外都布置得整洁舒适，我们在走廊里碰上了，他正端着脸盆打算洗漱，看到我过来，礼貌地给我让出一条路来。

“下午，真不好意思，让你失望了。”他语气低缓地说，有些歉意。

“怎么会？”我连忙说。

其实他才最需要安慰，这一次和岳父母的沟通不畅，不知道会不会影响到他的婚事？和初见到他相比，他这会儿的神情有一点低落，不知道再和我交谈点什么，就朝我笑了笑说：“早点休息吧，也不知道这里住不住得惯？有什么需要尽管找我。”我点头微笑，看他先转身离开，这个夜晚对他来讲，一定特别漫长，就像窗外那正延伸出去的绵延无际的戈壁。

睡在戈壁滩上，偶尔会听见从远处传来的动物叫声，一种莫名的孤独会把你包围，连队战士们告诉我，他们在夜间潜伏的时候，就曾经遇到过狼，当它一看到手电筒的光亮，就远远地逃开了，黑色的身影迅速地消失在夜幕中，戈壁的夜晚，仿佛笼罩着一股暗冷的色调，我真害怕午夜醒来的时候，连队的战士们都去执行任务了，只剩下我一个人该有多可怕啊。

我起身打开门，看到走廊里黑漆漆的，这里白天靠风力发电，到了晚上就没有灯光了，黑暗中，听到有人在和我说话。

“别怕，有事儿吗？”声音从门口传来。

哦，原来是哨兵在站岗，寒风中，他站得笔直，手握钢枪，睫毛上已经结了一层白霜，虽然并不认识，但看到他在寒夜里为我们站岗的身影，会感觉眼睛热热的，一点也不觉得害怕了，我上前走了两步。

“冷吗？”我问。

他摘下脖套，露出笑容，轻声地说：“不冷，记者同志，多穿点。”

小战士看上去不到20岁，年轻的脸庞写满了稚气，他笑起来的样子很好看，眉毛弯弯的，像窗外的边关月。

或许，是被冷风吹的，我已经了无睡意，想和小战士好好地聊聊天。

“你们连长凶吗？”我问他。

他觉得这个问题有些意外，摇了摇头，语气坚定地说：“一点也不凶，就像我的大哥。”

“他为什么总是拖延婚期呀？”这个问题，白天倒没有时间来得及问。

小战士用手扶了一下枪，另一只手轻轻地挠挠头发，想了一下说：“可能很多原因，上一次是因为这边下大雪，牧民家的马匹找不见了，连长本来请好了假，就没顾得上回，找了两天才把马匹找回来，再后来就没回去。”说完把头低下来，好像是在为连长遗憾。

“那你希望连长快点结婚吗？”小战士眼睛立刻眯成一条缝，连忙抬起头笑嘻嘻地说：“嗯，我们都希望他早点把嫂子娶进门。”

看到他那阵喜悦劲儿，我突然觉得自己的努力不够，有点难过，虽然已经半夜三更，但我真恨不得去敲连长的房门，想再好好地和他谈谈，帮他想想办法，哪怕不在哨所结婚，只要快点把婚事定了就行。然而，那一瞬间脚步却是沉沉的，即使很想努力一下，却还是放弃了，我轻声和小战士道说了晚安，就转身回朝自己的房间走去，经过小徐干事房间的时候，看到窗口还亮着灯，他也在为连长的婚事发愁吗？

还没等我睡下，就清晰地听见起床的号音了，我拉开窗帘，看到戈壁滩上飘起了雪花，轻轻地一片又一片，真是美丽极了，我看到连长一个人在散步，在空旷的戈壁滩上，他显得有点瘦弱和孤单，我马上披起衣服跑到外面，想再找他聊一聊，虽然相处还不到一天的时间，却感觉彼此间已经很熟悉了，虽然他的年龄比我小很多，但我却把他当成哥哥看，因为无论从外表还是处事上，他好像都比我成熟。

连长看见我走出来，立刻兴冲冲地迎上来，好像有什么喜事要告诉我，难道事情真在一夜之间发生了转机？说不定连长的未婚妻真的同意来哨所结婚了。

“不用说，一看你的表情，我就全知道了。”我高兴得拍着他的肩膀，像哥们儿一样。

他虽觉得亲切，却不知道说什么，只是笑。

那一刻，我真想马上冲着小徐的房间大声地喊，把这个好消息告诉他，让他也高兴一下，可是还没等我喊，连长先说话了：“有什么喜事啊？先和我说说。”

我兴奋地握着他的手：“再高兴也没你高兴呀，说吧，她什么时候来结婚？”

他好像没有明白我的意思，一脸茫然，接着又笑着说：“我吗？不是昨天就没戏了吗？”他低下身子捧起一层雪，在手里揉搓着，目光望着远处的一片戈壁。

我也一下子怔住了，不知道哪里弄错了，忽然有点埋怨地说：

“那你一脸高兴的样子，又是为什么？”我的失落一下子那么明显，语气恐怕都有点着急，我有点不好意思地咬了一下嘴唇，轻轻地呼出一口气。

他看到我的样子，竟突然笑了，我还从来没有看到过他那么笑，有点豪放，又有点可爱，就像一个大男生，从笑容上看，还满符合一个28岁青年的样子，看他笑得开心，我也想笑了，竟也咯咯地和他笑成一团，如果这一幕被小徐干事碰到，一定会觉得莫名其妙，两个人一大早碰到，究竟有什么好笑的？

我和连长边走边聊，散步在清晨的戈壁滩，虽然荒凉依旧，却透着一股深沉的美，就像一个中年男人，有着放浪不羁的性格，和健美性感的身躯，让你无法抗拒，不由地会为他心动和着迷。我问连长，他的心情怎么那么快就缓过来了，和昨天那个坐在椅子上发呆失落的他，完全是两个人。

他告诉我在戈壁上驻守这些年，学到的最重要的东西，就是做人要心胸宽广，要像戈壁一样，有一颗男人的胸怀，能包容一切，看开一切，真羡慕他有这样的胸襟。走着走着，他突然抬起两只手放在嘴边，拢成一个“O”形，向延伸到天际边的戈壁大喊着：“小云，我爱你——”

他似乎竭尽了所有的力气，一张脸涨得通红，额头上青筋也凸现出来，两条眉毛簇拥在一起，拧成了一小股波浪。

小云，一定是他远方未婚妻的名字，真像一片云啊，飘在天边，又近在眼前，就是无法用手触及到，让他抬头低头全是思念，真希望那一刻，那句‘我爱你’能穿越戈壁，让远在老家的小云听见爱人的呼唤，我想如果她看到这一幕，一定不会再犹豫，无论天涯海角都会来找他结婚的。连长大喊了几声之后，终于泄下气来，耸起的肩膀也垂了下去，但语气依旧是充满喜悦的：

“既然事情尽力做了之后，仍然不能改变，那还有什么不能释怀呢？只有放得下，才可能重新出发，不是吗？我相信我们的爱情，不会变。”

我第一次看到一个男人，在认真地谈起爱情这两个字时，神情是如此深沉和坚定，他爱的那个女人该有多幸福啊。

天色一点点地亮起来，天空微微地泛起一片橘红的色彩，衬着戈壁黑色的土地，整个空间被营造地浓重而美丽。连长突然指着天边的一朵云说：“快看，像不像策马奔腾？”

我睁大了眼睛，努力地搜索着他说的图案，但我眼里看到的却不是骏马，而是一个盛开的花篮，应该是“一云一世界”吧，看它的人心情不同，眼里的图案也是不同的，在连长的眼里，他多想驾一匹飞驰的骏马，以光的速度，飞奔到爱人的跟前，向她诉说着心底深深的思念，我抬起头认真地看那片云，竟也觉得像一匹骏马了，还看到了连长坐在上面策马扬鞭的身影。我们并肩坐下来一起看云朵，戈壁上的云变幻的速度极快，形状万千，在每一朵云里都能找到属于你的心境。

小徐一早起来没见我们，就一个人去戈壁上捡石头了，我们回去的时候，正好碰见他，他又恢复了之前冷傲的样子，一身冬季的沙漠迷彩，把他衬托得更加冷峻，他好像没有看见我们，依旧在专注地捡石头，显得有些寂寞，被他感染，刚才在戈壁上看云的那份恬淡心情，一下子全都吹散了，突然间感到有一点小小的担心，明天或者后天，寒凝他们就拍完清河口那一集了，应该很快能够赶到这里，而我这一集还没有任何眉目，本来计划好的一场边防婚礼，就这么搁浅了，我似乎也没有再拍摄其他内容的打算。

反正也没事做，我就弯下身子和小徐一起捡石头，不过看到它们暗淡的样子，一点也提不起我的兴趣，到底这些石头特别在哪里呢？我捡起这个，又扔下那个，似乎没有哪一个能像那块价值不菲的石头，戈壁上的日子，寂寞地难道只有看云和捡石头吗？虽然只来了不到一天，我却有点觉得无趣了，然而，对连长他们在这里驻守三年、五年、十年，甚至更长时间的人，又是怎样熬过这漫漫光阴的呢？

连长一个人先回连队了，只剩下我和小徐，他看上去没有理我的意思，应该是我出差这么久以来，碰见的最牛的干事，他的年龄应该和连长差不多，30岁上下的样子，直觉告诉我，他是一个很有主见和梦想的人，我也不打算先和他说话，毕竟他是来陪我拍摄的，何况又是男孩子，总该沟通主动一点才对，我决定要等他先开口，他不断地捡起一颗颗石头，我却正好相反，不断地扔下一颗颗石头，他不时抬起眼睛冷冷地望着我，也不说话，我也没有说话的心情，终于感觉到肚子有些饿了，决定不再和他“对峙”，我起身打算离开，准备先回连队吃早饭，再和连长商量选题的事儿，小徐却在后面叫住了我。

“你到底要拍什么啊？”他随手把手里的一块石头抛向远处，然后站起身看着我，一点认真的样子

我在心底暗暗地一笑，终于等到他先开口了，我故意气他：“拍边防婚礼啊，可惜拍不成！走啦！”我扬起手和他再见。

他没有搭理我，继续低下身子捡他的石头，这个人真是古怪极了，反正再有两三天拍完这期节目，就再也不和他见面了，再也不需要看见他这张冷面孔，以后他想给谁看都行，反正我也看不见。

一个人走在回连队的路上，真有些点害怕，虽然不到十分钟的路程，但四周没有人烟，只有茫茫无际的戈壁，没准儿什么时候，会突然从远处蹿出一只狼，几只狐狸，或者一群黄羊什么的，对于我一个身单力薄的女子来讲，单单投降是没有用的，我害怕它们遇到了一起，恰好又碰见我，那又是一种怎样焦灼的局面呢？我几乎没有勇气再想下去，就拔腿向连队的方向跑去，真害怕多耽搁一点时间，就多一份危险，虽然小徐就在我的身后不远处，可是如果狼真的来了，他即使跑过来也是救不了我的，何况我和他的关系，他肯不肯救我还两回事，我真是害怕极了，越跑越快，直到一脚跨进连队的大门，才停下来大口喘着粗气，正好被昨晚值夜岗的那名小战士看到了，他快步跑过来问我发生了什么事儿。

“金姐，怎么啦？”

这声金姐叫得真够温暖的，让我仿佛回到了家，我上气不接下气地笑着和他摆手，认真地问他：“这附近真有狼吗？”

他着急地举起两只手使劲儿摇晃着，安慰地说：“没有狼，没有狼，不用害怕，有我们在呢。”那一刻，我真把他当做自己的弟弟了，他一心想要保护姐姐的心情是那么迫切，我冲他笑笑，绷紧的神经终于微微放松了。

“连长呢？”我问他。

“吃过早饭上哨所了。”他指着远处的一个模糊的小白点说。

“离这儿远吗？”我按他手指的方向搜寻着。

“走路要半个小时，不过有车可以送你。连长说去办你的事儿去了。”他笑笑。

“我的事？”我怎么还不知道自己要办什么事儿，这连长可真够逗的。

我匆匆地吃了一口早饭，就回房间休息了，这一天该怎么过，一点打算也没有，不过，突然间，我倒有一个念头，很想爬上哨所看一看，那个叫“神仙山”的哨所，许多许多年前，真的住过神仙吗？想到这里，房门被敲得咚咚响，我起身打开门，见到了小徐一脸的笑，真够让我意外的。

“什么事儿？”我问。

“检查一下你的内务。”他径直走进来。

糟糕，我的被子还乱作一团地堆放着，这个小徐，来之前也不打一声招呼。我故意用身体把被子遮上，他竟轻轻地推开我，走到床前，神情大为惊讶：

“哦，你的被子像猪窝哎。”他得意得不得了，总算把对我的不喜欢，在这件事儿上痛痛快快地表现出来。

我真是窘迫极了，但语气依旧强硬：“你叠得好，给我看看。”

他把被子轻轻一掀，认真地叠起来，边叠边说：“记住了，被子是三分叠，七分整。”

很快，他把被角处，用两手的拇指和食指细细地折成一条线，被子很快就变得齐整了，就仿佛魔术一般，眨眼的工夫，被子已经从一个“地方青年”变成了一名训练有素的“军人”了，整齐地立在那里，他有点神气地望着我，等待着我的夸赞，可是我偏偏不会像他期待那样，只是轻描淡写地说：

“没什么了不起，我拍过仪仗队，你叠得这个被子也就刚及格吧。”

他倒不介意，只是说：“我帮你叠了一次被子，你要懂得感谢才对。”说完起身要走，却又被我叫住：“你来找我，有什么其他的事儿吗？”

他好像忽然想起来，却有点坏笑地说：“我看你也不慌不忙的，就算了吧。”说完干脆地带上门出去了。

我有点生气了，大喊他一声：“小徐！”

没想到他竟会立刻把门打开伸进脑袋：“什么事？大导演。”我们目光交错对望着，那一刻，他的瞳仁里一定盛满一个怒气冲天的我。

我没好气地把他推出去，用力地把门关上，决心不再理他，准备再歇一下就去哨所了，院子里忽然传来汽车发动的声音，紧接着我听见那位“哨兵弟弟”在大声地喊我：“金姐，上车啊，带你去哨所了。”

我随手抓起放在椅子上的外套就出门了，一上车，就看到前座上坐着一个人，戴着墨镜，帽檐压得很低，看不清楚他的脸，他在那里摆动手机，也没有理我，“哨兵弟弟”转过头来对我笑。

“正好今天我出车送你，坐稳了，戈壁上开车会有些颠。”他提醒我。

这个我早就体会过了，不过他的驾驶技术真的很好，走了很远的一段路，也没有感觉一点颠簸，他随手拧开音乐，正好传来那首《鸿雁》，低婉而沧桑，尤其那一句：

“酒喝干，再斟满，今夜不醉不归。”

“哨所弟弟”也豪迈地放出歌喉，似乎想把心中的寂寞，随着歌声一吼而尽，前面戴墨镜的那位哥们儿，突然也大声歌唱：“酒喝干，再斟满，今夜不醉不归。”

他一边唱着，一边转头过把墨镜摘掉望着我，眼睛里含着笑意，原来是小徐，他怎么也来了？我看着窗外，不想理他，听着歌声，再看着窗外那苍茫的戈壁，仿佛我在这里已经度过了很多年，这个地方我曾经一定来过，连远处孤单伫立在戈壁上的那棵树，好像都记得我，正在和我微微地点头，让我的眼睛不由地湿了，没有一点理由。

车子很快驶到远处的一个山脚下，慢慢地停了下来，“哨兵弟弟”回头对我说：“地势太陡，前面有一处断崖，车上不去了，你们步行上去吧，已经没多远了。”

断崖？戈壁上还会有断崖，那是什么样的景致？我兴冲冲地下车，可是转了一个圈也没看见什么断崖，只有一条通向山上的弯弯曲曲的石子路，形状就像一条弯曲的河，也像一个少女，有着曼妙的曲线，袅袅婷婷地站立着，看，等待我们的是一条多美丽的路，我高兴地叫起来：“这条路真美！”

跟在后面的小徐，没有刚才那么兴奋，低下头默默地走路，真是一个奇怪的人，一会儿高兴，一会儿不高兴的，不知道他是怎么陪其他记者的，如果换做寒凝在这里，气氛一定不是现在这样吧，或许一个人和另一个人相处，最重要的是有眼缘才行，虽然我自认为温和大方善解人意，但在他的眼里可能会觉得柔弱了些，他天生不喜欢和这类型的女孩相处，可恰好碰到了我，他走得很快，没一小会儿，就把我落下一段距离了。

“你这么慢的速度，是准备爬上去吗？”他一边走一边转过身子和我说。

“你走你的好了，不用你等！”我想自己安安静静地走，不想多说一句话，距离哨所不过2000米的距离，我要在小徐面前表现地不娇气，要勇敢地一气儿走下来，不歇一步脚。

“好吧，我先走了，不要害怕狼啊、狍子之类的哦。”他提醒完加快了步伐，好像决心要把我甩掉。

这2000米的距离是一个陡峭的山坡，从侧面看上去，斜角应该有30几度，每前进一步，背后就好像有一根细细的绳子拽着你，让你再迈出第二步的时候，必须花费更多的力气。作为一名军事记者，这2000米的陡坡绝对不是问题，我迎着风充满勇气地前进。走着走着，忽然，我感觉脚底下有冷风嗖嗖地灌进来，低下头看才发现，我左脚鞋子的侧面开了一个小口，这双从北京出发时买的鞋子，看来只适合逛商场，走在戈壁上就显得有些娇气了，或许它也厌倦这里了，想找个借口提早地退出，可是随着海拔的升高，眼下路越走越陡，我终于有些喘不上气了，脚底下的风越灌越多，胃也开始隐隐作痛了，如果现在停下来，一定会让小徐笑话的，我在心里给自己打气：“金丽娜，你要加油，再坚持一下就到了，千万不要停下来！”

我开始重重地喘着粗气，汗水浸透了毛衣，感觉有好多热气正在从身体里往外冒，那个看上去并不远的哨所，怎么走也走不到啊！这个许多许多年前，神仙住过的地方，凡人一定是很难到达吧？我想，这一定是神仙们在故意考验我，才特意制造了一些小情况而已，我一定要经受住考验。可是无论我怎样鼓励自己，还是无法做到不停下来，我终于蹲下了身子，望着前面那更高的陡坡，不知道该如何前进。

这个时候多希望看到小徐啊，哪怕他在一边冷眼旁观也好，起码有人陪着你，不再那么孤单，他现在一定早就登在哨所上，在和连长轻松地聊天呢，想到这里我就生气，明知道这么陡的坡，车都上不来，还偏偏把我抛下，如果再让我见到他，我一定要重重打他几拳，让他知道我心底里对他有多大的怨气，“小徐，你在哪里啊？”我开始放开声音找寻他。

“原来，你的力气就这么点啊？”天啊，他的声音从天边传过来，真的是小徐吗，我张大眼睛四处寻找着，可是还是找不见。

“快出来，帮帮忙啦，我走不动了。”我干脆坐在了地上，等他来找我。

只见一颗小石子从空中飘过来，正好在我身边清脆地落下，我寻着石子的方向，终于看到了小徐站在我前面的一个陡坡上望着我，一脸的坏笑，原来他一直也没有走远，那一刻里，心底里会有一点小小的感动，我想如果在戈壁上真的遇见了狼，想必他也不会把我丢下，他并没有我想像地那么冷漠，不是吗？

小徐好像一点也没有催我的意思，倒有些夸张地伸伸胳膊伸伸腿："哎，我正好也有些累了，不如好好歇一下。"说完，他也干脆坐在了陡坡上，两手抱着膝，抬头看天上的云朵。

他指着一朵云说："你看，那像什么？"

我抬眼望去，只看见白茫茫的一片，有一点像洁白的雪山，不过，我想先知道他心里的答案，大声地问："你说像什么？"

他喃喃地说："多像一片白桦林，冬天的白桦林。"目光里充满了对白桦林无限的想像，看得出他是一个内心情感细腻的人，像一个诗人，虽然没见过他的文字，但我猜一定是浪漫飘逸地像戈壁上的云。

"不问我为什么像白桦树吗？"他问。

因为它像，所以像嘛，这还用问，我答他："因为每个人眼中的世界不同，我看它像雪山，你看像白桦树，因为我和你也不同啊。"

他不再说话，只是默默地看云，有时候，他神秘地就像一个外星来客，跑到地球人到底要完成什么任务呢？

休息了一会儿，我们准备继续前进了，小徐特意从陡坡上跑下来，拉着我一步步地向哨所的方向走，一边走一边和我讲："这里附近没有水源，哨所喝水都是连队用水车给拉上去，战士们每天都要从山脚下背水上去，一桶水足有50斤，他们个个还健步如飞呢。"

哦，原来，这里不仅大环境寂寞，生活条件也这么艰苦，我们谁也不再说话，只是默默地走路，不过我们两个看上去已经像亲密无间的战友了。

很快，我就看见不远处哨所的大门了，它好像敞开着怀抱等着我，连长正从里面走下来迎接我们，他脸上的笑容格外灿烂，像正照耀在身上的正午阳光，我高兴地和他招手，像许久没见的朋友一样，他边走边把一只手伸向我，我松开小徐，把手递给他，高兴地被他拉着进了哨所的小院儿，一块写着“神仙山”三个字的石头立在眼前，石头的背面是一道断崖，再往下看应该就是深不可测的山谷了，我试图往前走两步想看一看有多深，却一把被小徐拽住了。

“万一掉下去，可没人救你。”他有些埋怨地说。

我回头看看连长，他也使劲地冲我点头，表示同意，然后就给我讲起了神仙山的来历。

“传说这里在几百年前，曾有一对恋人，在这里举行婚礼，接亲的那天突然狂风大作，新郎走到断崖前就迷了路，就在那时候，天边出现一道亮光，一个仙人模样的老人，驾着云彩走下来，他用袖子轻轻一挥，立刻变出了一条路，新郎才如愿地把新娘娶回了家，为了纪念那位指路的老人，这里就叫神仙山。”

连长讲完，又抬头给我指向身旁的哨所，得意地说：“所以啊，我们这里就叫神仙山哨所了。”

哦，我这才注意到立在那块石头旁边两米远的哨楼，看上去有10层楼那么高，难怪是这片戈壁上最高的哨楼，抬头望上去，我看到两名哨兵正手握钢枪在那里站岗呢，原来，这里就是连长守卫了8年的哨所，这个地方，我想他心中深爱的小云一定没有来过。

“听我那位哨兵弟弟说，你来哨所办我的事儿？”我问连长。

“对啊，你不是要拍哨所婚礼吗？”他笑盈盈地望着我。

“是啊，不是早就没戏啦。”我轻叹了一口气，望着不远处的断崖。

“谁说没戏啦，有啊，这里不光我一个未婚的啊！”连长的脸上写满了神秘。

“不会是小徐吧？”我兴奋地大叫。

站在连长身旁的小徐斜着眼睛望着我，说了一句：“小心我家属来找你，她就在这附近的镇上上班。”

“哈哈，我哪里知道你结过婚啊，你又没说。”我打趣他。不知道他追女朋友的时候，是一副什么样的脾气？目光里也有柔情蜜意吗，我一点也想像不出来。

“金导，你还不知道吧，小徐原来可是北京军区侦查专业的，还当过优秀指导员。”连长立即补充道。

“他吗？优秀指导员？就那副冷傲的样子，战士们不全都吓跑了？”我有点怀疑地说。

“那为什么会来到这里？”我继续问。

“那得问小徐了。”连长转头望着小徐。

不知道为什么，小徐突然有点难过的样子，把脸背了过去，向断崖那边走去，望着他的背影，感觉他好像有很多伤心的回忆，从北京到遥远的戈壁，一定是他人生里一次重要的选择，至于为什么，以后有机会再问他吧。

“对啦，你说的未婚的到底是指谁啊？”我开始催促连长。

连长拉着我往哨所里面走，刚才我还在想，这个哨楼外面没有楼梯，他们是怎么上去的，可一进去就全都明白了，原来楼梯安在了里面，连长带着我向上爬，不过每个台阶都陡极了，我在爬这一阶的时候，下几个台阶已经快和我平行了，多亏楼梯在里面，如果裸露在外面，我根本就不敢爬，这简直又是一次体力的测试，我那只漏风的鞋子，此刻有暖风丝丝灌进来，感觉突然间变成了蛮奇特的一只鞋，不知道它还能坚持多久？我在心里默默数了一下，在我艰难地爬上最后一个台阶的时候，正好是626，这个数字倒很吉祥，我看到一个戴中尉军衔的年轻人向我问好：

“金导，你好！”他一脸略微羞涩的笑容，目光里充满着暖意。

“这是副连长，韩家茵。”连长介绍给我。

“哦，你好，你看上去比他年轻。”我调侃地瞅着连长。

“本来也是，他27，比我小一岁，本来今年也计划结婚的。”连长拍拍他的肩膀。

“哦，原来你是打算让副连长在哨所结婚？”我立即反应过来。

“对啊，你来报道我们，怎么可以让你失望，何况本来他也打算结婚，他家那位还真有来哨所结婚的愿望呢。”

“真的吗？”我的眼睛瞪得大大的，充满了喜悦，如果真是那样，既可以成全他们，也可以完成拍摄节目的心愿，真好啊，原来希望后的失望并不沉重，在失望之后必然还会升出新的希望。

那个下午，连长把我安排好就坐车回连队了，副连长韩家茵一直给我介绍他的情况，我们就坐在断崖的地方，有点苍凉，但却很适合听故事。

原来他和未婚妻已经交往了三年，他们是在一次战友聚会上认识的，那时他的未婚妻是他战友女朋友的同学，她们正好同住一个寝室，因为哨所上面常常没有信号，战友和女朋友只能靠鸿雁传书，而这种古老的通讯方式，恰恰成为了90后年轻人恋爱的手段，听起来是不是有一点不可思议？信件每一周寄出去一封，就像把思念寄到了远方，每次收到来自边防哨所的回信，也是那个女孩最幸福的时候，她常会在黄昏时候披上一件衣服，去看天边的云朵，搜寻着男朋友在信里为她描述的样子，在这样的浪漫的爱情下，副连长的未婚妻就这样被打动了，她第一次在照片上看到韩家茵，就有点心动了，只因为他生有一双静如清水的目光。

“那是一张和战友的合影，正好被她看见，一下子就喜欢我了。”副连长韩家茵讲起这段时，脸有些红了，有点羞涩地笑了，就像目光那么纯净。

“她现在还在读书吗？”我问他。

“嗯，在读研三，马上毕业。”说完，他低下头把手机拿出来，屏幕的桌面就是她的相片，他连忙拿给我看。

“长得和你一样清秀。定了吗？”我问他。

“还没有，前几天吵架了。”他脸上的笑容忽然不见了。

“为什么？这么远，哪里还有什么工夫吵架呢？”我问。

“她想毕业去北京找工作，我们再结婚，可是那样的话，就没法回老家照顾父母了。”他认真地说。

“你的意思希望她能回老家，找一份工作，结婚后照顾你的父母？”我猜测着。

他没有回答，沉默着。

“每个人都有自己对生活的计划，她的未来，她的确有理由自己做主。”我对他说出自己的想法。

“可是我父母年纪大了，我在边防，没有人照顾，我必须把他们二老安顿好。”他强调他的理由。

“可是这并不矛盾，她在北京，也一样可以常回去看他们。”我答他。

“不一样的，就比如你在北京，你会经常有时间回老家看父母吗？”他语气有些激动，试图想要说服我。

不过，仔细想一想，我确实没有那么多时间回老家，只有逢年过节的时候，才急匆匆地往家里赶，住不了几天，又急匆匆地买票回北京。可是，我仍不希望他能说服我，因为一个女孩的梦想同样重要，既然都要做出牺牲，为什么偏偏是她呢，他就不能早点转业回家吗？

“那你就不能早点回家吗？”我问道。

“先不说转业的名额有限，我自己也舍不得离开这个地方。”他有些感慨，目光里充满着忧愁。

不远处，我看到小徐在拿着相机拍照，他的镜头依然对着蓝天，依然拍得是云，他又在想念他心中的白桦林吧，这让我想起了一个轻松的话题。

“你认识小徐吗？”我问。

“他来过几次，一个很有才华的年轻人，本来在北京的部队可以好好地发展，却愿意回到这里。”从语气里听得出，他很欣赏小徐。

“他为什么回来？”我的目光投向远处的小徐。

“因为他的父亲身体不好，患了癌症，他就调回这里了，可是刚回来没多久，他父亲就去世了，他有点内疚，作为儿子，没能好好地陪伴在他最后的时刻。”他眼圈有些微微地红了。

原来小徐总是一副孤单落寞的样子，是因为他重新回到这片土地上，却再也找不见父亲的身影，他的心一直都在伤痛中，那一刻里，我有些理解小徐的冷漠了。

随着我们身后的天空一点点变暗，傍晚悄悄来临了，流连在哨所旁的两只军犬，乖乖地跑到了副连长的脚下，它们疲倦地趴下来，静静地望着我们两个，其中的一条，还特意靠近我，使劲地用脸磨蹭着我的裤腿，显得十分亲密。

“它这么喜欢我啊？”我问。

“这里平时人来得少，它们和我们一样，只见到茫茫的一片戈壁，也很寂寞。”他用手轻轻地抚摸着那条黑色的军犬，我也抬起手抚摸那条卧在我身边的犬，夹杂着一种深深地慰问和同情。

小徐把相机对准我们，拍下了一张照片，那天傍晚的天空呈现出一种紫色的光影，如此梦幻而浪漫，就像爱情里那悠长的思念。

我和小徐留在了哨所上和副连长他们一起吃晚饭，可能早知道我要来，饭桌上，我看到了市场上买来的凉拌菜和熟食，有些丰盛。

“是谁去买的啊？这里距离最近的镇也要三十几公里。”我问道。

“是连长一大早让我去趟苏宏图火车站，特意让他们用班车捎来的，他怕你吃不惯这里的菜。”哨兵弟弟捧着碗笑着看着我。

小徐默默地吃饭，没有一句话，他此刻又在思念他的父亲吧？我也不再说话，心里想着副连长和他的未婚妻，不知道他们这一对有没有希望把婚事定下来？

“金姐，你见过流星吗？”哨兵弟弟认真地问我。

“城市里看不见星星，更别说流星了。”我一脸苦笑。

“一会儿，让副连长带你去哨楼上看，那里的流星很多，我们经常会在那里许愿的。”哨兵弟弟看上去一脸兴奋的样子。

“真的啊，我都好久没见过星星了，一会儿，我们一起去看吧。”我对身旁的小徐说，他用微笑回应我。

当我的脚迈出哨楼的门，仿佛踏入了无边的夜色，只有星星在头顶安静地闪着光，这里好像准备了一个天然的舞台，正静静等待着一场演出的开始，远处有歌声从断崖那边传来。

遥远的海市蜃楼，
驼队就像移动的山，
神秘的梦幻在天边，
阿爸的声音若隐若现……

是小徐在唱歌，他抬头望着夜晚的星空，饱含着感情歌唱，一定是唱给他天堂的父亲，我坐在戈壁上，安静地听他歌里的心情，不单单只听他一个，还有那些和他一样，守卫在这片戈壁上每个边防军人的心声。

“夏天的时候，流星更多，每滑过一颗，我都会大喊她的名字，晚上我就拿出纸笔，给她写信，告诉她我的思念和这里的美丽。”副连长坐在我旁边，回忆着夏天的事。

“她真的有来哨所结婚的愿望吗？”我突然问。

“以前是有，因为我信里写的戈壁，让她觉得很美，我舍不得回去，她一定以为这里特别啊，好几次都说要来，却一再错过。”他有些失望。

“那你现在让她来结婚，她还会来吗？”

“我也不知道，她还不同意回老家。”看来这个问题解决不了，这个婚还是结不成，渐渐地，亮在天边的星星汇集成一条闪亮的星河，光彩夺目，多少个边关的夜晚，它成了驻守在这片戈壁的边防军人，用来寄托情感的河流，那漫长的思念飘过星河带给远方的恋人，多少个手握钢枪的夜晚，正是因为这片星河，他们才看到亮在心中那个闪亮的明天，即使不知道守边的日子何时是尽头？

月亮又升高的时候，小徐和我准备下山回连队了，离开的时候，副连长韩家茵说，他会尽快想办法和未婚妻联系，不想再拖延下去，无论是分是合，都不会太久，他不想耽搁一个女孩儿的青春，如果没什么希望，他就鼓励她拥抱那个闪耀着美丽梦想的大城市，他从此就了无牵挂了。

这一天度过的好累，坐在车里，我很快就睡着了，梦里又见到了那条星河，它虽然美丽璀璨，却又冰凉如水，如果河水像春天一样暖，思念就不会冻结，就会载着希望而来，副连长的未婚妻，也不会再犹豫，无论在哪里，只要两个人在一起，不就是最幸福的吗？

“到站了，快下车吧。”迷迷糊糊中，我听见小徐在喊我，怎么这么快。

“回去再好好睡吧。”小徐关切地说，我被他扶下车，走进了连队，看到连长在那里等我，目光里透着期待。

“下午聊得怎么样？”他开口就问。

“还好，他准备和她再联系一下，还得再等等吧。”我有些疲惫。

“让她先回去睡吧。”小徐给连长使了一个眼色，连长忙着点头：“累一天了，早点睡吧。”

他吩咐公务员给我打一壶热水送到房间，让我好好地泡泡脚，我才想起鞋子坏了的事，真的不知道接下来的该怎么走。

那一夜，我睡得很沉，没有再听见戈壁上动物的叫声，也没有听见刮在戈壁夜里的风声，我梦到了许多人，有连长，小徐，副连长，还有戈壁上那两条相伴在一起的军犬，差点忘记了，还有小徐和我说起的那片白桦林，我穿梭走在里面，看到飞雪挂在树上，美丽极了，最为奇妙的是，那些树都生长在戈壁滩上，从此这里不会再有寂寞了。

“咚咚咚”一阵敲门声，把我从睡梦中惊醒，我朦朦胧胧地睁开眼睛，看到窗外是已经是一片温柔的橘黄色。

“金导，睡够了没有啊，已经快中午了。”门外是连长的声音，怎么不是小徐呢，我披上衣服给他开门。

“好消息，副连长的未婚妻同意来哨所结婚了，婚礼就定后天啦，新娘子下午到。”连长喜出望外，就像他的未婚妻要来一样。

“哇，太好啦！这么快啊。”我简直不敢相信。

“昨天晚上打通了电话，连夜定了车票，要倒两次车，今天下午就到了。”连长的眼窝里，好像盛满了泪水，他强忍着不让它落下来。

“哇，时间刚刚好，我们的摄制组也正好晚上赶到。”我紧握着连长的手，高兴得像个孩子一样快要跳起来。

“你睡了好久，起来吃点东西，我让炊事班给你熬了点粥。”连长说话的样子，还真有点像我的哥哥。

“对了，小徐呢？怎么没看见他？”我向走廊里东张西望搜寻着他的身影。

“他一大早去苏宏图火车站了，这会儿还没回来。”连长看了看手表。

“去接新娘子吗？”我问。

“好像其他的事儿，你吃完东西，咱们把婚礼的事儿商量一下。”说完连长把门轻轻带上，门缝里还能看见他的笑。

小徐去火车站做什么呢？不过多亏他不在，不然一定又取笑我会睡这么久的懒觉，我担心他一会儿回来又会检查内务，就赶紧像他之前教我的那样，把被子好好地整理了一番，等待着他回来给我打分，虽然没有他叠得好，不过不管怎么说，及格一定是没有问题的。

看着那床方方正正的被子，真有点得意，我正想用手机拍照作为纪念，这时候电话响了，来电显示是内蒙古阿拉善的号码，我立即接起来。

“喂，你好，是哪位？”

“你穿多大尺码的鞋子？”是小徐。

“哦，怎么是你，我——我应该穿38码，你在哪里？”我吞吐着问。

“我托哥们去镇上给你买双鞋，走的时候，你还没起床。”通过电话那端能听见风的声音，原来他去火车站是给我买鞋子，我有些感动。

“哦，谢谢，你怎么知道我鞋子坏了？”我问他。

“你忘了我是搞什么专业的，先不说了，挂了。”他倒干脆。

对啊，他是侦查专业的优秀指导员，细心又勇敢，怎么被我忽略了呢？小徐是不是早就知道副连长未婚妻要来哨所结婚的事儿，他应该比我还高兴吧，想到这里，没顾得上吃饭，我就立即拿起电脑直奔会议室了，那里安静又温暖，可以好好地把婚礼的事儿想一想，算算时间，新娘子再有几个小时就到了，我有些期待，又有点紧张，这场令我们每个人终生难忘的哨所婚礼，我到底该如何记录呢？

窗外又飘雪了，雪花飘下来的速度很慢，让你能看清楚每一朵的姿态，它们洁白婀娜的身姿，飘飘洒洒，晶莹剔透，就像童话书上的封面那么纯美，更像爱人正喃喃地和我说话，我再也坐不住了，抓起外套就往连队的院子里跑，那里一个人也没有，只有飞舞的雪花、苍凉的戈壁和一个我，这一刻，我才觉得世界真的属于我，我轻轻地扬起脸庞，等着雪花一片片落在脸上，冰冰凉凉的，就像爱人的轻吻，我开心地跑在雪地里，伸开双臂，闭上眼睛，张开嘴巴，等待雪花飘进去，一片又一片，好可口的雪，冰爽而甘甜，原来和自然的亲近，是这么地美妙，我拥抱着雪，雪沐浴着我，我和它已经同为一体，不分彼此，或许世界上只有这个地方的雪，才会下得这么美这么温暖。

很快，我就变成了一个雪孩子，不同的是，即使春天来了，我也不会化，还会笑着和人问候。当我睁开眼睛的时候，忽然看见连队的窗子上，已经挤满了很多脑袋，是战士们正在看我，他们每张脸上都笑开了花，一定是在笑我刚才在雪中的样子，我有点害羞地低下头快步地跑回房间，真有些不好意思啊，其实，连队的营院里没有人，不代表屋子里没有人啊，刚才在雪中怎么能那么忘我呢。

我一个人躲到会议室里，隔着窗子依然看雪，忽然觉得在这场婚礼到来前，天空飘来的这场瑞雪，一定是老天送给边防军人婚礼的深情礼物。

“报告！”一定是公务员。

“请进！”

“连长说新娘子接来了，马上进连队，让我通知你一声。”公务员一脸笑嘻嘻的。

“哦，这么快，知道啦。”我开心地说。

我快步地朝连队的门口跑去，正好看到她下车，有点黑的皮肤上，绽放着百合花般的笑容，她穿一件白色的毛衣，黑色的牛仔裤，高高地扎起一个马尾，脖颈上还系着一条点点状的丝巾，依然是一个女大学生的打扮。

“这是中央台的金导，这是副连长的未婚妻李淼。”连长手里帮她提着行李，在一旁热情地介绍着。

“你好！”我伸出手微笑着。

“你好，金导，早听说你了，真年轻！”她笑着夸我。

“哪里有，和你相比，我都老了，快进来吧，外边冷。”我拉着她，像一个主人一样把她请进连队里。

连长早就腾出了一间值班室，打算给副连长做婚房，就把李淼先安排到那儿去休息，副连长韩家茵此刻还在哨所上带班，没有下来，我让她先安顿一下，再和她好好地聊聊。

我刚一进房间，就听到敲门声了，我想这女孩收拾地真够快的。

“来了，怎么这么快？”我拉开门笑着问。

“在等谁啊？”小徐正手捧着一个鞋盒站在门口。

“哦，你回来了，辛苦啦。”我请他进来坐。

“这还是除了家人外，我第一次送鞋子给别人，快试试。”他边说边把鞋盒打开。

我当着小徐的面，把鞋子脱下来，换上了他送的新鞋子。

“真的很合脚，也很好看。”是一双蓝色的运动鞋，很轻便，我穿上它在房间里走起来。

“怎么谢你呢？”我问。

他浅浅地笑，接着说：“来戈壁出差，怎么能穿你那样的鞋子呢，下次记住了，要穿运动鞋。”

“真好看，我都舍不得穿了。”我故意逗他。

“不穿我才不高兴呢！”他边说边向门外走。

“对啦，新娘子来了，想不想见见？”我问他。

“真的？在哪里？”他兴致也很高。

“在会议室隔壁，你去看看吧。”他笑着点头出去了。

小徐在我眼里，有时候沉稳得像一个中年男人，有时又活泼得像个孩子，什么都好奇，不过，对男人来讲，是不是都喜欢见到漂亮的女人？即使他们不能拥有那么多的女朋友，但他们的眼睛却是不能贫穷的，永远是越富有越好。

晚上的时候，一个婚礼策划会在会议室热烈地展开了，连长像一个兄长一样，认真地拿着笔，一项项地记录着，包括车什么时候出发，几台车，音响麦克，婚房装饰，以及“神仙山”上那块大石头如何装扮，婚礼现场的程序等等，每说到一个，他就拿起手边的电话赶紧落实，好像比他自己结婚还高兴，这场不到24小时准备的婚礼，到底会是什么样子，我们每个人心里都没有谱，但却相信绝对精彩难忘，不仅仅对副连长韩家茵和李淼，对我们每个人都将是一次情感的洗礼，就像小时候盼望过年一样，那会儿的心情，除了甜蜜之外还是甜蜜。

“一会儿，等摄制组来了，我们先采访，可是婚礼主持词怎么办？”我问坐在身边的小徐。

“这个嘛，你可以求求我。”他顽皮地说。

“好吧，求你一次，我隆重宣布你为我的副导演！”我讨好地说。

“明早八点之前给你。”他看上去很有把握。

我有点不信，不过为了鼓励他，只好高兴地点头，嘴上还继续夸着：“我看好你！”

其实，我的要求和底线一点也不高，他只要帮我拉个大概程序就行，因为我想追求婚礼现场的真实效果，不想有一点导演的痕迹。

摄制组的兄弟们，得知在哨所拍摄婚礼，也高兴地不得了，本来可以明天一大早赶过来，却还是决定赶夜路来连队，戈壁上开夜车非常危险，尤其是刚下过雪，车辆很容易抛锚，有些行车的地方还没有信号，一旦出现了什么情况，就只能坐等别人发现，想一想都有些怕，不过为了记录这场感人的边防婚礼，摄制组的同伴们还是决定冒一次险，我们想在婚礼前夜拍摄新娘和新郎的采访，过了这个时间，他们的心情一定是不同了。

“到哪里了？”我打去电话询问。

“放心吧，部队里专门派了一个经验丰富的老司机。”同行的主编在电话那头说。

“一定注意安全啊，半个小时不到的话，这边就去接应了。”

“没问题，不用那么高调哈，待会儿见。”他笑着说。

挂上电话，李淼来会议室找我，好像有什么事情。

“金姐，明天可以帮我化妆吗？”她声音柔柔的，脸上挂着笑。

“她肯定行啊，多面手哈！”小徐在身后走过来，望着我们俩。

“哈哈，当然没问题，很乐意！”我拥抱了一下李淼。

“你帮我看看这两幅耳环，哪个好看？”她从化妆包里拿出两对装饰的耳环，一个是星星形状的，另一个的形状像一片枫叶。

“这个还得男人看，小徐，你说呢？”我拿起耳环在李淼的耳朵上比划着。

“还是星星的吧，雅致一点。”他托着腮，认真地看着李淼。

“恩，我和副导演意见一致。”我笑笑。

李淼笑眯眯地把星星耳钉看了又看，就又收好了。

“对啦，明天你穿什么啊？”我问她。

“来的时候太匆忙，没有带什么衣服，就这件白毛衣吧。”她征求我的意见。

如果是白色的婚纱，我一定举双手同意，那象征着纯洁的爱情，可是白色的毛衣，总感觉有点不喜气，不太像在喜庆的场合穿的，我稍微有些犹豫。

“还有什么颜色的衣服？”我期待能有其他的选择。

“还有——一件黑色的毛衣。”她的语气有些迟疑，仿佛猜到了我的感觉。

怎么除了白的，就是黑的，一个年纪轻轻的姑娘，怎么就没有一些带颜色的衣服，哪怕紫色也好啊，何况这是千里迢迢来边防结婚的，怎么连穿什么都没想好，我在心里有点怨她想得不够周全。

“黑色就算了吧。”我有点失望地说。

“别急，我结婚的时候，我媳妇做了两身婚纱，一件红的，一件粉的，用她的吧。”小徐边说边拿起电话。

“那也来不及，即使班车再快，也要等到第二天早上了。”我提醒他。

“恩，有些来不及。”小徐挂上电话，眉头紧锁。

衣服的事情，只能再想其他办法，如果能到附近的牧民家里借几件鲜艳的衣服，问题不就解决了吗，我在心里盘算着。

“对了，这附近的牧民家里，有没有年轻的女孩啊？”我问小徐。

“有很多适龄的女子，鲜艳衣服也不成问题，不过，这附近离最近的牧民家里，也有几十公里，明天早晨怎么也来不及。”小徐拉出一把椅子，唉声叹气地坐了上去。

“让连长联系一下，问一问嘛。”我仍不想放弃。

“好吧，我再试试。”小徐起身去找连长。

李淼看上去，有些不好意思，她站在那里不说话，只是静静地等待着，我不想因为衣服的事，影响她出嫁的心情，就故意找出一个轻松的话题。

“对啦，还没和我说，你是学生，是怎么把假请下来的？”我拉出一把椅子，让她坐下来。

“给导师打电话，开始还有些紧张，因为他平时太严厉了，我是闭着眼睛把想要结婚的话，一股脑都说完了，就在电话那端等他的决定。”李淼做出一个打电话的手势，眼睛里绽放着光彩，情绪完全沉浸其中，把当时请假的一幕表述地十分生动。

“然后呢？”

“他只说了两个字，你猜是什么？”李淼从椅子上站起来，俏皮地问我，显得十分可爱。

“哪两个字？”

“恭喜啊！”她做了一个恭喜的动作，露出洁白的牙齿，笑盈盈的。

“哈哈，真好的导师！”我和她一起哈哈笑，像大学同寝的同学。

看到她那么开心，我突然觉得明天穿什么衣服，已经不那么重要了，重要的是两个人千里迢迢走到了一起，在祖国北疆的哨所上，在界碑前见证彼此的爱情，还有什么比这个更有意义呢？白色也好，黑色也罢，穿在新娘子的身上，都是结婚最好的礼服。

“对啦，你去梳洗一下吧，一会儿做一个采访。”我说。

“嗯，好的，我这就去准备。”她轻盈地转身出门了。

今夜的采访，我准备好好地和她聊聊，究竟是什么样的力量，才让她下如此大的决心，来这片荒凉戈壁结婚的？关于留在北京和回老家的这个问题，她又是怎样选择的，现实和理想之间的差距，真的能在爱情面前毫无阻力的跨越吗？挂在窗前的那一轮边关月，在今天之后的许多夜晚里，或许都将成为李淼遥寄思念的寄托了。

走廊里幽幽地传来吉他的弹奏声，是筷子兄弟的那首《老男孩》：

> 那是我日夜思念深深爱着的人，
> 到底我该如何表达，
> 她会接受我吗？
> 也许永远都不会跟他说出那句话，
> 注定我要浪迹天涯，
> 怎么能有牵挂……

我循着歌声找到了演奏者，出乎我的意料，竟然是小徐，他怀抱着吉他正动情地唱着：

> 青春如同奔流的江河，
> 一去不回来不及道别，
> 只剩下麻木的我，
> 没有了当年的热血。

我倚在门口认真地听，他正低头拨动琴弦，投入地唱，好像没有看见我，音符在他指尖缓缓地流淌，就像他藏在心里的许多话，想要通过音乐表达出来，眉宇之间，流露出一丝丝伤感，他抬头看到我了，迎着我的目光从容而淡然，像似发出一份邀请，让我去听他歌里的故事，我不知道该如何回应他，只是安静地站在那儿，让思绪跟随着他的歌声，那一刻里，仿佛与他靠得很近，像一位认识很久的朋友，在他身后有两名年轻的战士，也手捧着吉他，看得入神，仿佛小徐是他们的音乐老师，眼神里有一丝崇拜。

一曲完毕，他轻松地放下吉他，抬头对我笑笑。

“哇，弹得真好，真看不出。”我认真地夸他。

“小时候，我爸让我学的，他是我音乐的启蒙老师。”小徐有些怅然。

“你刚才在想爸爸吗？”我问他。

“想，又如何呢？”他把吉他递给身旁的一名小战士，走到了窗户边。

我有点后悔那么问了，真不该又惹他伤心，我突然想起有什么要问的了。

“你们两个也可以弹得这么好吗”我问旁边刚在看他弹琴的班长。

“像徐干事的功力，怎么也得弹上10年。”其中的一名班长回答我。

这首歌的旋律和歌词都很好，仿佛是在寻找一段青春的记忆，守卫在这片戈壁上的人，把青春献给了边防，当年那个意气风发的自己，正渐渐地离他们远去，他们从一个青涩的男生，慢慢变成老男孩，但心中却始终追忆着最年轻的自己，和那时的梦想，这首歌如果他们一起唱给婚礼该有多好。

“你们俩就给新郎当伴郎吧，就唱这首《老男孩》。”我向他们提议。

“太好了，就这么定啦！”小徐转过身来一脸开心的样子。

“只怕曲子记不下来。”班长有点为难。

“怕什么，有我在，放心。”小徐给他们打气。

两位班长二话不说，立即拿起吉他，开始一遍遍地弹，仿佛有一种青春的力量正在推动着他们一样，小徐拉过去一把椅子，又把吉他挂在身上，轻轻地坐下去，深情地弹奏着那首歌和他年少时的梦想，歌声里，他仿佛又找回了曾经的自己。

摄制组直到深夜才赶到，兄弟们顾不上休息，立刻架设灯光，主摄像金梁选定了通红的喜字为背景，看上去红通通，喜洋洋的，他问我新娘穿什么衣服？下午困扰我的那个难题又重新回来了。

“白毛衣。”我故意轻松地说。

“穿喜庆点吧，结婚嘛。”他边调整灯光，边和我说。

“好，我告诉她一声。”我转头出去找小徐，不知道他问的牧民家里有消息没有？

走廊里，《老男孩》还在一遍遍回荡着，他们三个人的和音真是美妙极了，就像一个小合唱团，悠悠地诉说着年轻的故事，走到门口了，还不忍心打断他们。

“进来啊。”小徐和我打招呼。

“衣服的事儿，有消息吗”我问。

“忘了告诉你了，这附近最近的那户牧民家，女儿太小，只有三岁，她妈妈回镇上娘家了。”小徐摊开双手，一脸无奈。

就在那一瞬间，我看到他目不转睛地盯着我看，目光里仿佛酝酿出了新的主意。

“看什么？”我没有一点心情。

“你不觉得你可以就地取材吗？”他问。

“取什么材，难道把窗帘拉下来，给新娘做一件新衣裳？”亏他想得出这么蠢的主意，我在心里想。

“你这件围脖——”他有些吞吐地说。

“围脖，怎么啦？”我低下头看。

忽然才发现，我正披着一件羊绒的大红披肩，当然也可以当围脖戴，配上我那件黑色的裙装，显得既优雅又活泼，这还是出差前，妈妈担心内蒙的天气冷，特意去商店买给我的，我只戴过这一次，小徐的意思是在提醒我，把这件红色的披肩借给李淼戴。

“哦，我怎么没想到啊。”这真是一个好主意。

“不愧是我的副导演啊。”我满脸堆笑，有意夸他，他站在那里照单全收。

“其实，我早就想到了，怕你舍不得，就没提。”他扬起眉毛和我说。

“那你不还是提了？”我说。

“现在不舍得也来得及。”他明显故意地说。

“哪有你那么小气，就作为新婚礼物送给她了。”我大方地表示。

小徐没说话，冲我做出一个好的手势，又扮出了一个鬼脸，一点也不像他平时的样子。

当我把披肩送给李淼时，她竟感动地快哭了，一个劲儿地说：

“婚礼一完，就还给你。太谢谢了。”她用手拭泪，那么感动。

“来，你先别哭了，坐下来试试光。”摄像金梁笑着看她。

她真的很上镜，初见她时，只觉得笑容纯洁地像百合花，但长相却很普通，但是化过妆后，披上那件红色的披肩，一下子显得那么神采飞扬，自然散发出青春少女的清新之美，想起一句诗满适合她：“欲把西湖比西子，浓妆淡抹总相宜。”尤其楚楚动人的一双眼睛，像她曾经形容副连长韩家茵一样，静如清水。

“真是太美了！”摄像金梁在一旁赞叹。

采访整整两个小时，和平时说话不同，她在镜头前很会表达，能专挑那些能说到人心坎儿里的话，而且还能引申到一个很高的境界，自然、清晰、感人，是比较难遇的理想的采访对象。

“评价一下你的未婚夫韩家茵吧？”我很想知道，她心中的爱人是什么样的？

“他不太会表达，但从他做得每一件事里，我能够感受到他对我的爱。”

“比如呢？”我问。

“他今天去车站接我，特意拿了件他的大衣，我一下车就给我披上了。”她一脸幸福。

“那他怎么不会表达呢？”

“他不太会说那些甜蜜的话。”她回忆着，眉头微微地皱了一下。

“你来边防结婚，父母同意吗？”我问。

“只要我喜欢，他们都会同意。”她充满着信心地回答我。

最后一个问题，我问她如何看待去北京和回老家这个问题，出乎我的意料，她没有想一会儿就直接回答了我。

“决定了，回老家。”她没有一丝犹豫。

“为什么？”我有些不解，这不是冲动吧。

“因为我爱他，不想失去他。”她眼睛里泛着盈盈的泪光，她一定仔细思考过了。

她用手轻轻地擦眼泪，嘴角还挂着笑，仿佛是自己亲手把自己身上那副梦想的翅膀折断了，她似乎已经决定永远不再飞翔，只是安静地留在地面，目送着爱人远行，仍旧无怨无悔。

摄像金梁被感动了，采访已经结束了，他还没有关机，一直坐在那里擦眼泪。

“为什么，我就找不到如此爱我的人？”金梁有些伤感地说。

“那是你没有遇到。”李淼笑着答他。

“如果遇到了，什么都不是问题，只想和他在一起。”她感触地说。

我坐在一旁像一个听众，不知道李淼的选择到底对不对？她以后真的能面对那么多寂寞的日子吗，在许多个月光如水的夜晚，只能用心中无尽的想念，安慰自己仍爱着远在边防的那个人，可是日子一天天地过，想念也总有一天会耗尽吧，我不敢继续想下去，只想深深地祝福他们，或许，爱情的伟大之处，就在于只要爱上了，就会心甘情愿地等待，哪怕它有多么漫长。

轮到副连长韩家茵采访了，他已经等待好久了，这会儿的时间快凌晨了，但他目光里依旧透着被爱情浸润的甜蜜，没有一丝倦意。

“听说你是一个不大会懂得表达爱意的人？”我直截了当。

“有一点，我这个人，就是嘴比较笨。”他对自己的缺点倒认识深刻。

“明天就是你们的大喜日子了，通过镜头能不能和她说点甜蜜的话？”我提议道。

“这个——”他有点害羞，脸很快红了，然后低下头酝酿了半天。

我等了一会儿了，见他还没有动静，有些着急。

“哪有那么难啊？”我觉得不可思议。

“就把镜头当成李淼，现在就对她说，就像她看到你一样。”我催促他。

“对啊，男人嘛。”摄像金梁也显得着急，他拿出一根烟，低头点燃，然后等待他说什么。

只是几分钟的工夫，副连长韩家茵就出了好多汗，额头上的汗珠在镜头里闪闪发亮，我把纸巾递给他。

“别着急，慢慢想。”我知道催他也是无用的。

“能不能不说？”他抬头问。

“好吧，你们的婚礼在边防举行，没有亲友参加，我猜他父母一定很想知道，你是如何对他们女儿好的，不然的话，就借这个机会，和你的岳父岳母表一表决心？”我换了一个问题。

“给我一支笔吧，我写出来，再念给他们听。”他要求着。

“好吧。”我递给他纸笔。

他凝神思考了好一会儿，才写好两句话：“请二老放心，我会照顾好李淼的。”如此简单。

这是我遇见的最不善于表达的采访对象，采访并不如预想的好，我有些失落，没有拍到我想要的东西，摄像金梁也和我一样，低着脑袋在整理灯架。

“失望了？”我问他。

“我真不明白，一句‘我爱你’那么难吗？”他不解地问我。

我坐在副连长坐的椅子上，安静地发着呆，我也不太理解，他为什么这么不善于表达，爱一个人怎么就不能大声说出来，这一点上，他远没有李淼勇敢。

房间里刚刚还被灯光烤得很热，采访一结束，突然感觉冷冷的，而那一刻里，心情似乎比身体要更冷一些，因为我不知道，自己到底是不是做了一件对的事情？如果我不来“神仙山”哨所拍摄，副连长韩家茵的婚期或许还没有计划之中，或者李淼也根本不会来，她正在写她的毕业论文，对于未来还有很多新的打算，婚姻对她来讲可能还有些遥远，不过，在听到中央台要来哨所拍摄他们的婚礼时，她却很有可能因此而动心了，在一个传媒至上的年代里，电视会改变很多人的命运，在她的心灵深处，是否真的觉得嫁给边防军人，是多么光荣的一件事，是为了“小家不圆万家圆”？她会把自己想像成一个高尚的新军嫂，走进边防是为了证明军人的爱情有多么伟大，正是这种念头最终让她战胜了心中曾经坚固的梦想？

我多么希望这些猜测统统都不算数，因为当灯光熄灭，一切又将回到真实的生活里，李淼仍要独自面对那么多实际的问题，没有谁能够代替她，我们的拍摄，对她来讲究竟是好事还是坏事呢？

“金导，别想了。早点休息。”金梁已经站在门口等我好久了。

“你先去吧，我再待会儿。”我和他挥手，看着他转身离开。

望着采访背景布上那块大大的喜字，仿佛一切都像一场梦，明天那一场期待已久的边防婚礼，对于我们每个人来讲，又将意味着什么？我突然想起，昨天在“神仙山”哨所和副连长沟通情况时，小徐当时和他说过的一句话：

“边防是苦，是寂寞，但不至于不给干部回家结婚的时间？”

当时副连长回答什么，我不记得了，只记得我应了一句：“他当然可以回家，可是几次都没回去，就是不想再拖了啊。”我在旁边帮衬着副连长。

如今想一想，小徐说的话不是没有道理，部队从来没有不给干部休婚假啊，副连长今年婚期错过了，还有明年，甚至后年，只要他想结婚，是不是随时都可以呢？我越想越糊涂，突然间觉得自己做了一件很荒唐的事儿，一旦把这场婚礼报道出去，会不会真有什么角度问题，本来是一件好事，怎么发展的趋势不像想像中那么乐观呢？

正在我思绪纷乱的时候，手机响了，屏幕上显示一条新短消息，我拿起来看，是小徐发来的，上面写着：阿拉善婚誓——

蓝天白云为媒，
黑山黄沙为证。
天崩地裂不放手，
海枯石烂心不变，
天可鉴，地可鉴！

他已经为明天的婚礼仪式，想好了誓词，我看了一下时间，已经是凌晨了，他还在帮我想许多婚礼的细节，字里行间无不透着，他对这场婚礼热衷的态度，我认真读着那几句誓词，仿佛能够看见他凝神思考时，目光里面寄托的深情，仿佛这不仅仅是写给韩家茵和李淼的结婚誓词，而是写给阿拉善这片戈壁上的爱情承诺。

或许，还是我错了，如果不是因为爱一个人，又怎么能千里迢迢，不要婚纱，不要戒指，不要礼服，不要亲友的祝福，一个人风尘仆仆地赶来，高兴地都忘记带一件喜庆的衣服？如果不是因为爱一个人，又怎么能够那么轻易地放弃自己美丽的梦想，甘愿回到那个贫穷的小县城照顾公婆？如果不是因为爱一个人，又怎么能够大声在镜头前表达自己内心的情感，比男人还勇敢地说出那句“我爱你”？

原来，一直困惑我的问题，最终被一个字破解了，那就是爱，它真的不需要任何理由，只因为那简单的三个字：我爱你。

我睡下的时候，隐约地还能听见从会议室里传来《老男孩》的歌声，不过我已经听不出，那吉他是小徐弹的，还是那两位班长合奏的，感觉那么流畅自然，像边关的月光一样，倾泻在戈壁的夜色中，听着听着，不知道什么时候睡着的，只是感觉刚闭上眼睛，天就亮了，这一夜，不知道李淼睡得好不好？

我拉开窗帘，看到戈壁上的天空呈现一片暗红的色彩，这预示着今天一定会风和日丽，真的要感谢老天爷，在风沙肆虐的戈壁，特意为这对有情人绽放如此美丽的天空，有一天，他们在一起回忆这场边防婚礼时，仍感觉那么美。

“咚咚”门外响起两声清脆的敲门声。

一定是李淼，我和她约好了6点钟化妆，打开门见到小徐站在门口。

“怎么这么早？”我问。

“写好了，这个给你。”

他递给我两张纸，上面用钢笔写好了一篇：《神仙山哨所主婚词》，字体工整流畅，就像他弹奏出的音乐。

“哇，说话真算数，还不到八点就交卷了，不愧是我的副导演！”我笑着夸他。

“你先看看吧，我去洗漱了。”他转身离开。

小徐好像没有睡好，眼睛里布满了血丝，一定是熬夜熬出来的，他做到了他力所能及范围内最好的一切，在我的眼里，他不再是那个有点冷傲牛气的干事，而是最认真最有才情的干事，当然也是最信守承诺的。

不一会儿，李淼来了，随手拎一个黑色的化妆小包。

“金姐，我也带来一些，看看有能用的吗？”她安静地坐在椅子上，等我给她化妆。

“好啊，我看看。”我兴奋地打开化妆包的拉链。

里面有一个小化妆盒，有几小块水粉眼影，不过干得都已经有点脱色了，颜色好像又过于夸张，绿的，紫的，黑的，冷冷的色调，没有一点温暖的光晕，一只略粗的眉笔，化在手上，就像蜡笔一样黑，如果化在眼眉上，一定会显得太粗了，唇彩虽是粉色的，但却剩下的不多了，只有浅浅的一层底了。

“用我的吧。”我拿出自己的，出差在外，只带了简单的几样，不过应该还好用。

我仔细地给李淼洁面，拍护肤水，涂眼霜、乳液、面霜，每一个步骤，都小心仔细，尽量做得细腻一些，和我平时化妆相比，步骤真是太复杂了。我发现自己就像雕琢一件手工艺品，轻轻地、慢慢地、细细地，因为这是李淼一生中最重要的日子，虽然没有婚纱和戒指，没有伴娘团的甜蜜围绕，没有父母亲友的陪伴，但仍可以做戈壁上最漂亮的新娘，我的手仿佛也被瞬间施了魔法，突然变得格外灵巧，每一个步骤都从柔和到达完美，李淼那张脸越来越生动了。

“姐姐，你真好。”李淼望着我感动地说。

“你昨晚睡得怎么样？”我认真地开始给她化眉毛。

“好像没有太睡着，总感觉像做梦似的，可能是我太高兴了吧。”

她用手捂着嘴巴，忍不住笑，身子轻轻一歪斜，一笔下去就画出了眉毛外，一条弯弯的柳叶细眉，转眼一下子变成了一张弓，俨然一副女大侠的模样。

“哈哈，看你的样子。”我也笑得快直不起腰。

她拿起镜子一照，开始使劲儿地拿手去涂抹，可是越涂越黑，只能把两条眉毛用水洗掉，重新再画，我提醒她不许再说话了，更不许笑了，不然的话，变成一个大侠模样的新娘，可真的没人敢娶啊，她听话地用点头回应我。

走廊里传来了那一首《老男孩》，像清晨的风扑面而来，看来一夜之后，伴郎团的节目已经成型了，我注意到李淼的表情，她显得有些激动，轻轻地抽了一下鼻子。

“他们唱得真好。”她抬起眼睛看我。

“嗯，准备了快一夜了。”我告诉她。

“我知道，为了我们，那么辛苦，即使自家兄弟也不会这样。”她感慨着说，眼圈有些红了。

“他们为你们高兴呀，所以辛苦也不怕。”我安慰她说。

“姐姐，我还是有些紧张。”李淼突然低下头，害得我正化的另一条眉毛险些又出刚才的状况。

“怎么了？”我停住笔，哈下身子认真地看她。

“这一切都是真的吗？”她忽然问我。

“当然是，今天是你出嫁的日子啊。”我笑着提醒她。

“哦。”她不再说话，眼泪流下来。

花了整整一个小时化得妆容，开始被泪水一点点浸透，像阳光融化冰雪，渐渐地露出了皮肤的底色，眼线也被泪水晕地一圈又一圈，那张美丽生动的脸彻底被眼泪侵袭，变成了一只彩色的小猫。

“不许哭啊，妆都花了。”我赶紧拿纸巾补救。

“是不是想爸爸妈妈了？”我问。

“我也不知道。”她像孩子一样抽泣着。

我不再说什么，只是轻轻地拍着她，她一定是觉得太孤单了，来到这片荒凉的戈壁，举目无亲，虽然是来找相爱的人结婚，可是在现如今这个年代，哪个女孩的婚礼会是这样呢？就像过家家一样，什么也没有。她内心一定是太委屈了吧，想到这里，我竟然也想和她一起哭。

“哎哎，做什么呢？”小徐站在门口看着我们。

“化妆呢呗。”我扬起脸，泪水在眼眶里。

“怎么了？”他走到我身旁，看一看李淼，又看一看我。

“哎呀，现在还不到感人的时刻，怎么就变这样了，婚车已经准备好了啊，绝对高科技，绝对撑场面。”他故意要缓解一下气氛，一副滑稽的样子。

“婚车是什么？”我好奇地问。

“现在不告诉你！”他故意卖弄官司。

“李淼，你猜呢？”我故意打断她的情绪。

“是什么，告诉我吧。”她一副天真的样子求着小徐。

“听好了，这里就是你的娘家，婚房已经布置好了，一会儿去看看，先化妆吧。”小徐笑着出门了，冲我挤了一下眼睛。

李淼的情绪，平复了一些，她显得有些歉意。

“对不起，姐姐，你还得重新帮我化啊。”她撒娇地说。

“好吧，记住了——”

“不许说话，不许哭。”她抢先答完，终于笑了。

刚才化的妆容就当演练了，重新再化一遍的时候，已经相当熟练了，我集中所有的精力，很快就浑然天成，比第一次化得还要细致而传神，眼睛流过眼泪之后，更显得水汪汪的，原来之前那一阵伤感，只为了给李淼的妆容增添一点效果啊。

“看，是不是更美啦？”我得意地把镜子给她。

“真好看，你化得太好啦。”她满意地朝我笑，又拿起镜子照了又照，仿佛发现了一个新的自己。

“可是，没有腮红和亮晶晶的水粉呀。”我有些遗憾。

“这样已经很好了。”她使劲地点头。

“不行，还不够完美。”我站起来搜寻着房间里，有什么东西可以当作化妆的材料。

可是，四周除了一张床，一个脸盆，一个暖水瓶外，就剩一张椅子了，要找寻和红色相关的物品，实在是没有了。我闭上眼睛仔细地想，突然，一个念头从脑海里冒出来，我三步两步跑到那间为新人准备的婚房门口，望着门上那个大大的喜字，我得意地冲它笑了。二话不说，我立即把手按在上面，来回地摩擦，很多金色的彩屑就留在我的手上了，我继续把第二只手放在上面，如法炮制，两只手立刻变得红彤彤，也闪亮亮的。

“金姐，你真聪明。”李淼看着镜子中闪亮的自己，开心地说。

“我宣布，你是戈壁上最美的新娘！”我兴奋地大叫，和她拥抱着。

外面，我听到走廊里开始变得嘈杂，战士们都穿着新洗过的军装，穿着打得铿亮的皮鞋，正三三两两交谈着，脸上挂着暖暖的喜悦，那气氛有点像接亲的前奏，我让李淼回到房间里静静地等候，我和摄制组准备先去“婆家”拍摄新郎了，然后再和他一起把她接到哨所上，婚礼仪式就在“神仙山”那块大石头旁举行。

上午十点钟的时候，摄制组一行爬到了“神仙山”哨楼，我看见“神仙山”那块大石头披上了一朵大红花，战士们的手艺真是精巧，这里的红绸子是怎么变出来的呢？再往哨楼里面走，挂在门上的红色灯笼十分喜庆，而比灯笼更喜庆的，是一推开门，拥到镜头前的一张张喜悦的笑脸。

“我是新郎，哈哈。”一名新兵冲着镜头拍着胸脯。

“不对，我才是！”又一个战士挤到镜头前，向我们扮鬼脸。

“我才是！”另一只脑袋挤进来。

“我才是，我才是！”一个战士胸前还戴上了花，看上去更有新郎范儿。

如果摄像金梁不是昨夜做过采访，一早认识了新郎，还真不知道，这一堆“新郎”里，哪一个才是真的？大家恨娶的心情多么迫切啊？

“好啊，既然你们是，红包准备了没？”我问他们。

转眼间，一堆“新郎”都跑远了，副连长韩家茵走到我面前递给我一块喜糖。

“金导，这帮兄弟太高兴啦，昨晚闹腾一夜。”

连长边说着，边把一摞红包装进上衣口袋里，那是一会儿去连队接亲时，准备给那些“新娘团”的兄弟们，不给足了红包，恐怕那个门还真进不去。

“你看我穿这身怎么样？”副连长对着镜子，一边整理军装礼服的领带，一边和我说。

“当军人这一点还真挺好的，结婚有礼服可以穿，真神气哎！”我真心地夸赞他。

“哈哈，平时穿得机会很少。”他又仔细地整理礼服上的金色麦穗、领花、军帽，目光里透露出军人的坚毅，像一棵松一样站在那里。

那一刻，我看到镜子中的他，威武、笔挺、神采奕奕，驻守在苍凉戈壁上的年轻军官，原来是这么帅气，和内地部队军人不同的是，他们的身上好像更多了一丝沉静的气质，朴实的气息，单纯的味道，哪一个姑娘不会爱上这样的男人呢？我突然觉得，李淼真的很有眼光，虽然副连长在镜头前不太善于表达，可是和他接触多了，你真的会发现，他是一个挺温和的人，就像我曾经梦见戈壁上的星河一样，在岁月里始终静静地流淌，永远不会张扬，但却始终散发着自己独特的光芒，只有爱他的人才会看见。

隔着明亮的窗户，我看到两只大鸟从窗前飞过，它们有力地煽动着翅膀，愉快地结伴飞翔，好像正在奔走相告哨所结婚的喜讯，或许，在这片荒无人烟的戈壁，这场婚礼对住在这儿的鸟儿、狐狸、狼、黄羊、狍子等许多动物而言，都是一件大喜事，是戈壁上的狂欢，三百年前的那场“神仙山“的婚礼”它们没有赶上，三百年后，在边防哨所见证这样一对相爱的人喜结连理，谁又舍得错过呢？

“金导，不去看看我们的伴郎团吗？”是小徐在喊我。

“要去的，在哪里？”我追出去问他。

“你一出去就看到啦。”小徐先跑了出去。

“哇，太帅啦！”我惊呼。两名班长正手捧着吉他，站在“神仙山”哨所的大石头旁，轻轻地和着音，戈壁上的金色阳光照在他们的脸上，闪耀着年轻的光彩，也点亮了这片寂寞荒芜的戈壁，歌声随风飘荡，仿佛要吹到阿拉善盟的每一寸角落——

抬头仰望着满天星河，
那时候陪伴我的那颗，
这里的故事你是否还记得，
如果有明天祝福你亲爱的。

他们骄傲地唱着，抒发着对婚礼的浓浓祝福，那一刻，他们仿佛也在歌中找寻着自己的爱情，那个深爱他们的姑娘，此刻又在世界上的哪个地方呢？

“我要和他们合影。”我对小徐说。

“好啊，快过去！”他推着我去他们身旁。

“两位大帅哥！”我笑着跑过去，一手挎着一个，感觉美美的。

“看这里！这里！这里！”小徐连拍下三张照片，他看了一下回放，神情看上去还挺满意的。

“帮我们合张影吧。”小徐把相机从脖子上拿下来，递给我身旁的一位班长，就赶忙拉着我站到“神仙山”那块大石头下了。

“要微笑啊。”他提醒我。

“当然会啦！”我笑着答。

我们两个都穿着冬季的迷彩大衣，戴着黑色的手套，头挨得很近，好像一对亲密的战友。拍照的时候，我在想，很快，我就要离开这片戈壁滩了，也将和小徐告别，这里虽然荒凉，但人心却格外温暖，或许，这一走，一生都难再见了。那一刻，我好像也能感受到小徐的心情，无论对我还是对他来讲，“神仙山”哨所都将是我们一生的纪念，突然间有点舍不得，我努力笑得灿烂一些，眼里却噙满了泪花，小徐一定没有看见。

“哎，那边来了好多穿蒙古族服装的人！”我指给小徐看。

“那是附近的牧民，这么大喜的日子，他们当然要来啦，但是来一趟可很不容易。”小徐拿起相机远远地给他们拍照。

“怎么不容易呢？”我问。

“离这里最近也要四十公里，你走走看，需要多久？”他问我。

“我看到骆驼啦！”他们是骑着它来的吗？我一脸的兴奋。

“当然，怎么也要跑上三四个小时！”小徐认真地计算着。

这还是我第一次在戈壁上看见骆驼，它们个头很高，有着一身和沙漠一样颜色的皮毛，脚掌大大的，厚厚的，应该很耐磨，不会像我一样，走几步戈壁的路，就把鞋子磨破了，那双脚掌看上去应该能走很远的路，难怪有一个鞋子的牌子叫“骆驼”呢？更有意思的是，我远远地看它的时候，骆驼的嘴角正好做了一个微微地上扬的动作，眼睛里面充满着温暖的善意，就像一个老人在微笑一样，那么慈祥，这个喜日子，它们是不是也乐坏了呢？

“没见过骆驼啊？”小徐问。

“在动物园见过。”我还在好奇地张望着。

只见牧民们并没有把骆驼牵上来，而是把它们拴在了到达哨所旁的山脚下，估计是往哨所来的坡太陡了，连车子都上不来，何况骆驼呢？

“哇，怎么有六匹，整整一个驼队哎！”我看到骆驼们已经整齐地列好队，静静地目送着牧民们朝哨所的陡坡上走。

“怎么样？这就是我们迎亲的车队！”小徐得意地望着我，接着又拿起相机，冲着骆驼和正走过来的牧民狂拍了一阵。

牧民们看上去很像一家人，走在最前面的是一个大叔模样的中年男人，穿着蓝色的蒙古袍里，已经被戈壁上的风灌满了，他的身材看上去更显粗壮，就像一个圆筒，皮肤黑灿灿的，眉毛和胡子都很黑，尤其那副造型很酷的胡子，弯弯地贴在嘴巴上，就像鸟儿的一双翅膀正展翅飞翔，跟在他身后的应该是他的妻子，年纪三十出头，穿着和他一样的蓝色蒙古袍，头上系着紫色的围巾，面颊的颜色是那种健康的“高原红”，耳朵上戴着银质的耳环，她的手里正牵着一个三岁大的小女孩，和他们打扮不同的是，小女孩穿着一件汉族的羽绒服，扎两个小辫子，小脸蛋儿被风吹得就像覆盖了一层小土豆皮，十分卡通可爱，尤其是她的那双大眼睛，正好奇地张望着眼前的这座哨楼，她心里一定在猜：“这里就是童话里住着王子和公主的城堡吧？”

“大叔，你们好！”我走上去热情地和他们打招呼。

“你好啊！”大叔笑着回应我，声音很响亮。

“你可真漂亮啊。”我笑着蹲下身子，和小女孩问好。

小女孩显得十分害羞，躲到了她妈妈的身后，但对我又充满了好奇，还是又探出头来偷偷地看我，被我发现了，就又重新笑着藏起来。小徐正好把相机对准我们，记录下了这可爱的一刻。

这会儿，副连长韩家茵已经准备好了，正被伴郎团拥着从哨所里面出来，他的胸前挂上了一朵写着“新郎”飘带的大红花，十分喜庆。

“恭喜副连长！”牧民大叔走上去热情地拥抱他。

“谢谢，一定又起了一个大早，辛苦啦。”副连长笑着看他。

“骆驼，一早就备好了，今天精神着呢，路上一步都没歇，撒欢儿似的跑啊，它也知道要给你接亲啊，哈哈——”大叔说着拍着副连长的肩膀爽朗地笑。

“哈哈，旋风也来吗？”副连长问。

“来了，是你婚车的‘头驼’！正等着你呢！”

“旋风是谁？”我问小徐。

“是去年冬天下大雪的时候，大叔家里走失的骆驼，连队的战士花了三天三夜找回来的。”小徐趴在我耳朵上轻轻地告诉我。

“走！出发！”蒙古大叔高兴地拥着副连长和“伴郎团”欢天喜地地朝山下走，他看上去一副‘代东’的模样，副连长韩家茵走在队伍第一个，身着军人礼服的他，显得十分潇洒，肩章旁的麦穗飘飘洒洒，喜气洋洋，他身旁一边儿一个挂着吉他弹唱的班长，后面是整整两个班的战士，战友们正亲密地搭着肩膀眉开眼笑，嘴上和“伴郎团”一起大声合唱那首《老男孩》，青春的歌声又一次飘在戈壁滩的上空。

那是我日夜思念深深爱着的人，
到底我该如何表达，
她会接受我吗？

我和摄像金梁倒退着拍摄这支迎亲队伍，小徐也和我们一起倒退着，他着急用相机记录戈壁上这支最牛的“迎亲团。”

“威不威武？”他大声问我。

“威武！”我大声地答。

“装不壮观？”他开心的样子。

“壮观！”

“想不想也在这儿也结一次这样的婚？”他更大声地问，整个山谷都听得见。

“不行啊，我结过啦！”我开心大声地答。

“迎亲团”里爆出一阵笑声。

“不过，我可以和史上最牛的迎亲队伍合张影，行不行哪？”我笑着已经小跑到队伍中，我和新郎并肩站在一起，一只手挎着他，一副亲密的样子。

“你把自己当新娘了吧？”小徐眯起一只眼睛，认真地看着镜头里面的我们。

“就当是吧！”我大叫着。

副连长韩家茵在一旁羞红了脸，战士们又一阵欢腾，气氛十分热烈。

“给我也来一张。”小徐飞跑着过来，把相机递给我。

“你也把自己当新郎了吧。”我接过相机，一边也打趣他。

“哈哈，不敢啊，我家那位会来和我拼的。”他和“迎接团”挤成了一团，开心地摆着Pose，像一个大男孩和他最爱的一支球队在庆祝胜利。

我们一路欢笑着走到了山脚下的驼队旁，和刚才不同的人，一会儿工夫，每个骆驼的脖子上都系上了一朵大红花。

“真漂亮！”我兴奋地大喊着。

“哈哈，是啊，我也第一次见，用骆驼接亲，牛！”金梁一边拍摄，一边斜着眼睛和我说话。

“专心看镜头哎！不然把骆驼拍成半边脸啦，观众以为是山羊呢。”我提醒他。

“放心，金导，兄弟给你拍一个最牛的婚礼！”他信心满满的样子。

一束束阳光折射出七道绚丽的色彩，温暖地照耀在戈壁滩上，曾经那些发黑的石头，也仿佛瞬间变成了一颗颗七彩的宝石，自然散发着熠熠的光芒，如果不是赶着拍摄，真想什么都不干，在这里多拾上几麻袋石头，没准背回北京就全变成宝贝啦。

那一刻，副连长韩家茵已经骑在了头驼“旋风”身上，它显得格外温顺，嘴角一直向上弯着，步子也迈得格外轻快，美得不得了，仿佛在用心回报着一份恩情，在那个寒冷的雪夜里，副连长和战士们曾把它从风雪中迎回了家，没有他们的话，它很可能冻死在戈壁上，虽然它不会说话，但它用心驮着副连长的样子，仿佛已经胜过了千言万语，它身后的五匹骆驼也神气地迈着步子，它们像经过军事训练一样，保持着适当的间距，步伐整齐一致，脖颈上驼铃随风摆动，发出悦耳的声音，飘在天边的朵朵白云，也开始变幻着自己独特的舞姿，一会儿变成一个心形，一会儿又变成一个笑脸，再一会儿又变出一朵盛开的玫瑰新鲜地绽放，或许那是驼队中每个人的甜蜜心境吧。

此刻，正在连队的婚房里等待的李淼，是不是正在甜蜜期盼着她的爱人？曾经那么长久的等待，终于等到了这一刻，天涯变成了咫尺，他翩翩而来的样子，她一定不会猜想到有多帅？更不会猜到，来接她的“婚车”有多么特别又多么壮观？

“来啦，来啦！”连队里的“新娘团”，早已经在门口安插好了放风的，远远地看过去，是“哨兵弟弟”，他正扯着嗓子向里面的人通报，那声音一定比他平时喊口号还响亮，之后，见他迅速地拿起手上的烟，点燃挂在连队门口的那一串鞭炮。

“噼里啪啦，噼里啪啦——”

清脆悦耳的炮竹，喜悦地绽放着，像似在热情宣告着这段爱情的甜蜜，红红的炮屑在空气中尽情挥洒着，像似发给戈壁滩的一张大红喜帖，铺满了连队的门口。

我们一起拥着新郎进了连队的大门，但却很难再进到围了很多人的婚房的门了“伴娘团”的兄弟们早已经承担起“把门儿”的责任了，新郎韩家茵开始兴奋地“咚咚咚”地敲门，像似在敲着李淼的心扉：

“老婆，我来了，开门呀！”哇，他终于不再腼腆了，谢天谢地。

当幸福来敲门的时候，屋子里的新娘又会有多激动呢？我已经提前让副摄像后林，在里面安排了一个机位，他一定都记录下了那一刻里李淼的幸福表情。

“开门可以，先回答上面的问题。”一个声音从婚房里面传出来，跟着从里面顺出来一张小纸条。

副连长心急地拆开，上面写着：“你到底爱她有多深？”他大声地念出来，眼睛望着身旁的兄弟们，像在请“伴郎团”给他出主意。

你问我爱你有多深，
我爱你有多深，
你去看一看，
你去想一想，
月亮代表我的心。

伴郎团不费吹灰之力，轻轻地唱出了那首《月亮代表我的心》，副连长韩家茵立刻向兄弟们伸出大拇指，也开始兴奋和他们一起合唱，心里一定想，这一关总该过去了吧？

“开门呀，老婆！开门，我是老公！”副连长也扯起嗓子大声地喊，仿佛想要穿越兄弟们设置的一道道屏障，把话直接喊到李淼的心里。

可是，门缝里又顺出来一张纸条，看来“伴娘团”昨夜是下了狠功夫的，今天不把新郎考倒，他们没打算罢休。

“向李淼说出一句最甜蜜的情话。”小徐把纸条拿起来，大声地读。

“伴郎团”的兄弟们，一起向副连长韩家茵耸了耸肩膀，这回他们真帮不了他了，只有他亲自向李淼表达了，我在一旁也替他着急，因为他最不擅长说什么甜蜜的话。

“小徐，赶紧帮他想想啊。”我转过头着急地对小徐说。

“我说得也不算啊，哈哈。”他一脸嬉皮的样子。

只见副连长憋红了脸，使劲地想，好像想好了，却又害怕说出口的样子，他的腼腆劲儿又上来了，“伴郎团”的兄弟们开始着急了，他们跺着脚，搓着手，互相交头接耳，恨不得能替他说。

“我——我——”他低头酝酿着勇气。

“爱——你——！”“伴郎团”在一旁整齐和着。

“不行，不行，要他自己说！”里面传来一个声音，语气听上去根本没有商量的余地。

“我爱你。”韩家茵终于说出口了，可是声音小得估计只有他自己能够听见。

“听不见，再说一次！”婚房里面在催促着。

“李淼，我爱你！”副连长闭着眼睛大声地喊。

“听不见！再说一次！再说一次！”“新娘团”沸腾了。

“我爱你！我爱你！我爱你！我爱你！我爱你！我爱你！我爱你！我爱你！我爱你！我爱你！”

副连长一口气说出了10几个“我爱你”，仿佛想在这一刻，把认识李淼这么久以来，欠她所有的甜蜜的话，统统全都补上，我真恨不得变成一只小飞虫，快一点飞进婚房里面，想看一看李淼的表情，是笑得像一朵花，还是又流下了幸福的眼泪?

瞬间，幸福像一扇门，轻轻地打开了，李淼坐在那张单人的行军床上，身后是两床整齐的方块被子，每个上面都贴着一个鲜红的喜字，房间里悬挂着许多用红纸折成的一颗颗心，上面写满了祝福的话语，像一串串风铃妆点着这个幸福的小窝。

“伴娘团”立刻分成两路分站一边，眼前立刻变成了一条通向李淼的幸福的路，四周掌声响起，副连长韩家茵款款向新娘李淼走去。

“他会单膝下跪吧？”我问小徐。

“当然！哪个新郎不会，哪有那么木讷？”小徐和我撇撇嘴。

“接下来，我该做什么？”副连长问旁边的人。

“单膝下跪，求婚呀！”大家七嘴八舌。

“被我猜中了吧。”我回头对小徐说，他无奈地摇摇头。

李淼脸上还挂着早上我用喜字帮她涂的红色彩屑，依旧红晕美丽，闪闪发亮。不过，眼睛四周的眼线已经晕了，明显是刚刚哭过了，我想一定是被刚才那句“我爱你”感动的，多么可爱纯净的姑娘，那滴滴泪珠会像珍珠一样，永久储存在这美丽的时光里，纪念着此刻最美的爱情。

“李淼，嫁给我好吗？”副连长韩家茵单膝下跪，深情地望着他的新娘。

“好！”李淼痛快地答，她好像不想再为难他的爱人了，只想快一点奔向他的怀抱，副连长韩家茵把她轻盈地抱起朝门外走去，在那里，六匹骆驼正身披红花“微笑”迎接着这对戈壁上的新人。

“他们是坐一个驼峰上，还是两个驼峰一人坐一个？”我让小徐猜。

“这里虽然都是双峰驼，但结婚一定要坐一起了。”他拿起相机对准新人，不停地按下快门。

“这么好的画面，是我们独家所有，在我节目没有播出之前，不许你在报纸上先发报道！”我对他霸气地要求着。

“如果发了呢？”他问。

“那我一定会恨死你的！”我咬牙切齿地说。

“真小气啊！我一定会发的！”他照完一个角度后，又迅速地跑到前面，回头朝我做了一个鬼脸，挤了一下眼睛，我知道，无论如何，小徐一定不会先发的。

李淼用手甜蜜地环绕着副连长韩家茵的脖子，一脸娇羞的样子，眼前的骆驼“婚车”，更让她充满了惊喜，这大概是她长这么大以来，第一次见到戈壁上的骆驼，副连长把李淼轻轻地抱了上去，又熟练地登上了骆驼，和她坐在一个驼峰上，再用手从她身后环抱着她，李淼紧紧地依偎在他的怀里，两个人的脸颊贴到了一起，骆驼也从卧在地上的姿势，瞬间像一个升降车一样升了起来，他们两个都被这个突然的“升起”，小小地兴奋了一下，相视而笑，无限深情。

“哇噻，什么叫浪漫，这才叫浪漫，一辈子能有一次这样的婚礼，值了！”摄像金梁羡慕地不得了。

“哎。”小徐却在一旁轻轻地叹了口气。

“为什么要叹气？”我问他。

“没有，挺好的。”他简单地答。

我们打算乘车去远一点的地方，拍摄一个大全景，车厢里，大家都不发一言，目光始终看着戈壁上正移动着的那个小小驼队，窗外黄沙漫漫，李淼身上的鲜红围巾，和副连长韩家茵的绿色礼服，搭配在一起，显得那么浪漫深情，它抢夺着每个人的眼球，也把这片曾经暗淡的戈壁点缀地鲜亮，伫立在这里的千年胡杨，也傲然抬起头深情凝望着他们，天空上，一排鸿雁飞过，幸福地在他们头顶盘旋。

如果换做是我们的话，真的会愿意和爱人来戈壁上举行这样一场婚礼吗？无论它此刻看上去多么浪漫，仍看的有些令人心酸，因为这一幕的浪漫，就短暂地像天边飘过的那朵云，再过几天，长长的离别，又将把他们分隔两地，咫尺又将重新变回天涯。那一刻，我在心中静静地祈祷，希望这一天的时间能走得慢一点，再慢一点，让彼此对幸福的印象更深一些，即使分别，也会把回忆装得满满的。

“是不是把新人驼到山脚下，他们就该自己走上去了？”摄像金梁坐在驾驶座位上回头问我。

“为什么呢？”我问。

“去哨所的那个坡那么陡，连车都上不去啊，骆驼根本也不行啊。”

他看着前面坑坑洼洼地路，有点担心的样子。

“就把通向哨所的石板路，当做天然的红毯，不是很好吗？”

“还是导演有想法，聪明，有情感！”他打趣我。

“那一会儿，你就得辛苦一下，倒退着上那条石板路拍摄，一直也不许关机，好不好？”我央求他。

“好，我还真想一直不关机，一直记录他们的幸福呢。”金梁低头把镜头擦了又擦，看来又准备大干一场。

“说得好，不如做得好！”我朝他大笑。

小徐坐在一旁，不发一言，他看上去好像有什么心事。

很快，我们的车就开到了山脚下，摄像金梁去山上架设机位了，他准备俯拍一个大全景，我想当他看到镜头巡视器里时，一定又该惊叹里面有多壮观的画面。

我和小徐坐在山脚下的大石头上等驼队过来，他的眼睛张望着远处的戈壁，不说一句话。

“哎，怎么了嘛？不开心？”

“爱情像梦一样。”他淡淡地说。

“怎么和李淼说的一样？”我想起了李淼早晨化妆时对我说的一句话。

“人生都像梦一样，爱情又何尝不是呢？”

“嗯。”

“无论是不是梦，幸福就好。”我答他。

“这个婚礼，我终生难忘。”他郑重地说。

“我也是，一辈子也不会忘。”

远远地，我看到了六匹骆驼正幸福地驼着新人走过来了，副连长正趴在李淼的耳畔说着悄悄话。

“真后悔，没把话筒别在他们身上。”我从石头上站起来，远远地看着他们。

“给他们一点自己的空间吧。”小徐拿起相机对着他们。

“哇，太美了，就像一对神仙眷侣。”金梁的眼睛笑成了一条缝，正在他的镜头里慨叹。

令我觉得有意思的是，六匹骆驼的步伐仍旧一致，连脸上挂着的“微笑”都达到了统一的标准，真想对它说上一句：“骆驼啊骆驼，你说你有多可爱？”快走到山脚下的时候，我们都以为驼队会停下来，摄像金梁扛着三脚架从山上飞奔下来。

“稍等，我来了！”他边跑边喊，生怕他还没开机，新人们已经从骆驼上下来了。

可是，当副连长打算从骆驼上下来时，头驼“旋风”却怎么也不肯把他们放下来，它依旧迈着步子，艰难地向哨楼的那条石板路走去，跟随在它身后的那五匹骆驼，也没有停下脚步，仍旧紧紧跟随着旋风，那个气势就好像不给新人送到哨楼，它们就没完成光荣的使命一样。

“你看，骆驼都被感动了！”我对小徐说。

“对它们来讲，很不容易做到，它的脚蹼走在戈壁上，会比较舒服，石板路的摩擦力小，走起来要更费力，还会打滑。”

“真是舍命送新人哎！”我拍着手说。

很快，有两头骆驼已经落队了，它们口里大大地吐着气，原来连骆驼也会气喘吁吁。

头驼“旋风”好像发现了这个情况，它慢慢停下来，似乎在等它的同伴赶上来。

“我真想也结这样一次婚啊。”我对身旁的金梁和小徐说。

“谁让你结婚这么早呢？”他们摊开手，一副取笑我的样子。

渐渐地，后面的两匹骆驼又重新地赶上队伍，小小驼队又神气地整队出发了，我看到副连长韩家茵一直在用手轻拍着骆驼，似乎理解它的用心良苦。

中午11点18分，婚礼仪式在神仙山哨所的大石头前举行，连长作为主婚人，早已经笔直地站在那里，他手上戴着一双白色的手套，显得十分郑重，手里面拿着一张红纸，那上面就是小徐花了一夜功夫写得主婚词，站在他两旁的是“伴郎团”的两位弹吉他的班长，他们打算在连长说主婚词的时候，轻轻地给上一点音乐，把气氛营造地温馨一些，而此刻“神仙山”哨所的全体战士，都已经在披着红色彩绸的那块大石头前列好了队伍，静静地等待着婚礼的开始。

“金导，连长让我问你，婚礼马上开始了，你有什么拍摄要求吗？”一名小战士快速跑到我身旁，轻轻地问。

“没有，正常开始。”我干脆地说。

我不想因为拍摄，而让大家的情绪有一点停顿，此刻，我们就是婚礼上邀请来的普通嘉宾，只是静静地感受他们的幸福，连长看到我了，我朝他点点头，他明白了我的意思，立刻清了清嗓子，郑重地拿起红纸，情绪饱满地开了头儿：

> 亲爱的战友，乡亲们，经过春的孕育，夏的热恋，秋的成熟，一对新人走进了最象征爱情甜蜜的纯真冬季，满眼的红装素裹，是边境旷野为新人准备的节日盛装，今天爆竹声声，喜字对对，我们哨所将见证一桩美好的姻缘。下面欢迎新人入场。

小徐的词写得真美。伴着点点滴滴的音乐，副连长韩家茵牵着新娘李淼的手，款款地向连长所在的主婚台走去。那一刻，从战士们目光里流露出的除了羡慕外，还有深深地感动，他们的视线紧紧地被新人牵引，空气里仿佛飞舞着无数个幸福的因子，深深地把它们呼吸到肺里，就会被幸福感染，一位今年刚入伍的新兵，站在那里竟开始偷偷地抹眼泪，嘴里还自言自语地念叨着什么，站在他身旁的老兵不时用胳膊轻轻地提醒他。此刻，就连天空的云朵也舍不得移开一步，它们温暖地聚拢在一起，此刻，它们正担负着妆点美丽天空的职责，清清淡淡地飘在“神仙山”的上空，这一刻，我相信几百年前，曾在这个地方给新人指路的神仙，也一定隐身地在这儿四周，静静地观看着这场21世纪的婚礼，眉宇之间流露出满意的神情，原来人世间的爱情如此动人，随即也用袖子轻轻一挥地祝福他们：今生幸福。

“祝福你们！”连长首先上前和新人拥抱，眼里含满了泪花，其实，原本今天，他应该和他的新娘小云站在这里，举行这场戈壁婚礼，没有想到，他却成了这场婚礼的“月老”，帮战友完成了结婚的夙愿，而自己仍是一个没嫁出去的“老男孩。”

“哎呀，我太羡慕你了。”他使劲地用拳头捶了几下副连长韩家茵。

“说说，你是怎么打开李淼心扉的？”他抹了一把眼泪，等着回答。

“是彼此打动吧。”他笑得一脸灿烂。

“李淼，是这样吗？”他转过身又问新娘。

“是我们彼此吸引，想今生在一起。”她大方地表达。

“又是什么勇气让你千里迢迢来哨所的？”连长一定问出了许多战友心里想的。

“总听他说戈壁美，我早想来看看，也想和他最亲密的战友，一起分享我们的幸福。如果我不来，你们不可能都去老家参加我们的婚礼，这样不是最好吗？”她的话还没说完，战友们的掌声就已经淹没了她的声音。

“下面互赠礼物。”连长高兴地鼓掌。

这个环节令在场每个人都充满了好奇，一个连婚纱、礼服、戒指都没有的婚礼，又哪里来的礼物呢？我在想，不会是散落在戈壁上的一块黑石头吧，或者是一片胡杨的叶子，在我脑海里都是那些具有戈壁特点的东西，除了它本身的意义之外，还因为它最容易找到，唾手可得。

“你说是什么？”我悄悄地问小徐。

“马上就知道了。”他的目光一直盯着李淼正拿着的红色盒子。

“猜猜也好吗，金梁你说呢？”我想知道，他们想像中的礼物又是什么样的。

“没准新娘子从娘家带来的传家宝，比如说金条玉佩之类的。”他冲我笑笑，笑容里好像已经否定了自己说的答案。

“真俗气哎，难怪你的名字叫金粱，希望高粱都是金子做的吧？”我嘲笑他。

“拜托啊，你自己还姓金呢？”他抗议。

“我这个金可是富贵的意思。”我高傲地抬起头。

“新娘子，请问这是什么？”连长问。

“是一块手表。希望它能记录我们短暂的相聚，更会期待我们重逢的时间。”她把表轻轻地戴在了新郎韩家茵的手腕上。

“哇，哪里来的手表哎？”我兴奋地大叫。

“从家里呗。”小徐轻声地说。

“才不可能呢。她说她来得匆忙，什么也没准备。”我反驳小徐。

“这个——不然，你一会儿问问新娘子。”

“嗯。”我猜一定就像我送李淼的红围巾一样，这件礼物说不定也是友情赞助的。

副连长韩家茵送给新娘的礼物，是一枚国防服役章，这是他守卫戈壁六年换来的奖章，这里面凝结着他的青春和奉献，凝结着一名边防军人对祖国的忠诚，这是一份沉甸甸的礼物。

“送给你！”副连长深情地把奖章戴在新娘李淼的大红披肩上，像似对她特殊的奖励。

“我会珍惜的。”李淼含情脉脉地望着他。

“神仙山”哨所四周掌声雷动，经久不息，似乎比那欢庆的礼炮声还要热烈，这一刻，也一会定载入“神仙山”哨所的历史里，永远成为戍边岁月中最深情的纪念。

“很多年以后，我仍会记得这一刻。”小徐在一旁慨叹着。

“我也会，许多人都会。”我答。

令这对新人想不到的是，“神仙山”哨所全体战士也献给他们准备了一份特殊的礼物，他们花了一夜时间，深情背诵下了这篇边防军人自己创作的诗歌——《浪淘沙·阿拉善军嫂》。

为爱越贺兰，真情动天。
大漠戈壁把家安，
独擎家庭千钧担，
委屈无言。
夫君戍边关，巡逻无闲。
小家不圆万家圆，
守望寂寞心不寒，
虽苦犹甜。

这是曾经多少军嫂生活和内心的写照啊，我在听的时候，除了感动之外，还特别想有一天，这首诗的意境不再这么苍凉，为什么要舍小家，才能顾大家？为什么守边清苦，而守边人的亲人更要清苦？如果说这叫奉献，那么他们的幸福，谁又来成全？至少，我希望李淼以后不会这么清苦，她要和副连长韩家茵，先把小家构建得幸福，再幸福地守边关，那样完美的生活，不是更加令人向往吗？

婚礼仪式的最后一项，副连长韩家茵带着新娘李淼，来到了他每天守卫的界碑面前，他要和李淼在这里宣读他们爱情的誓言，战士们已经站在了界碑的两侧，他们要和“神仙山”哨所一起，见证这个最神圣的时刻，我和摄像金梁、小徐爬到了哨楼上，等待记录大漠戈壁上最珍贵的爱情承诺。

“界碑的那边就是蒙古了，他们会不会看到我们？”我问。

“一定会啊，人家那边也在监控边境线啊。”小徐拍拍我的肩膀。

“那你猜他们此刻的表情是什么？”我追问。

“一定和我们一样，为他们祝福吧。”

“会用望远镜看吗？”

“应该是用电脑监控，包括你现在猜测人家的动向，对方已经看到你啦。”小徐在故意吓我。

“你少吓我，我又没出国界，他能怎么样我？”

“神情可疑，也会备录在案的，以后去蒙古，一下就能认出你。”

“我才不信呢！”

不过，我猜那一刻里，如果蒙古的军人看到我们，说不定也会在正执勤地小小哨楼里，播放一段音乐，一边望着这边的婚礼，一边举杯共祝。

小徐给我做了一个“嘘”的手势，我看到新人们正面对着界碑，郑重地举起右手，连长依旧拿着那张红纸在前面开始领誓：

蓝天白云为媒，
黑山黄沙为证。
天崩地裂不放手，
海枯石烂心不变，
天可鉴，地可鉴！

“这是我听过的最感人的誓言。”我轻声地说。

“哎呀，我的心都化了。”金梁的眼睛贴着寻像器感慨地说。

“我刚开始还琢磨，是心不变，还是不变心更好呢？”

“这差不多吧。”金梁抬起头认真地看着小徐。

“不变心还是一种结果的未知，只是有这个向往，而心不变，是心本身已经很坚定了，而且永远会坚定下去。”他又抬起手里的相机，远远地给他们拍照。

“真牛！”金梁举起大拇指。

我曾经一度以为，无论什么仪式只不过是个形式的东西，可是观看完这场婚礼，才发觉仪式存在的意义有多必要，它是一种特殊的纪念，那一句句说给爱人听的深情誓言，是对彼此爱情的承诺，给婚礼赋予了无限深远的意境，或许，这场戈壁婚礼，在物质上是最贫乏的，可在精神上却令每个人享受到了一场盛宴，爱情变成了一种信仰，流淌在他们的血脉里，从此今生相依，白首不离。

婚礼仪式结束后，战士们抢着和新人合影，他们瞅准时机，迅速地挤到新人的身边，露出一个大大的笑脸，又迅速地让位置为其他的战友，你来我往，好不热闹。那份喧闹和嘈杂，好像也变成了一种祝福的音乐，叮叮咚咚地敲着幸福的钟。

我和金梁、小徐也挤过去凑热闹，大家勾肩搭背地笑成一团。

“要记住这一刻，我们曾在神仙山哨所举行过一场婚礼。”小徐大笑着说。

“哈哈，是我们每个人的婚礼。”金梁大笑地一把把新郎搂在怀里，豪放得一点也不像他了。

“几百年后，我们的传说也在这里传颂。”一个战士大声地说。

“几百年后，我们要再在这里相聚，回忆今天的事。”小徐补充。

我们的欢歌，随着白云飘荡到了阿拉善的天空上，这片寸草不生的土地上，却滋养出了世间最动人的爱情，真想在这里建筑一个房子，日升日落地看着这里的四季，春天的清风，夏天的暖阳，秋天的沧桑，冬天的壮美，见证着爱情誓言在岁月流年里深情兑现。

婚礼结束后，摄制组一部分人先回连队收拾东西了，我们打算第二天离开，战士们开始准备晚上的篝火晚会了，大家各忙各的，我、小徐、金梁准备去拍摄新人看戈壁的画面，副连长要带着李淼好好地看一看这里，车里面，他们早已经不顾及我们的镜头，热情地说着情话，我们就在一旁悄悄地听着。

“你看，戈壁上有很多好看的石头，有一些是彩色的。”副连长指着窗外的戈壁滩。

“你捡过吗？”她好奇地问。

“当然，都是给你捡的，也没啥东西送你。”

“那怎么没送给我啊？”

“这不是才见到吗，我都放在一个塑料瓶子里装好了。”他回头笑着看她。

“这里的牧民家里有好多牛羊吧。”

“有啊，有一家还养了两只藏獒，我第一次去差点咬我。”

“哈哈，原来你那么胆小。”

“哈哈，在你面前装的胆子大。”他腼腆地笑。

“现在呢，还怕那只藏獒吗？”李淼问。

“不怕了，去年生了一对龙凤胎，我还抱来着。”

“啊，好可爱，真好！”李淼兴奋地拍手。

车厢里，我看了看小徐，又看了看金梁，他们正投入地听着，嘴角弯弯的，像婚礼时驮新人的骆驼“旋风。”的笑，或许，善意幸福的笑容都是一样的。

“这里最美的是什么？”李淼问。

“是跨国彩虹，可漂亮了。”

“怎么呢？”

“一半在中国是紫色的，一半在蒙古是粉色的。老大一条了。”他兴奋地比划着。

“没有许愿吗？”她迫切地。

“许了啊，不过说出来就不灵了。”

“有我吗？”她好奇。

“必须有你！”他一副潇洒的神情。

那一刻，我也仿佛被幸福融化了，心灵变得那么纯净，其实这应该是爱情本来的模样吧，只是两颗心靠在一起，一颗心听另一颗心说话，哪怕是多么琐碎，另一颗心也永远会听得兴致勃勃，你是我的听众，我是你的知音。

月亮升起的时候，篝火晚会已经开始了，大家围在冬天的篝火旁开心地唱歌。我看到李淼披上了副连长的大衣，又是一副素颜的模样，头发扎起了一个马尾，靠在副连长的怀里，火光把她的脸映得通红，显得更加娇羞。

“会想念这里吧。”小徐站在我的身旁。

“一定会。”

“会再来吗？”他问。

“嗯，应该会。”我无法确定，内心突然感觉有一点难过，我害怕大家从此以后，再也见不到面了。

“大家说，今天的婚礼上，有几位远道而来的客人，他们也要表演节目，他们是谁？”正在主持的班长拿起话筒问大家。

“金导！金导！金导！”

我被大家热情地呼喊着名字，小徐把我推上了台，可是没有一点准备啊，我显得有些不好意思。

“我不会唱歌，但想邀请大家看一下夜空，我发现今天的星星特别地亮，让我们许个心愿送给新人，好不好？”我热情地提议。

“哇，看到流星了！”一名战士在呼喊。

“哇，看到了没，真的是流星哎！”他身旁的战士也在尖叫。

大家的视线真的被夜空吸引，我想趁机偷偷地跑下台，却被主持人一下子拦住。

“哈哈，原来是忽悠我们啊！”他大声地向战士们呼喊。

战士们簇拥着我又走上了舞台，我突然灵机一动。

“对了，我想起了，我有副导演，小徐可以帮我！”我大喊着小徐的名字。

“我辞职了！”他听到我在喊他，迅速地跑掉了。

我唱给战士们一首周华健的《朋友》，当我拍手唱歌的时候，我看到李淼和韩家茵正幸福地看着我，他们是我们此行收获的朋友，还有小徐，这个曾经在我眼里最牛的干事，如今看上去是那么可爱，还有那一刻正在向我挥手的战士们，他们每个看上去都差不多十七八岁，一张青春的脸庞，都像我的弟弟，还有这片戈壁夜空，一定是我生命中遇见的最美也是最温暖的夜空，我多么希望这个夜晚会再长一点，甚至希望时间会为我们而停下脚步，不再舍得迈开一步离别的步伐。

“金姐，你知道我的结婚礼物是哪里来的吗？”李淼坐在了我的身旁。

“是那块手表吗？”我问。

“是连长把他的结婚礼物送给我了。”她感慨地说。

“有这事儿？”我有点意外。

“他说礼物虽然不重要，那一刻，却需要它制造点小气氛，反正他还用不上。”

我们静静地望着那一团篝火，谁也不说话。小徐最后也唱了一首歌《望月》，他说送给新人，也送给我们。

世界上最美的是月亮，

比月亮更美的是你，
月亮再高也高不过天，
你走得多么远，
也走不出我的思念。

太阳又升起的时候，我们已经整装待发，连队的战士们列成了两队站在了道路的两旁，他们在用最隆重的列队送别我们，我看到李淼和韩家茵站在第一排，我走到他们的面前，李淼深深地上前拥抱了我。

“什么时候还能再见到你？”她问。

“还不知道，但一定可以再见！”我高兴地拥抱她，有一点不舍。

“明天我也打算回去了。”她清淡地说。

“怎么这么快？”这刚一天啊。

“那边催着回去交毕业论文，已经订了票了。”她快哭了。

“别哭，我们都为你们祝福，明天会更好。”我鼓励她。

她紧紧地握着我的手不松开，副连长韩家茵也伸出手和我相握。

“金导，谢谢你。”他微笑的样子依旧那么腼腆。

“不谢，应该的。希望再见！”我转身上车，摇下车窗，看到一双双手正高高地扬起，和我道别，我没有让泪水落下来，希望离别也充满喜悦，那就意味着我们有一天还能喜悦地重逢，在那个不远的季节。

车里，小徐沉默地坐在副驾驶的位置上，不像平日那么活跃，他要送我们摄制组到下一个交接点，300公里的路程，在平时要开上大半天呢，睡上几觉还没有到，那一天路上，我们一路沉默，却还是很快到达了部队的结合部。

“再见了，导演。”他伸出手和我相握，大大的手掌感觉那么温暖。

“再见了，昨晚你的副导演不是辞职了吗，但你的报告我没有批。”我努力地挤出笑容和他调侃。

他哈哈大笑，我们下车和联合部的朋友见面。

在我们即将踏上另一个分区的车子时，小徐走上前和摄制组一一拥抱，那一刻，我竟忍不住想流泪，因为我看到他脸上的笑是和泪混在一起的，这个拥抱也是这一路走来最深情的问候。

车子继续向前看，后视镜里，我仍看到小徐站在那里拼命地挥手，他脸上的泪水，已经看得有些模糊，只是笑容依旧灿烂，车子里又传来那一首沧桑的《鸿雁》：

鸿雁，向苍天，天空有多遥远。
酒喝干，再斟满，
今夜不醉不还。
酒喝干，再斟满，
今夜不醉不还……

伴着歌声，我们告别了阿拉善，回忆再一次填满脑海，仿佛又看到了第一次见它的模样。

后　记

写这本书，完全是因为那年夏天的一顿早餐。

那天早晨，坐在餐桌前，爸爸突然问我："你今年多大了？"我知道他在明知故问，意在提醒我珍惜光阴，要好好地规划生活，知道该做些什么。爸爸接着说："以前在电台做得好好的，你非要来北京，那是你人生的选择，我们也不说什么了，但那些电台储存的经历，不应该白白地忘掉，抽空也整理一下吧。"我知道爸爸是在替我怀念那段做电台主播的日子。

那时候，生活不会像现在这么辛苦，每天傍晚两个小时的直播，我会坐在直播间里静静地聆听来自电波那端的情感故事，无论是幸福的，还是不幸的，对听众来讲，都会从中得到各种受益，我们也在聆听别人的故事中成长。因为知性温婉的主持风格，我也深得广大听众的喜爱，《你的故事我的歌》这档节目也成了点亮那座城市夜晚的一盏温暖明亮的灯火。爸妈也是我最忠实的粉丝，每次听节目前，他们都会准备好一个小本子，把我口误和表达不好的地方认真地记下来，回头再拿给我看，告诉我以后如何改进，那一页一页的批注上，写满了爸妈对我的爱，所以，当初告别主播台来北京求学，除了听众伤心之外，爸妈也是最不舍得的。

岁月匆匆，转眼来北京进入电视行业6年了，但那些电台故事却一直都在我心里，随着时间的沉淀，变得更加清晰。爸爸提醒的对，怎样更好地纪念那段时光呢？于是，那个夏天早晨，他餐桌上的一席话，让我有了写这本书的念头儿，只要一有空闲，我就会静下来写上一会儿，那些电台日子仿佛又重新回到了我的身旁一样，那么温暖和亲切。我有时会把当时录的一些卡带，再拿回来重新播放，依然觉得光阴还停留在那里，甜蜜地和我相聚。如今，曾经那些听我节目的听众，你们在哪里呀？生活得还好吗？还记得那些傍晚从电波里流淌出的故事吗？爱情，这个最浪漫的字眼，在匆匆数年之后，依然是我们心中最眷恋的一份礼物，不会因为岁月的流逝而褪色。

或许，书写是怀念岁月最好的方式，我竟不自觉地开始迷恋上它。每一段故事，重新浮上心头，一点也不陌生。每一个人物，依然那么鲜活。他们曾困惑的问题，不知道在今日有解了吗？不过，无论是甜美还是苦涩的爱情，都早已经融入故事主人公的生命里，但对别人来讲，当读到它们的时候，也许会引发更多全新的思考。我期待着正在阅读这本书的你，会给我一个不同的答案。

我现在越来越发觉，无论是做广播，还是做电视，记者都需要有一种发现的本领，发现故事，发现新闻中的细节，发现不一样的角度，发现那些被蒙蔽的事实真相，发现情感的力量，而拥有这种本领，除了岁月和人生的累积之外，还要坚持追寻自己内心深处最真实、最自然的选择。在本书的第十章中，我把做电视节目的故事也写了进来，在拍摄《阿拉善的“婚誓”》的那段日子里，它带给我很多对爱情和生命的感悟。在那片苍凉寂寞的戈壁滩上，爱情原来不是我曾经想像的模样，它好像回到了生命的本真，原来兜兜转转地思考了很久的问题，却在这一站给出了鲜明的答案。

完成这本书，我要深深感谢《军事纪实》大家庭每一位成员给予我的鼓励和帮助，同时还要感谢中国长安出版社的工作人员，他们为这本书倾注了很多心力。在这里要特别感谢编辑张渊、阮芳和李多主任的辛勤付出，才有了这么美的《因为爱情》。

感谢我挚爱的家人，还有正在阅读的你！

爱情，就像春天正绽放的花朵，一季一季旺盛地开，无声无息，却灿烂永恒。

金丽娜

2013年3月16日